Bernhard Barta

Sissis Gift

Ein Salzkammergut-Krimi

BAD ISCHL
ZUM WOLFGANGSEE
ST. WOLFGANG
LINZ
GMUNDEN
MARMOR SCHLÖSSL
KAISER VILLA
PARK-PLATZ
KALVARIENBERG KIRCHE
HUBERTUSHOF
EUROTHERMEN RESORT HOTEL ROYAL
PARKBAD
VILLA SEILERN VITAL RESORT
KREUZPLATZ
KUK-KURAPOTHEKE
LEHAR-FILMTHEATER
SCHNEIDER SCHAUER
KURPARK
PFARRKIRCHE ST. NIKOLAUS
RATHAUS ZAUNER
KUK-HOF-BEISL
TRINK-HALLE
CHARLY'S PUB
KUK-SCHIRM
KONGRESSHAUS
CAFÉ ZAUNER
ESPLANADE
GOLDENER OCHS

HAYMON taschenbuch **200**

MIX
Papier aus verantwortungsvollen Quellen
FSC® C083411
www.fsc.org

Auflage:

4	3	2	1
2018	2017	2016	2015

HAYMON tb 200

Originalausgabe

www.haymonverlag.at

ISBN 978-3-7099-7831-3

Umschlag- und Buchgestaltung nach Entwürfen
von hœretzeder grafische gestaltung, Scheffau/Tirol
Umschlag: Eisele Grafik · Design, München, unter Verwendung folgender Bildelemente: Schloss Orth/privat (Hintergrund), Gmundner Keramik/privat (Vase), shutterstock.com/donatas1205 (Fensterbrett), shutterstock.com/elnavegante (Giftflasche), depositphotos.com/viki2win (Vorhang), bigstock.com/volrab vaclav (Wiesenblumen)
Satz: Da-TeX Gerd Blumenstein, Leipzig
Zeichnungen: Bernhard Barta
Autorenfoto: Manfred Horvath

Gedruckt auf umweltfreundlichem,
chlor- und säurefrei gebleichtem Papier.

GMUNDEN AM TRAUNSEE

1.

Kruzifixwiedernix!
Wütend warf Gustl Brandner die Angel am offenen Fenster aus. Plötzlich musste er lachen. Genau so hatte der Opa immer geflucht. Beim Angeln hier unten am See. Ganz der Opa, hatte der uralte Brandner dann immer gesagt. Und seinen Enkel so schrecklich stolz angesehen, als nach allen Flüchen doch noch einer angebissen hatte. Irgendwann waren sie nach Hause gegangen, der Opa, er und der Fisch. Natürlich, wieder Stunden zu spät, hatte die Oma geschimpft. Kahl wie ein Aal, das komme davon, von der dauernden Flucherei. So hatte die Oma ihre Predigt beendet und dabei auf Opas Glatze gezeigt. Von ihr komme das, hatte der Opa gelacht. Dass da kein Haar mehr dran sei. Vom Schimpfen. Himmelarschundzwirn!, hatte der Opa dann immer gelacht, und der kleine Gustl hatte mitgelacht. Und die Oma erst recht. Die Oma sogar am allerlautesten.

Bezirksinspektor Brandner besah sich im Wandspiegel für den Parteienverkehr. Besah sein schütter gewordenes Haar. Vielleicht kam es ja nicht vom Fluchen, doch ein Fluch war's allemal. Abgesehen davon hatte er vom Opa auch allerhand Schönes geerbt. Das uralte Haus hier am See. Die Wiener Hietzinger Villa und Opas Herzstück! Brandners Blick streifte die abgedunkelte Ecke seines Büros hinter der Couch am Seefenster. Seine Zimmerbar hatte er ihm schließlich besonders ans Herz gelegt. Das Geheimnis zum Erfolg mit den Frauen, seufzte Brandner nochmals, hatte der Opa leider für sich behalten. Eine Frau, Gustl, hatte der ihm im letzten Zug seines Atems und besten Bourbons noch auf dem Sterbebett anvertraut, sei halt wie ein

Whiskey. Ohne sie gehe es nicht. Zu viel davon, hatte er gestöhnt und ausgetrunken, zu viel sei ungesund. Und weg war der Opa gewesen.

Brandner seufzte. Diesmal so vernehmlich, dass der Wachtmeister Birngruber schon herübersah. Zu viel war ja nun eben, dachte Brandner, nicht so ganz sein Problem, mit den Frauen. Er wippte nach vorne. Fixierte die Angel zwischen Sessel und Fenstergriff. Öffnete die Lade für Notfälle.

So ein Bürosonntag, fand der Inspektor, musste ja schließlich auch Vorteile haben. Einer davon war Pühringers Zirbengeist! Ein Traumsonntag. Endlich Ruhe am See. Glücklich nahm er noch einen Schluck und griff zur Angel zurück.

„Ein Batzen Erfolg gestern Nacht, gell?“ Wie immer, der Birngruber störte die Stille. Der Birngruber Josef war zwar sein bester Wachtmeister, auch sein einziger, aber einer Meinung waren sie so gut wie nie. Erfolg?! Was für eine Nacht war das gestern gewesen. Drüben am Rathausplatz. Das Mordsgekreische, die vielen Fans, es lag dem Brandner noch in den Ohren. Heute, alles ruhig, Brandner war halbwegs zufrieden. Keine Verletzten, keine Toten, na ja, die üblichen Alkoholleichen halt.

„Ein Wahnsinn!“, begann der Seppi, „Wahnsinn, der Singcontest! Und dann erst die Schlager-Sissi!“ Lustvoll schmatzend wickelte der sein Semmerl aus dem Papier. Der Duft von Leberkäse stieg dem Brandner in die Nase, auch an Unterhaltungen dieser Art war er leider gewöhnt. Irgendwann packte der Seppi dazu noch sein Fußballblatt aus, Alaba und die Bayern! Brandner liebte Fußball. Aber nicht sonntags, wenn es zum Fischen war! Sein gequälter Anglerblick streifte den See. Gmundner Singcontest, ha! Ein paar Schlagerdeppen kamen daher. Machten mehr Krawall als Musik. Natürlich gingen da die Saiblinge lieber auf Tauchstation als ihm an den Haken. Er konnte die Fische verstehen. Natürlich. Der Birngruber schlug sein Fußballblatt auf.

„Soll ja in Ischl geboren sein, deine Sissi“, meinte Brandner also. Aus purer Höflichkeit. Und um Seppis Fußballerei zu entgehen.

„Ach wo!“, schmatzte der Birngruber empört. „Bei uns geboren, Chef! Bei uns oben im Krankenhaus!“

„Die Ischler sagen, bei ihnen!“, beharrte er. Auch um den Seppi ein wenig zu ärgern. Seit Wochen ging der ihm schon auf die Nerven mit seiner Sissi-Manie. „Die Ebenseer schwören Stein und Bein. Eine original Ebenseer Hausgeburt, die Voglhuber Lisa! Sagen die Ebenseer!“ Brandner grinste und schüttelte nur noch den Kopf. Alle waren auf einmal ganz narrisch mit der Voglhuberin, nur weil die jetzt ein Schlagerstar war.

„Wurscht“, schwärmte der Birngruber zwischen zwei Bissen. „Gmunden oder Ebensee. Ein Wahnsinnsweib, unsere Sissi!“ Gestern hatte der Seppi einen Abend lang auf sie aufgepasst. Personenschutz für die Schlager-Sissi, hatte er jedem erzählt, der es hören wollte. Brandner wollte nicht. Er selbst hatte dem Birngruber ja den Auftrag dazu gegeben. Okay, auf der Bühne machte die Voglhuberin schon etwas her. Ein bisserl Bein, ein bisserl Po, sogar die Stimme war ganz gschma. Es waren die Fans, die ihm so auf die Nerven gingen. Das Gekreische zu Sissis Song. Der Rathausplatz hatte nur so gebebt von den hunderten Teenies, beinahe hätten die ihm noch die Bühne gestürmt. Dann kamen die Fernsehjurys. Die Stimmenauszählung. Die Reporter. Der Sieg! Sissis Song, dachte der Brandner. Ein Lied, schwupp, war man ein Star. Schon riss sich der ganze Ort den Haxn aus. Wütend konzentrierte er sich wieder auf die Angel, denn es schien ihm als rührte sich etwas da unten im See. Und da geschah es.

„Jessas! Das ist ja ein Riesentrum!“ Er gab Leine und klemmte sich die Rute zwischen die Beine. „Ich geh schon!“ Seufzend legte der Birngruber seine Semmel auf den Teller zurück und machte sich gewichtig auf den Weg. Immer dasselbe, der Chef und die depperten Fisch’! Hunderte hatte er für ihn schon aus dem Wasser geholt. Also hatte es der Birngruber Josef nicht wirklich eilig. Schließlich war Sonntag. Sollte der da oben ruhig ein wenig zappeln. Erst als der Wachtmeister schnaufend unten am Ufer stand und am Faden zog, der vom Fenster herab im See verschwand, erst da wurde dem Birngruber klar, was an der Leine hing. Himmelarsch, hätte der Brandner-Opa gesagt.

2.

„Mariandjosef!" Der Birngruber ließ sich aufs Bankerl fallen und bekreuzigte sich. „Nix anfassen, Chef! Die Spuren ..."

„Schon gut, Seppi. Die bewegt sich nicht mehr!" Brandner war stehen geblieben und starrte ins feuchte Grab. Ein Hauch von Kleid klebte am bleichen Körper der jungen Frau. Blut hatte das weiße Negligee stellenweise zartrosa gefärbt. Nur der dunkle Lockenschopf ragte ein wenig aus dem knöcheltiefen Wasser heraus. Unwirklich ruhig schwebte das Haar auf der Wasseroberfläche. Umrahmte die bloßen Schultern wie ein dunkler Kranz.

„Schrecklich!", wimmerte der Birngruber.

Jaja, nickte der Brandner. Ausgerechnet hier am Glücksplatzerl, wo sich all die knutschenden Paare trafen. Er hatte es kommen sehen. Brandner zog am Haken, die Locken verschwanden aus dem bleichen Gesicht. Birngrubers Bauch zitterte wie Espenlaub.

„Mariandjosef! Die Schlager-Sissi!"

Brandners Blick wanderte von der Wasserleiche über den See bis zum Traunstein. Die Frühlingssonne hatte sie eben noch herrlich gewärmt, nun verzog sie sich hinter die grauen Wolken. Er gab sich keinerlei Illusionen hin, sein Erholungsurlaub war nun in weite

Ferne gerückt. Welch ein Fressen für die Presse: Die fabelhafte Sissi als Leich an der Schnur. Im Geiste zog James Dean an ihm vorüber, die Monroe, Lady Di. War nun die Schlager-Sissi unsterblich geworden? Kalt wie ein Fisch lag die Voglhuberin da.

„Alles meine Schuld", zeterte der Birngruber. „Gestern hab ich sie noch zurückgebracht. Hier ins Hotel." Da hatte der Seppi wohl nicht ganz unrecht, fand Brandner. Schließlich hatte er selbst seinen Wachtmeister zum Personenschutz abgestellt. Schlussaus! Mit Gewalt riss er sich vom traurigen Anblick des Wachtmeisters und der Leiche los. Weinen half da nicht weiter. Am wenigsten der Voglhuberin, der half ja nun gar nichts mehr.

Der Inspektor sprintete um das halbe Schloss bis zum geparkten Polizeiwagen. Beinahe hätte er im Innenhof auch noch den Heinerl vom Blitztaxi umgerannt. Der Chauffeur hielt einer betagten Dame die Türe auf, Direktor Schwan küsste ihr leidenschaftlich die Hand. Das hatten sie wieder nötig gehabt. Nun hatte das Schlosshotel Orth wieder aufgesperrt und sie hatten tagtäglich Touristen im Haus. Wahrscheinlich wieder eine Millionärin, ärgerte sich der Brandner und schnappte das rotweiße Absperrband.

Kurz darauf drückte er es dem Birngruber in die Hand. „Na, wird's bald? Brücke absperren!"

Doch der saß wie betäubt am Bankerl und starrte den wohl geformten Rücken im Wasser an.

„Jetzt sperr halt endlich die Bruckn!", herrschte er seinen Wachtmeister an. „Ich ruf die Linzer." Das konnte er jetzt bei Gott nicht gebrauchen, dass der Seppi die Nerven so wegwarf. Wasserleichen, das war auch dem Brandner klar, fielen nicht in die Zuständigkeit der Salzkammergutpolizei. Er wollte die ganze Sauerei da so schnell wie möglich loswerden. Obwohl der Inspektor, wie nicht wenige im Salzkammergut, nicht allzu viel von den Linzern hielt. Erst recht nicht vom KfK, wie es amtlicherseits hieß, dem Kommando für Kapitalverbrechen. Die Deppen vom Leib und Leben, hieß es bei Brandner und Birngruber intern.

„Brandner hier, Salzkammergutpolizei", seufzte der Inspektor, die Linzer Bereitschaft meldete sich. In wenigen Sätzen hatte er die Lage erklärt und wie immer nach Oberst Gruber verlangt.

„Schön", flötete die dünne Frauenstimme.

Schön? Eine Leiche? Das wurde ja immer schöner da unten.

„Schön. Aber der Herr Oberst ist nicht im Haus. Schließlich ist Sonntag und ..."

„Schön!", unterbrach er die Kollegin vom Leib und Leben. „Jetzt passt's mir einmal schön auf! Sonntag ham wir selber. Aber wir ham a Leich da! Direkt unterm Fenster, klar? Keiner ersauft von selbst im seichten Wasser. Sie schicken also das Mordkommando! Pronto, verstanden? Und überhaupt, mit dem Herrn Oberst bin ich per Du!" Er legte auf. Dieser Telefontussi hatte er es aber gezeigt. Beschweren würde er sich trotzdem beim Gruber. Wozu sonst kannte man sich von der Polizeiakademie?

Gleich nach Birngrubers Aufschrei unten am Ufer hatte der Brandner Frau Doktor Fuchs verständigt. Nun besah sich die Gmundner Amtsärztin die Leiche zu seinen Füßen. Der Birngruber hatte sich gleich auf das Bankerl gelegt und klagte laut über Übelkeit.

„Auf geht's! Die Linzer kommen bald, da will ich fertig sein. Die wollen immer alles ganz genau wissen." Fuchs drehte mit ihren Gummihandschuhen die Leiche im Wasser vorsichtig herum.

„Nicht schlecht“, kommentierte sie überrascht, Brandner wurde rot. Auch ihm war der große Busen nicht entgangen. Fuchs kniete sich dichter zur Toten und löste den Angelhaken vom Hinterkopf. Skeptisch sahen Brandner und Birngruber der Frau Doktor bei ihrer unverwechselbaren Praxis zu. Es war der fast tierische Einsatz ihres Riechorgans, der den Polizisten nicht recht geheuer war. Intern wurde die Frau Doktor deshalb nur *Füchsin* genannt.

„Riecht noch recht frisch“, stellte die Füchsin denn auch gierig schnuppernd fest. „Weiß man schon, wer sie ist? Vielleicht ein Hotelgast?“

„Lisa Voglhuber. Eine Sängerin“, bekannte der Brandner, möglichst um Sachlichkeit bemüht.

„Die Schlager-Sissi!“, entfuhr es der Frau Doktor erbost. „Großer Gott! Dass du von Musik nichts verstehst, ist mir ja klar.“

„Die Schlager-Sissi“, bestätigte er ohne darauf einzugehen. „Der Tod hat sie wohl kurz vor dem Einschlafen erwischt. Sieht ja schon bettfertig aus, so im Nachthemd.“

„Geh Brandner! Das ist ein Unterkleid.“ Die Füchsin schüttelte geringschätzig den Kopf. Als ob er Spezialist für Damenunterwäsche wäre. Der Inspektor ärgerte sich. Wie denn auch? Er hatte ja nie Gelegenheit, sich diesbezüglich fortzubilden.

„Wer trägt denn heute noch so etwas?“, meinte Brandner verbissen. Doch die Füchsin reagierte nicht und räumte die schwarzen Haare ganz aus dem Leichengesicht.

„Wahrscheinlich ertrunken. Kein Wunder bei dem Gesöff ...“ Mit sichtlichem Ekel zeigte sie aufs Wasser hinaus. „Trinkwasser“, bemerkte der Brandner trotzig und deutete kaum einen Steinwurf entfernt auf die

Boje, wo seine *Stella* auf den Wellen fröhlich vor sich hin schaukelte. „Alle Seen im Salzkammergut haben Trinkwasserqualität." Ein halbes Leben lang hatte er darauf gewartet, dass die Bundesforste ihm eine Boje verpachteten. Jetzt ließ er sich von dieser Gschaftlhuberin auch nicht die Freude daran vertun. Nach jeder Bordmahlzeit wusch er wie alle Segler sein Geschirr im See. In heißen Sommern trank er sogar davon, wenn er beim Schwimmen besonders durstig war. Die Füchsin tat, als hätte sie seinen Einwurf nicht bemerkt, doch ein boshaftes Lächeln umspielte ihre Lippen.

„Ausgerechnet da", meinte der Inspektor, nachdem er die Füchsin einige Zeit beim Hantieren mit ihren Metallwerkzeugen beobachtet hatte. Sein Blick fiel auf die hunderten in trauter Absicht an ein Schmiedegitter geschlossenen Vorhangschlösser neben der Toten. Aus aller Welt waren schon Liebespaare angereist und hatten sich hier in trauter Absicht verewigt. Mit Sprüchen wie *Xaver liebt Uschi – Auf ewig Dein.*

„Ausgerechnet am Liebesplatzerl", nickte die Frau Doktor. „Das gibt Ärger! Todsicher."

Brandner fand die Worte der Füchsin seltsam gewählt. Aber wahrscheinlich hatte auch sie sich, wie er, den Tourismuspräsidenten vorgestellt. Vor ein paar Jahren hatte der das neueste *Glücksplatzerl* des Salzkammerguts im TV noch groß präsentiert. Nun war es entweiht.

„Gemma, Burschen! Da kann ich nicht ordentlich arbeiten!" Wie eine Dirigentin vor ihrem Orchester wies die Frau Doktor die beiden Polizisten mit der untergehakten Leiche an.

„Dort auf die Trage. Und dann zur Brücke mit ihr!"

Brandner holte noch ordentlich Luft und nickte dem Seppi zu. Dann hoben sie die Tote wieder an. Da passierte es. Unter normalen Umständen wäre so eine Leiche alleine spielend zu halten gewesen, doch der Birngruber rutschte aus, und Brandner schaffte es in der Drehung gerade noch, zur Brüstung zu stolpern.

Nun hing die glitschige Sissi am Geländer, er schob keuchend an ihrem Hintern, damit sie ihm nicht wieder davonrutschte.

„Na sag mal! Deine Kleine, die will aber nicht!" Ein hoch aufgeschossener Mann mit niedriger rotblonder Stirn fotografierte sie von der Brücke herab. Brandner fragte sich, ob man das Bergen einer Leiche für einen Annäherungsversuch halten konnte. Schließlich trug er Zivil. Doch da ihm die Sissi zu entgleiten drohte, packte er sie gleich wieder ordentlich am Gesäß.

„Immer feste druff", kam es feixend von oben.

„Gemma, Piefke! Auf Wiederschaun!", rief der Brandner zurück. Wie kam der Mann da auf die Brücke? Wahrscheinlich hatte der Birngruber am Ufer wieder einmal nicht ordentlich abgesperrt.

„Ist ja wohl ein öffentlicher Weg hier! Ist das da eine Leiche?"

Mit ein paar Ordnungsrufen war der Depp da oben wohl nicht ruhigzustellen. Vertrieb man den nicht von der Brücke, hatte er ihnen bald alle Spuren versaut. Doch ließ er die Sissi los, dann segelte die gleich wieder ins Wasser zurück und sie mussten gar noch Polizeitaucher anfordern. Ein Läuten nahm dem Brandner die Entscheidung ab. Er stemmte sich gegen die Leiche und kramte nach seinem Handy.

„Jessas, ein Piefke", knurrte der Birngruber schmerzverzerrt am Boden. „Hast leicht die Absperrung net gsehn?!"

„Kein Piefke. Sondern aus Oberbayern!", begehrte der trotzig auf. Rot vor Zorn kraxelte der Birngruber unter dem Handlauf der Brücke hindurch. Schon steckte er fest. Der Deutsche knipste munter weiter.

„Jaja, beim Seeschloss ..." Brandner senkte die Stimme. Schließlich brauchte der Rotschopf dort oben ja nicht alles Dienstliche mithören.

„Wissen Sie überhaupt, wer ich bin?!"

„Und wenn ma der Kaiser von China san!", schrie der strampelnde Birngruber. „Jetzt pass einmal auf, du Grispindl! Nimm deine Haxn und hau di über die Häuser!"

„Sonst?"

„Sonst ...", der Birngruber schien zu überlegen. Endlich hatte er sich aus seiner Zwangslage befreit und begann sich hochzurappeln. „Gibt's ein gschmalzenes Ordnungsmandat!" Der Deutsche wich etwas zurück, knipste noch ein paar Fotos und trat schleunigst den Rückzug an.

„Dorfpolizei", kam es höhnisch aus Brandners Rücken. Die Füchsin lehnte mit verschränkten Armen an der Schlossmauer und sah vergnügt zu, bis er die Sissi endlich wieder ins Gleichgewicht gehievt hatte. „Gratulation! Jetzt ist die wirklich hin."

Elegant turnte die Füchsin ans Wasser hinab, schob den immer noch keuchenden Brandner zur Seite und klappte den Koffer auf. Sie beugte sich über die Leiche und machte sich wieder gierig mit ihren Metallgeräten über ihr Opfer her.

Gerade die Füchsin, dachte der Brandner gekränkt, die musste doch immer gleich so deppert daherreden. Er ging zurück zum Liebesbankerl, um zu verschnaufen. Dann zückte er seinen Notizblock und tat, was er immer tat, wenn er am Ort eines Verbrechens war. Gustl Brandner zeichnete. Mit wenigen Bleistiftstrichen hielt er alles Wesentliche rund um die Leiche fest. „Da sind's!", rief der Birngruber. „Da! Die Chinesen!"

Brandner griff sich vom Seppi das Rohr. Tatsächlich. Ein Haufen Chinesen stieg aus einem Bus am Gmundner Ufer. Oder Japaner? Da kannte sich Brandner nie so ganz aus. Die fremdländische Schlange wälzte sich über die Esplanade und kam erst vor dem Eissalon zum Stehen.

„Jessas!“ Der Inspektor setzte den Feldstecher ab. Kommen uns die Chinesen, hatte Stadtrat Deingast immer gesagt, dann geht's erst los. Brandner war baff. Voller Weitblick hatte der Gmundner Gemeinderat Deal um Deal zugestimmt, alles abgenickt. Die neue Grünbergseilbahn lockte mit *Wandern & Noodle süßsauer*, der Feuerkogel mit *Schi & Tai Chi*. Sogar die neue Straßenbahn war international angelegt, eigene Übersetzer im Rathaus malten die Gmundner Fahrpläne also nun mit chinesischen Schriftzeichen aus.

„Ach wo!" Der Birngruber zog verächtlich die Nase hoch. „Alle weg bis zum Sommer!"

Nun ja, der Seppi machte sich da keinen Kopf, der war simpel gestrickt.

„Die bleiben uns, Seppi. Der Krapfenberger Toni versteht sein Geschäft!" Als Wunderwuzzi galt der neue Bürgermeister. Die Chinesen waren wohl nur der Anfang. Halleluja! Was da noch alles daherkam! Ernüchtert legte Brandner den Feldstecher zur Seite.

Jessas! Brandner schreckte auf und sah zur Brücke hinüber. Die nächste Prinzessin. Laut klackernd stöckelte eine junge Frau herüber zum Schlosshotel. Drei Mann im Schlepptau mühten sich ab, mit ihr Schritt zu halten. Brandner wollte eben den Birngruber wegen der mangelnden Absperrung zusammenpfeifen, da legte sich sein Ärger wieder. Die Dame sah gar nicht übel aus. Feine gebräunte Beine, braunes gewelltes Haar. Äußerst erfreulich sah die aus in ihrem blitzblauen Kostüm. Ganz seine Kragenweite. Er würde Milde walten lassen.

„Grüß Gott!", kam es streng aus dem kirschroten Mund. Das Fräulein behielt ihre Hände bei sich, musterte aber ihn und den Birngruber mit Argusaugen.

„Servus! Fräulein ...", grüßte der Brandner leicht verwirrt.

„Frau für Sie", knurrte sie knapp. „Frau Oberst Karl."

Eine neue Frau Oberst? Brandner wunderte sich ja nicht zum ersten Mal über die Linzer, doch nun schickte die Tatortgruppe schon Schönheitsköniginnen daher. Jede Wette, dass dieses Fräulein hier noch ein Frischling war. Wie immer in peinlichen Situationen bekam der Brandner seinen roten Kopf.

„Dienst ist Dienst, was?“, blaffte Oberst Karl. „Sogar am Sonntag. Saß eben noch in der Vormittagsmatinee. Fantastischer Beethoven! Leider nur bis zur Pause.“ Sie schnaubte wütend.

„Wo ist denn der Oberst Gruber geblieben?“, fragte der Inspektor vorsichtig.

„Kollege Gruber arbeitet schon Teilzeit, geht bald in Ruhestand. Wo ist der Patient?“

Brandners Blick wanderte zum Bootsplatz hinunter, wo sich die Füchsin noch immer an der Sissi zu schaffen machte. Mit unerbittlichem Fingerzeig befahl sie ihre drei Kofferträger zu sich, die begannen sich stumm anzuziehen. Für Brandner sahen sie in ihren weißen Ganzkörperoveralls beinahe wie Raumfahrer aus.

„Hat Sie schon jemand dort unten gesehen?“ Die Frau Oberst deutete ans Gmundner Ufer hinüber.

Brandner verneinte.

„Damit das klar ist: Wir halten das Ganze noch geheim!“

Ihr strenger Ton schmeckte ihm gar nicht. Doch wenn er richtig gerechnet hatte, rangierte eine Frau Oberst drei Ränge über ihm. Brandner lenkte seinen skeptischen Blick nochmals zur Leiche. Dass Gmunden gerade voller neugieriger Touristen war, hatte die feine Frau Oberst natürlich nicht bedacht.

„Abdecken!“, befahl sie den stimmlosen Raumfahrern. Auf Kommando stapften die drei hinter der Frau Oberst zur Füchsin hinunter, wo sie warteten, bis die Frauen ein paar Worte gewechselt hatten. Im Nu bauten sie am Boden kniend eine Art Zelt rund um den Bootsanlegeplatz auf. Dann kreisten sie vom Ufer her mit blitzenden Fotoapparaten das bauchtiefe Wasser ab. Die Frau Oberst hatte fürs Erste genug gesehen und kam zur Brücke zurück. Kurz darauf folgte die Füchsin. Sie nickte Brandner nur kurz zu, etwas nachlässig wie er fand.

„Also, ich würde sagen, dass die seit vier bis acht Stunden tot ist. Das wäre zwischen ein und fünf Uhr früh."

„Ist sie vergewaltigt worden?", wollte die Frau Oberst wissen.

„Das kann ich jetzt noch nicht sagen. Doch am Genick und Rücken hat sie ein paar Druckstellen."

„Vielleicht ist der Täter vorher gestört worden. Da hat er sie dann zum Schweigen gebracht."

„Es sieht überhaupt nicht nach Kampf aus", entgegnete die Füchsin. „Jedenfalls hat sie sich scheinbar nicht gewehrt. Leichte Hämatome, dazu Schürfwunden auf der Brust. Von den Steinen." Die Füchsin deutete ins seichte Wasser.

„Weiß man schon, wer sie ist?"

Die Füchsin sah zum Inspektor hin.

„Eine Sängerin", warf er ein, zufrieden, die Identität bereits geklärt zu haben. „Lisa Voglhuber."

„Meine Güte!", rief die Frau Oberst aus. „Das ist doch nicht etwa ..."

„Die Schlager-Sissi. Ganz genau."

„Na kommen S', Sie Talent!", begann die Frau Oberst. „Aber zuerst ziehen wir uns schön brav die Uniform an, gell?" Gar nichts, dachte der Brandner, ziehen wir uns an, das tat er schon immer noch allein. Er platzte vor Zorn. Das mit der Uniform hatte auch noch die Doktor Fuchs unten an der Leiche gehört. Jetzt grinste die und steckte ihre perverse Nase wieder in die Leiche hinein. Weiberwirtschaft! Mit einem bösen Blick auf den Brückenbewacher Birngruber ging der Inspektor hinauf in sein Büro.

Wenig später stand er vor der Suite von Lisa Voglhuber, die über die Landesgrenzen hinaus als Schlager-Sissi bekannt war. Die Uniform zwickte ihn und nur das Zimmermädchen, das offenbar von der Rezeption hinaufgeschickt worden war, um allfällige Aufträge entgegenzunehmen, entschädigte den Brandner einigermaßen für den rücksichtslosen Einstand, den sich die Frau Oberst geleistet hatte. Das Mädchen hatte die Suite bereits aufgeschlossen. Nun saß sie wohl zur Bewachung des Eingangs auf dem geblümten Biedermeiersofa am Gang. Brandner lächelte, doch verabschiedete sie sich sofort stumm, vermutlich um ihrer weiteren Arbeit nachzugehen. Geknickt zog sich Brandner die Schuhe aus und betrat Sissis Suite.

„Nix da, Sie Talent!", donnerte ihm die Neue entgegen. „Sie bleiben draußen. Mein Tatort, klar?! Und passen S' auf, dass niemand reinkommt. Die meisten Spuren werden nämlich von Polizisten zerstört." Oberst Karl hatte so laut geschrien, dass Brandner erschrocken an der Schwelle wieder zurücksprang. Na, Sie Talent!, äffte er die Frau Oberst nach, natürlich im Stillen. Und Tatort? Pah! Das war ja wohl noch etwas voreilig. Ernüchtert sank der Brandner auf das Sofa und schielte durch den Türspalt zur Frau Oberst hinein. Brandner kämpfte mit sich, um nicht in lautes Lachen auszubrechen. Karl hatte sich Gummihandschuhe über die Nagellackfinger und Einweglatschen über ihre Stöckelschuhe gestülpt. Der Rest der Frau Oberst war auch zur Raumfahrerin geworden! Auf Knien rutschte sie am Boden hin und her. Ein Blick auf sein Handgelenk zeigte bereits Mittagszeit. Bei dem Tempo ihrer Untersuchung konnte er ebenso gut eine kleine Pause einlegen. Brandner zog Rosis Jausenpaket aus der Uniformjacke, er bemerkte, wie hungrig er längst geworden war. Verflixte Weiberwirtschaft! Ein rechter Skandal war das! Wütend wickelte er Rosis Vollkornweckerl aus dem Butterbrotpapier. Früher hatten sie noch alles selbst geregelt, hier im Bezirk. Nun hatten sie also auch ihm so einen Papiertiger vor die Nase gesetzt. So eine Frau Chef in schickem Kostümchen! Statt dass der Herr Präsident endlich einmal den Ischler Posten besetzte. Da feierte der feine Kollege Gamperl ja schon seit Monaten Krankenstand. Er beugte sich wieder vor und sah durch den Spalt, wie die Frau Karl da drinnen am Boden herumkroch. Trotz des Raumfahreranzugs konnte er am gespannten Stoff die Umrisse des Obersten Hinterns deutlich ausnehmen. Mit einem Mal fand es Inspektor Brandner gar nicht mehr so schlimm, Wache zu schieben. Er brachte sich bequem in Position und gab Rosis duftendem Kalbslungenbraten den Rest.

3.

„Was ist denn da los?" Brandner schoss hoch, das letzte Gurkenscheibchen landete am Revers seiner Uniform. Die junge Frau stand mitten im Gang. Ein seidiger Morgenmantel, dachte Brandner, sonst nichts. Trotz ihrer Hornbrille sah er das Glänzen ihrer Rehaugen, ihren hellen Teint, wie Samt am zarten Hals, ihr ungeschminktes, fein geschnittenes Gesicht. Kurzum, Brandner sah Sterne, als Fräulein Klein vor ihn trat. Ein leichtes, doch vernehmliches Hinken passte als Einziges nicht ganz in dieses Bild. Sie zog das rechte Bein nach.

„Verzeihen Sie ...“ Brandner hatte sich erhoben und breitete seine Uniformarme vor der Türe zur Suite aus, die Dame hatte sich zielsicher darauf zubewegt. Es war klar zu erkennen, dass dieses Fräulein die Tote persönlich gekannt hatte. Dienst war Dienst, da setzte er nun besser sein Amtsgesicht auf. Typ scheues Reh, erkannte der Inspektor sogleich dank seines angeborenen Beschützerinstinkts. Natürlich war das Reh eingeschüchtert, er würde also zunächst einmal mit psychologischem Feingefühl an die Sache herangehen. Anstatt gleich mit der Mordsnachricht herauszuplatzen.

„Kann ich helfen?“, fragte er etwas freundlicher.

„Lucy Klein, ich bin die Assistentin von der Frau Voglhuber“, kam es hörbar besorgt vom Rehlein im Schlafrock.

„Unten getötet! ... die wäre doch voll auf die Insel geklatscht.“ Karls Telefonat drang vernehmlich aus der Tür. Brandner gab der Türe einen kleinen Schubs, sodass kein Spalt mehr blieb. Doch zu spät.

Mit einem sanften Aufschrei kam ihm das Fräulein entgegen. Sie sank vornüber. Geistesgegenwärtig ließ er sie neben sich auf das Gangsofa gleiten und tätschelte ihr behutsam die Hand. Da keine Reaktion kam, zog er kurzerhand den Notfalltropfen aus seiner Jacke, schraubte den Flachmann auf, kreiste und flößte damit dem Fräulein die übliche Dosis ein. Praktisch gesehen fiel ja nicht nur der Tatort, sondern wohl auch die Überbringung von Todesnachrichten nun in die Zuständigkeit der Frau Oberst.

„Was ist passiert?“ Sie hatte den Aufschrei gehört und stand vor ihm.

„Sissis Assistentin. Sie haben laut telefoniert und Tod geschrien, da ist sie ... – gegen den Schrecken“, fügte er noch erklärend hinzu und nahm vorsorglich selbst einen Zug, dann wanderte der Zirbenschnaps zurück in die Uniform. Die Frau Oberst wollte bereits zur Predigt ansetzen, da schlug Klein das erste Auge auf. Sie beugten sich über das röchelnde Fräulein.

„Großer Gott!“, schrie sie panisch. Verständlich, fand der Brandner. Auch ihm hatte die Frau Oberst als Raumfahrer zuerst ordentlich Angst eingejagt.

„Sie sind aufgewacht“, stellte Karl unnötigerweise fest.

„Meine Sissi?“

„Tot.“ Diese Oberst, dachte der Brandner entsetzt. Die war wohl generell mehr der hartgesottene Typ. Psychologisch gesehen ziemlich verhaut, diese Karl Monika. Das Rehauge schloss sich wieder. Brandner war bereits dabei, erneut in seine Innentasche zu langen, da stemmte sich das Fräulein überraschend vom Sofa hoch.

„Mein Gott“, stammelte sie.

„Sehr gut“, urteilte die Frau Oberst zufrieden. „Wenn wir Sie jetzt bitten dürften. Der Inspektor führt sie hinunter. Frau Voglhuber wartet ja schon.“

Warten war der falsche Ausdruck, dachte der Brandner, wo es ja um eine Leiche ging. Die Schlager-Sissi da unten wartete höchstens noch auf die Ewigkeit. Doch das Fräulein nickte verwirrt und erhob sich. Wenn die ihm nur nicht gleich wieder zu Boden ging, dachte der Brandner. Seine Nase juckte bedenklich, und juckte die einmal, so kamen allerhand Sorgen auf ihn zu. Langsam ging es voran mit dem Fräulein, auch weil es einbeinig hinkte, das war ihm ja bereits aufgefallen. Endlich kamen sie an das Wasser.

„Nein“, flüsterte sie verzweifelt, als Inspektor Brandner bedächtig die Folie vom Gesicht der Leiche zog. Klarer Fall. Er hatte den Fernvideokurs *Schockverhal-*

ten von Zeugen absolviert. Eindeutig. Der erste Schock. Er würde das ramponierte Fräulein versorgen müssen und griff wieder zum Schnaps.

„Sie ist es also“, fragte er sanft, mehr zur Bestätigung. Kleins Reaktion war schließlich eindeutig.

„Sissi“, murmelte die Assistentin, ohne noch einmal zum Wasser zu sehen. „Meine Schlager-Sissi ...“

Gerade noch rechtzeitig konnte er sie wieder auffangen. Im Zurücksinken. Durch den dünnen Stoff waren ihre zarten jugendlichen Kurven zu spüren. Lange, zu lange, hatte sich der Brandner keiner schönen jungen Dame so vertraut gefühlt. Gar keinen Damen, kam es ihm in den Sinn. Doch hier war es anders. Schon im ersten Augenblick hatte er gespürt, dass dieses Fräulein etwas Besonderes war. Ganz besondere Augen! Nach etwas ganz Besonderem roch dieses Rehlein. Marillen! Lucy Klein roch nach reifen Marillen. Es drängte ihn, das wohlriechende Fräulein zu küssen. Natürlich beherrschte er sich.

„Darf ich?“ Die Frau Oberst hatte den träumenden Retter unsanft beiseitegeschoben und winkte wieder ihre Raumfahrer herbei. Über den Zustand des Fräuleins schien die ja nicht allzu besorgt zu sein.

„Das wird schon wieder, Brandner. Bringen Sie sie zurück zum Hotel, die kümmern sich dann darum.“

Das Fräulein einfach so abgeben? An der Rezeption? Brandner war tief enttäuscht von Karls Herzlosigkeit. Er nahm das Fräulein nicht auf die leichte Schulter. Nachdem die Notfalltropfen gewirkt hatten und das Fräulein sein Bewusstsein halbwegs wiedererlangt hatte, schleppten sie sich Arm in Arm zum Hotel zurück. Gott sei Dank versprach ihm die Hausdame, das Fräulein Klein behutsam auf sein Zimmer zu bringen und bei ihm zu bleiben, bis er später käme, um nach ihm zu sehen.

Wieder am Fundort, beobachtete er, wie die drei Raumfahrer zum zweiten Mal das Wasser rund um das Glücksplatzerl abstreiften, die Frau Oberst hing schon wieder an ihrem Handy.

„Voglhuber ... Schlager ... berühmt", konnte der Brandner hören.

„Ich wär's dann." Doktor Fuchs erhob sich und packte ihre Instrumente in die Arzttasche zurück. Sie kam zu ihm auf das Bankerl und zündete sich eine Zigarette an.

„Eindeutig ersoffen", stellte sie fest und nahm einen tiefen genussvollen Zug. Von Schönreden hielt die Füchsin nichts, das war Brandner ja bereits bekannt gewesen. Endlich hatte auch die Frau Oberst zu Ende telefoniert und stieß dazu.

„Eindeutig Gewalteinwirkung", fuhr die Füchsin fort. „An Genick, Hals und Hinterkopf. Offenbar wurde sie einfach unter Wasser gedrückt und scheint sich nicht gewehrt zu haben. Auch die Unterwäsche ist, wie gesagt, unversehrt."

„Kein sexuelles Vergehen?", fragte die Frau Oberst.

„Sieht nicht danach aus." Die Füchsin zuckte mit den Achseln.

„Wann war sie tot?"

„Nach zwei Uhr. Es kann vielleicht auch schon fünf Uhr früh gewesen sein. Das kalte Wasser beschleunigt natürlich die Totenstarre, daher sind präzise Prognosen problematisch."

„Meine Buben meinen, das Strömungsverhalten sei zu schwach. Es muss also direkt hier am Ufer passiert sein." Die Frau Oberst deutete zum Wasser zurück.

„Gut möglich. Ich würde sagen, wahrscheinlich", ergänzte Fuchs und hauchte den Rauch der Zigarette aus. Etwas seltsam, fand der Brandner. War das Opfer seinem Mörder wirklich freiwillig hierher ans Wasser gefolgt? Noch dazu im Unterkleid? Weder im Wasser noch am Kies war etwas von Schleifspuren zu bemerken.

„Wie gesagt. Genaueres weiß ich erst morgen nach der Obduktion."

„Danke, Frau Doktor."

„Also dann ..." Die Füchsin deutete zur Leiche. „Aufs Tischerl mit ihr! Das heißt, wenn Sie mit der Dame nichts mehr vorhaben. Bringen Ihre Burschen sie mir hinauf zur Gerichtsmedizin?"

„Klar", lächelte Oberst Karl lässig und schüttelte ihr die Hand. Die Füchsin warf ihren Tschick ins Wasser und nickte Brandner nur zu. Er verfolgte noch, wie sie am Schloss entlang über den Kies stöckelte. Aufregend beweglich schlüpfte sie unter der Absperrung durch. Na super. Zwei Frauen machten nun alles unter sich aus. Er stand daneben, wie ein Depp.

„Herrgott! Schrecklich!"

Erschrocken sah der Inspektor hoch. Direktor Schwan war von der anderen Seite um das Schloss gekommen und stand händeringend neben ihm. Völlig fertig sah der Hotelier in seinem englischen Tweedanzug aus.

„Dann stimmt's also! Die Schlager-Sissi! Tot bei mir im Hotel!"

„Im Wasser", korrigierte der Brandner und deutete zum Zelt mit den Raumfahrern. „Nicht oben in deiner Suite."

„Wurscht, Brandner! Verstehst du denn nicht, was das heißt? Herrgott, stirbt mir die einfach weg! Da auf der Insel! Auch noch am Glücksplatzerl!"

„Besser nicht, Michi." Er hielt ihn am edlen Stoff zurück, als der Direktor Anstalten machte, an das Wasser zu gehen. „Sie hat sich schon ... ein bisschen aufgelöst."

„Aufgelöst", äffte der Schwan. „Aufgelöst hat die sich immer bei mir! Bei meiner Shiatsu-Massage. Weich war die, die Schlager-Sissi, ich sag dir ... ein Traum." Er knetete die Luft mit den Händen, wie um zu veranschaulichen, welche Gegenden der Verstorbenen ihn inspiriert hatten. Die Frau Oberst war vom Wasser gekommen und stand nun vor ihnen.

„Manche Gäste", erklärte der Schwan lächelnd, „massiere ich nämlich persönlich. Schwan, ich bin der Direktor hier. Sehr erfreut!"

Höchst unangebracht war das, wie sich der Michi da aufführte. Scharwenzelte um die Frau Oberst herum, als läge keine zehn Schritte entfernt keine Leiche. Doch die Frau Oberst betrachtete den Schwan interessiert. Prompt setzte der noch sein Don-Juan-Lächeln auf. Da ließ die nun kein Auge mehr vom schönen Hotelier, und er nicht von ihr. Brandner kam sich vor wie in einem Groschenroman.

„Kommen S', Brandner", seufzte sie endlich. „Traummännlein. Jetzt lernen wir noch ein bisserl verhören!"

4.

Fragen verboten, hatte die Frau Oberst ausgegeben. Brandner überlegte noch, was ihn mehr ärgerte. Dass ihn diese Karl so herumkommandierte oder allgemein die neue Weiberwirtschaft bei der Polizei. Mit gesenktem Kopf trottete er hinter der Chefin in das Zimmer von Fräulein Lucy Klein. Plötzlich zuckte die Frau Oberst zurück. Etwas Dunkles flatterte ihnen um die Ohren.

„Ruhig, Lucius." Das Fräulein, im Bett halb zugedeckt, hob ihre Hand. Brandner rieb sich die Augen.

Eine zahme Elster? Ein Zwergrabe? Das seltsame Tier machte noch ein paar Krächzer und flog auf wunderbar sanfte Weise zum Fräulein zurück, wo Klein einen Käfig auf ihrem Nachttisch öffnete, in den Lucius hineinhüpfte. Sichtlich erschöpft sank sie auf den Polster zurück. Brandner bemerkte den feuchten Lappen auf ihrer Stirn.

Die Frau Oberst zog sich ohne zu zögern einen Stuhl ans Bett. Da es keinen weiteren gab, blieb Brandner schließlich stehen. Im Vergleich zu Sissis Suite nahm sich das Zimmer des Fräuleins ziemlich bescheiden aus.

„Also Fräulein Klein! Gestern Abend. Wie war das? Wo waren Sie?"

„Nun ja ..." Sie griff sich an das Tuch auf der Stirn, um sich besser zu konzentrieren. „Sissi ist noch auf diese Aftershowparty gegangen. Ich bin aber lieber im Hotel geblieben."

„Wo war die Party?"

„Ein Wirtshaus hier im Ort. In der Kirchengasse. *Der Spies*."

„Erzählen Sie uns genau, wie der gestrige Abend verlaufen ist", befahl die Frau Oberst sichtlich ungeduldig. „Also gleich nach Ende der Show."

„Nun ja, die Sissi hatte gewonnen. Danach bin ich noch kurz mit ihr hinter der Bühne gestanden. Sie ging für die Ehrung noch einmal hinaus, sang ihr Lied ein zweites Mal. Das hat mindestens ... es hat bis zirka dreiviertel elf gedauert. Dann ist die Sissi direkt zur Party gefahren, dieser Wachtmeister brachte mich im Tourbus zurück ins Hotel. Vielleicht gegen halb zwölf."

Brandner nickte der Frau Oberst zu, der Birngruber hatte die Zeit ja bestätigt.

„Wo ist der Sissi-Bus? Ich habe ihn gar nicht gesehen auf dem Hotelparkplatz."

Das Fräulein überlegte. „Dann ist wohl gerade die Vroni damit unterwegs. Ihre Schwester. Ich selbst ...“, sie legte seufzend ihre Hand auf die Decke über der Hüfte, „ich darf ja nicht Autofahren.“

Brandner empfand Mitleid. Schon am Gang war ihm aufgefallen, dass das schöne und zugleich so traurige Fräulein ein Bein nachzog.

„Und dann?“, kam es scharf. „Wo waren Sie zwischen Mitternacht und fünf Uhr früh?“

Diese Frau Oberst! Die hatte das arme Fräulein nun erst so richtig verschreckt.

„Ehrlich gesagt“, fuhr Klein schüchtern fort, „ich war fix und fertig. Weil wir gewonnen hatten. Ich konnte nicht schlafen, war aufgekratzt. Da habe ich dann noch am Laptop gearbeitet. Die ganze Nacht.“

Na bitte! Das klang ja wohl mehr als verständlich. Brandner sah die Frau Oberst eindringlich an. Doch wie befohlen mischte er sich nicht in das Gespräch.

„Zeugen?“, fragte Karl knapp.

Nun traten gar Tränen in die Augen des Fräuleins. Sah die Frau Oberst denn nicht, dass das Rehlein schon kurz vor der nächsten Ohnmacht stand? Brandner konnte nicht mehr anders, er setzte sich demonstrativ zu ihr an das Bett. Wie konnte die Frau Oberst nur an Lucy Kleins Aussage zweifeln? Endlich schüttelte das Fräulein den Kopf und sah zu ihrem Laptop am Nachttisch, sie nickte ergeben. Die Frau Oberst klappte den Computer zusammen und nahm ihn wortlos an sich.

„Könnte Frau Voglhuber irgendwelche Feinde gehabt haben?“, fuhr sie etwas verbindlicher fort.

„Na ja ... der Alpen-Elvis, der war nicht sehr nett zu uns. Richtig bedroht hat uns der!“

„Alpen-Elvis?“

„Er hat beim Contest den zweiten Platz belegt“, erklärte das Fräulein.

„Weshalb hat er Ihnen gedroht?“

„Es gibt eben Sänger, die verkraften es nicht, Zweiter zu sein. Da hat er mir gedroht. Schiebung hat er mir vorgeworfen. Die Sissi habe sich ...“ Das Fräulein brach verschämt ab.

„Ja?“

„Sie habe sich ... ja durch alle Betten geschlafen. Jeder wisse das, hat er gemeint.“

„Wie hat er Ihnen gedroht?“

„Na ja, die Faust geschüttelt. Ich erinnere mich nicht mehr genau an die Worte ... ah ja. Dass so was wie wir weggehöre. Weg gehören wir, hat er gesagt!“ Wieder verbarg das Fräulein sein Gesicht in seinem Taschentuch.

„Die Schlager-Sissi, wie hat sie reagiert?“

„Sissi hat das nicht mitbekommen. Sie war doch noch auf der Bühne. Da hat der seine Wut halt an mir ausgelassen.“

„Gab es sonst noch jemanden beim Contest, der Frau Voglhuber Übles gewünscht hätte?“

Das Fräulein neigte sein Rehköpfchen nachdenklich. Natürlich wich sie dem eisigen Blick der Frau Oberst aus. Endlich verneinte sie.

„Aber da waren diese Briefe“, meinte sie noch. „Wir haben sie regelmäßig bekommen. Drohbriefe.“

„Drohbriefe?“

„Das Übliche halt. Wüste Beschimpfungen. Sie kamen mit der Fanpost.“

„Wir haben ja auch Anzeige gegen unbekannt erstattet. Doch es ist ja wohl klar, wer dahintersteckt.“

„Na wer?“

„Die Konkurrenz natürlich. Deshalb haben wir ja einen Leibwächter engagiert, ab und zu zumindest.“

Brandner erwähnte nicht, dass sich auch der Birngruber während des Singcontests ab und zu Sissis Bewachung gewidmet hatte.

„Ein paar dieser Schreiber sind richtig durchgeknallt. So was sollten Sie einmal lesen."

Die Frau Oberst nickte bestimmt. „Am besten nehme ich sie gleich mit."

„Die Briefe gibt es nicht mehr. Die Sissi hat sie verbrannt."

„Wer genau könnte dahinterstecken?", fragte die Frau Oberst verärgert.

„Es gibt da eine Ischler Sängerin, das heißt, wenn man die überhaupt als Konkurrentin sehen will. Bonita Blond."

Blond. Brandner überlegte, wo er diesen Namen bereits gehört hatte.

„Zumindest", fügte Klein hinzu, „hat die uns von allen am schlimmsten beschimpft. Auch die Vroni, Sissis Schwester!"

„Bonita Blond. Eine notorisch erfolglose Sängerin. Eigentlich heißt sie ja Bonita Grundbichler", mischte sich der Brandner endlich helfend ein. Er erinnerte sich nun wieder. Es war ein Artikel im *Ischler Mittwoch* gewesen.

„Diese Bonita war ja schon immer eifersüchtig", meinte Klein weiter und sah dankbar zum Inspektor auf. „Aber als klar war, dass wir beim Singcontest antreten würden, hat sie völlig durchgedreht. Die steht doch seit Jahren auf dem Abstellgleis." Das Fräulein hatte sich nun in Eifer geredet. „Da singen Sissi und Vroni ja noch besser im Kirchenchor als die Ischlerin auf ..." Das Fräulein senkte das Gesicht in die Hände und fing zu schluchzen an. Nie mehr würde sie singen, die Sissi, dachte der Brandner. Nicht auf der Bühne, und nicht im Kirchenchor. Oberst Karl bedeutete dem Inspektor aufzustehen. Sie würden also das Fräulein für heute in Ruhe lassen.

„Ich muss noch den Schröder anrufen“, seufzte Klein. „Der macht doch eh immer Schwierigkeiten.“

„Schröder?“

„Er organisiert die Konzerte. Doktor Till Schröder in Hamburg. Seine Agentur ist die *Sissi Corporation.* Doch die meisten Anteile halten wir selbst daran. Das heißt, die Sissi.“

„Wir kümmern uns darum“, entschied die Frau Oberst. „Sissi Corporation Hamburg, Schröder.“ Sie notierte es in ihren Block und stand auf.

Als sie wieder am Gang waren, drehte der Brandner versunken seine Polizeikappe in der Hand. Er war rot geworden. Nur ein kurzer Moment war es gewesen, ein Wimpernschlag. Doch hatte er sich ganz bestimmt nicht geirrt. Das Fräulein hatte seine Hand länger gehalten, als es zum Abschied nötig gewesen war.

***

„Meine Herren!“, verkündete die Frau Oberst von oben herab. Ihr bestes Stück thronte auf Brandners Schreibtisch. Es war ihm nicht entgangen – das Kostüm der Frau Oberst war zum Platzen gespannt. „Wir haben einiges vor! Alle Beteiligten sind zu durchleuchten. Zunächst diese Aftershowparty, wir müssen herausfinden, wer mit der Frau Voglhuber dort noch unterwegs war. Dann kommt das Ischler Umfeld. Alle, ich betone, alle, mit denen die Schlager-Sissi zuletzt Kontakt hatte.“

„Und die Presse?“, wollte der Brandner wissen. Er und der Birngruber tauschten Blicke. Sie hatten einen wunden Punkt getroffen. Der Bürgermeister würde sie vierteilen, wenn da etwas schiefging.

„Ausgrabungsarbeiten“, kommentierte Karl knapp. „Archäologisch. Rund ums historische Wasserschloss. Sie verklickern das Ihrem Bürgermeister und dem Tourismusbüro! Die sollen irgend so etwas auf die Gemeindehomepage tun.“

Gar nicht so übel, dachte der Brandner. Schließlich drehten die Archäologen im Salzkammergut ja schon jeden alten Poller im Wasser um. Not oder nicht, es war eine Lüge. Er bekam vor der Frau Oberst langsam Respekt.

„Und wenn's rauskommt?“, fragte der Birngruber.

„Meine Sache“, winkte sie ab. „Ab morgen wird sowieso alles bekannt. Mein Gott! Ein Dorf wie das da!“ Sie deutete lachend durchs Seefenster zum Gmundner Ufer. Na die hatte es nötig, dachte Brandner empört. Wo es doch in Linz drunter und drüber ging. Die Stadtväter hatten auf der Bank alle Gelder verspekuliert, und vom neuen Bürgermeister hatte man erst recht Schauerliches gehört.

„Wir bräuchten halt eine Zeitung, die was Passendes schreibt“, überlegte Karl laut.

Da gäb's nur einen, ging Brandner durch den Kopf, doch der war brandgefährlich.

„Der Fritzl!“, platzte der Birngruber heraus. „Vom *Gmundner Montag*.“

„Schlimmer Schmierfink“, gab Brandner zu bedenken. „Ein richtiger Blutschreiber!“

„Aber er weiß immer, was so abgeht im Gmundner Nachtleben.“

Er musste dem Seppi Recht geben.

„Rufen Sie ihn an“, entschied die Frau Oberst. „Aber bleiben Sie vage, Birngruber. Ein Todesfall, sagen Sie ja nicht mehr! Wir verlautbaren so wenig wie möglich!“

Brandner nickte dem Seppi bestätigend zu und der ging hinaus zur Telefonanlage im Zimmer für Parteienverkehr. Dort saß üblicherweise die Milli. Milli Marek war Brandners Sekretärin. Doch seit sie erst kürzlich den neuen Freund erobert hatte, war die Milli nun jedes Wochenende belegt. Sie hörten den Birngruber telefonieren. Der Mord, denn darum handelte es sich, davon ging Brandner aus, würde nicht mehr lange ein Geheimnis bleiben, wenn der Fritzl erst einmal Blut geleckt hatte. Immerhin gab er der Frau Oberst Recht. Es war besser, sich mit der Presse zu arrangieren.

„Braucht eine Viertelstunde von drüben, Chefin." Birngruber salutierte zackig. Und tatsächlich, schon nach zehn Minuten läutete es und der Fritzl stand an der Sicherheitstür. Das Wort Todesfall, dachte der Brandner, hatte offenbar ausgereicht.

„Bitte, lassen Sie mich das machen, ich kenne den", raunte er der Frau Oberst noch zu, als der Wachtmeister den Reporter schon einließ. Eine mehr als heikle Geschichte. Sie hatten ja nicht oft einen Bluthund wie den Fritzl zu Gast.

„Da hast du's. Extra Pfefferoni, wie bestellt." Der Fotoreporter steckte dem Birngruber ein Papiersackerl zu. Der bekam einen roten Kopf und suchte im Hosensack nach ein paar Münzen.

„Na ja, weil's ja heute noch länger wird", stotterte der Seppi, als er Brandners Blicke bemerkte, und versuchte vergeblich, die Jause hinter seinem Mordsrücken zu verbergen. Dass der Birngruber ständig an sich und sein Essen dachte, ärgerte ihn, wo er doch selbst langsam Hunger verspürte. Natürlich hatte der weder die Frau Oberst noch ihn nach ihren Wünschen gefragt.

Der Foto-Fritzl sah aus wie immer. Klein und dünn, dazu ohne Rasur, nur in letzter Zeit sah er noch mehr versoffen aus. Doch genau diese Schwäche, plante der Brandner, würden sie nun zu ihrem Vorteil nutzen.

„Griaß di", grüßte er freundlich. „Frag nur den Fritzl, sag ich mir immer. Der weiß über alles Bescheid."

Geschmeichelt strich sich der Reporter den mickrigen Ziegenbart lang und reichte dem Inspektor die Hand. Oberst Karl schien er geflissentlich zu übersehen.

„Ein Todesfall?"

„Morgen weiß es ganz Gmunden, aber du sollst es heute als Erster erfahren." Der Brandner strahlte ihn an. Dann führte er den Paparazzo ans Fenster zum See. Die Füchsin war immer noch an der halbnackten Leiche zugange.

„Jesusmaria!", entfuhr es dem Fritzl, „hab mir gedacht, da wird renoviert unter dem Zelt. Tot?"

„Mause-", nickte der Brandner, der sich dem seichten Jargon des Reporters anpasste. Schließlich wollten sie mit dem ins Geschäft kommen. Er deutete auf das in der Zimmerecke lehnende Sportgerät. „Hatte sie an der Angel. Morgen ist's amtlich, Fritzl. Die Schlager-Sissi."

„Jesus! Nein! Die Sängerin?"

Der Fritzl hatte sich schnell beruhigt und grinste lässig, als hätte er schon tausend tote Sängerinnen gesehen.

„Hat man sie ...?"

„Ziemlich sicher ein Unfall, möglicherweise war auch noch Alkohol im Spiel. Wir prüfen das gerade."

„Seid ihr sicher, dass das da die Voglhuberin ist?"

„Wir haben erst eine Identifizierung durch eine nahestehende Person", gab Brandner zu.

„Das heißt, nicht hundertprozentig", grinste der Fritzl. „Weil dafür braucht's erst die DNA. Ein Tag, Minimum."

„Arbeiten wir doch zusammen, hab ich mir gedacht, mit dem Fritzl", lenkte der Inspektor das Gespräch auf den Grund ihrer kleinen Versammlung. „Wo doch nur du die ganzen Stars kennst! Wie kein Zweiter."

Brandner blickte zu Karl und Birngruber, dann zum Reporter zurück. Der schielte wieder argwöhnisch zur Frau Oberst, doch Karl sah scheinbar gelangweilt zum See hinaus.

„Ein Kripomauserl", flüsterte der Brandner. „Reine Routine. Haben uns die Linzer geschickt. KfK, du weißt ja, wie die sind ..." Er grinste wie ein Verschwörer. Die Frau Oberst beobachtete finster und argwöhnisch, wie der Brandner zur Zimmerbar ging und eine Flasche herausfischte.

„So! Jetzt, wo du einer von uns bist!" Brandner goss den Zirbenschnaps in zwei Stamperl.

„Herrschaftzeiten! Klar helf ich euch", sprach der Fritzl und leerte seines in einem Zug. Sein Grinsen brach abrupt ab. „Was springt für mich dabei raus?"

„Exklusive Fotos."

Der Fritzl strahlte, der Brandner schenkte ihm nach.

„Du bist jetzt Geheimnisträger, Fritzl. Alles wird mit uns abgestimmt, bevor du es schreibst, klar?"

„Geheimnisträger." Fritzl verdrehte amüsiert die Augen und legte den Finger auf den Mund. Brandner füllte seinem Informanten gleich wieder das Glas.

„Jetzt erzähl einmal. Wie war diese Aftershowparty? Du warst doch dabei ..."

„Da unten beim Spies. Alle haben sich um die Sissi gerissen. Na klar, wo die doch den Contest gewonnen hat!"

Der Fritzl halfterte seine Riesentrum-Kamera ab und schaltete den Bildwiedergabe-Modus ein.

„Da schaut's her!"

Zu dritt versammelten die Ermittler ihre Köpfe vor dem winzigen Kameradisplay. Die Schlager-Sissi war ganz deutlich zu sehen.

„Wunderschön, dieses Kleid!“, schwärmte der Birngruber.

„Sie hat es die ganze Nacht lang getragen.“ Auch der Fritzl bekam feuchte Augen. „Die war ja vielleicht drauf. Richtig fidel. Ein richtiger kleiner Schlampen!“ Er biss sich auf die Lippen und sah unsicher zur Frau Oberst hinüber. „Na ja, echte Sängerin halt. Die hat dort praktisch jeden niedergebusselt. Sogar die Kollegen.“

„Kollegen?“

„Die anderen Teilnehmer vom Singcontest. Schau, Brandner, da ist Jack Black aus UK, diese Nadeschda aus Russland, sogar mit der hat die Sissi geschmust. Wo die doch immer nur falsch singt ...“ Der Fritzl bekam vor lauter Lachen einen feuchten Blick.

„Was geschah dann?“, fragte der Brandner.

„Na ja, die Sissi ist mit dem Bürgermeister am Tisch gesessen, du kennst ja den Krapfenberger Toni, den Sohn vom Brunnenwirt. Glaserl um Glaserl haben die zwei gekippt. Immer noch eins hat ihr der Toni gezahlt. Meine Herren! Glaserl um Glaserl“, wiederholte der Fritzl. Brandner verstand und zückte die Flasche Zirben. Solcherart versorgt klickte der Informant das nächste Foto an.

„Da ist der Reindlinger! Der Promischneider war natürlich auch wieder dabei.“ Es war leicht herauszuhören, was der Reporter von der Gmundner Schickeria so hielt. Schon wieder leerte der Fritzl sein Stamperl.

„Unser Reini“, Brandner musste schmunzeln. Jetzt war der also in der Oberliga der Stars angelangt. Bei dem würde er am nächsten Stammtisch nachhaken.

Der mondäne Schneider erzählte ja ohnehin für sein Leben gerne von Reich und Schön.

„Ah ja!", ließ der Fritzl sie aufhorchen. „Einer ist nachgekommen. Hat auch nur für einen Augenblick zur Tür hereingeschaut."

„Na und?"

„Mit dem ist die Sissi kurz etwas lauter geworden! Da ist der gleich wieder weg." Ohne dass es der Fritzl sehen konnte, drehte sich der Inspektor zum Fenster und sah die Frau Oberst vielsagend an.

„Wer war's?"

„Keine Ahnung. Irgend so ein Amigo halt. In dunkler Lederjacke mit Nieten drauf. Hab nichts mehr fotografiert. Systemfehler!" Der Fritzl lachte laut und griff als Erklärung zum Glas.

„Und dann ...?"

„Dann war's nach Mitternacht. Da hat der Spies endlich seinen Spezial rausgerückt."

Der Inspektor nickte. Er wusste, was ablief, wenn der Gmundner Szenewirt für besondere Gäste seine köstlichsten Schnäpse auftischte. Da gab's dann die feinste Marille und den zartesten Vogelbeer.

„Trinken bis zum Abwinken! Bis noch diese zweite Sissi daherkam. War wohl als Überraschung gedacht."

„Noch eine Sissi?"

Der Fritzl nickte lachend. „Hat sie gar nicht amüsiert. Fing gleich zu keifen an! Dann saßen sie aber zusammen wie die besten Freundinnen."

„Was taten die beiden Sissis?"

„Totales Besäufnis", lallte der Fritzl.

„Und dann? Komm schon, Fritzl", bohrte er weiter. Doch der andere deutete auf sein leeres Glas. Brandner goss dem Reporter noch einmal das Stamperl voll.

„Keine Ahnung“, grinste der listig. „War doch besoffen, Brandner! Der totale Filmriss!“

***

„Also, meine Herren ...“ Die Frau Oberst stand am Fenster und beobachtete, wie der Fritzl wieder über die Brücke zurück nach Gmunden wankte. Dann nahm sie ein Blatt vom Kopierer, schrieb mit Filzstift etwas darauf und pinnte den Zettel zu Brandners Ärger ganz oben auf sein persönliches schwarzes Brett, das bereits gespickt mit Namen war. „Wir haben viel vor, meine Herren“, tönte sie. „Motive und Gelegenheiten aller handelnden Personen sind zu klären. Wir brauchen genaue Informationen zum Leben der Toten! Birngruber, was haben wir?“

Der Wachtmeister nickte eifrig und widmete sich dem ersten Namenszettel. *Sissi Voglhuber*.

„Na, Seppi?“, wiederholte der Brandner mit einem boshaften Grinsen. Für Recherchen am Computer war schließlich der Birngruber zuständig. Der hatte die notwendigen Fortbildungen besucht.

„Sehr wohl, Frau Oberst! Lisa Voglhuber stammt aus Bad Ischl. Künstlername Schlager-Sissi. Ist sechsundzwanzig Jahre alt. Also ... war sie. Geboren in Gmunden. Wohnhaft in Wien, erster Bezirk, hat sich für die Singcontest-Woche aber hier bei uns im Schlosshotel eingebucht.“

Zu Brandners Entsetzen zog die Frau Oberst ein dünnes Holzstäbchen aus dem Topf seines Gummibaums. Im Stile eines Generals tippte sie auf das zweite Kärtchen. Der Birngruber steckte die Nase wieder in seinen Bericht.

„Vroni Voglhuber. Stammt aus Ischl wie ihre Schwester. Ebendort gemeldet, ein bisserl außerhalb der Stadt." Der Birngruber blätterte in seinen Ausdrucken. „Kaltenbachweg 92. Scheinbar seit gestern Abend verschwunden."

Brandner horchte auf. Wieso hatte der Birngruber kein Sterbenswörtchen darüber verloren? War das nicht die Adresse von Johnny Janisch?

„Danke, Wachtmeister!", meinte die Frau Oberst höchst interessiert. „Gibt's andere Angehörige? Wer hat das Verschwinden von Vroni Voglhuber erklärt?"

„Ich habe unter Vronis Ischler Telefonnummer in Kaltenbach angerufen, sie wohnt dort scheinbar bei Freunden, irgendeine Haushälterin ging an den Apparat. Die war aber nicht beunruhigt, die Vroni sei wohl wie immer über Nacht in Gmunden geblieben, schließlich habe ja abends ihre Schwester gesungen. Die Vroni schlafe überhaupt meist auswärts. Auf die Frage nach Verwandten oder Freunden hieß es, da gäbe es keine mehr, nur den Herrn Django, ihren Musikproduzenten. Doch der sei grad nicht erreichbar, hat die Dame gemeint, der sei grad im Wald." Der Birngruber schloss stolz seinen Bericht.

Django Janisch, der Sohn vom Wildererkönig! Brandner hatte sich also nicht geirrt. Die Schwester der toten Sissi wohnte anscheinend tatsächlich bei der ehrenwerten Bandenfamilie! Was hatte der Ischler Wilderer mit der Schwester der Schlager-Sissi zu tun? Tatsächlich ihr Musikproduzent?

„Gehen wir nun einmal alle weiteren Personen durch. Zunächst zu den offensichtlichen Feinden des Opfers. Laut Fräulein Klein hatte Sissi Voglhuber angeblich drei. Da gibt's zunächst einmal Bonita Blond."

„Kenn ich", stieß der Birngruber eifrig blätternd hervor. „Geboren in Hallstatt, aufgewachsen in Ischl. Heißt eigentlich Bonita Grundbichler. Ohne Vater groß geworden. Mutter früh verstorben. Sonst ... habe ich leider noch nichts", schloss der Seppi kleinlaut. „Die knöpf ich mir aber noch vor, Chefin!"

„Danke, Herr Wachtmeister", lächelte die Frau Oberst. Sollen sich die zwei doch gleich auf ein Packl hauen. Brandner kam sich wie in der Schule vor. Einserschüler und die Frau Oberlehrer!

„Aber der Herr Inspektor wird mich nach Bad Ischl begleiten. Wir schauen uns diese Bonita Grundbichler morgen genauer an." Das hatte gesessen. Brandner blickte triumphierend zum Wachtmeister, der blätterte verlegen weiter in seinen dürftigen Recherchen. Die Frau Oberst tippte auf das nächste Kärtchen.

„Der Alpen-Elvis, mit bürgerlichem Namen Ernst Kleinhauser, stammt aus Bayern. Singcontest-Teilnehmer der deutschen Delegation. Ein Gegner der Voglhuber-Schwestern", seufzte der Birngruber. „Zumindest laut Aussage des Fräuleins. Von den übrigen Teilnehmern sind keine Drohungen bekannt."

„Jaja, die anonymen Drohbriefe", fügte Karl nachdenklich hinzu. „Möglicherweise hat die ja nicht diese Bonita, sondern der Alpen-Elvis geschrieben. Laut Fräulein Klein sind die Briefe leider alle weg. Da brauchen wir mehr, für eine Untersuchungshaft reicht das nicht. Birngruber, Sie machen noch einmal eine Erhebung in der Datenbank! Die Voglhuber-Schwestern, diese Grundbichler und der Alpen-Elvis, klar?"

Der Seppi salutierte zackig. Brandner ärgerte sich. Das hatte der seit Jahren nicht mehr gemacht. Na das konnte ja heiter werden, wenn der auf die Idee kam, bei jedem Mucks der Linzerin zu salutieren. Die Frau Oberst war beim nächsten Namen am Brett angelangt.

„Dann wäre da noch der Fundort. Wieso wandelt die Sissi Voglhuber ausgerechnet dort am Glücksplatzerl? Mitten in der Nacht."

„Ein Date?", fragte der Brandner.

„Jawohl! Mit einem Bekannten, deshalb kam der Täter ohne Gegenwehr an sie ran", fügte der Birngruber eifrig hinzu.

„Das hätte sie in ihrem Hotelzimmer leichter haben können. Schließlich hatte sie ja nur mehr dieses Unterkleid an." Die Frau Oberst schüttelte den Kopf.

Auch der Brandner hatte so seine Fragen. Hatte sie sich etwa selbst ausgezogen? Auch die Sissi-Schmuckstücke waren ja an der Leiche verschwunden. Laut Zeugen hatte sie die Sissi-Sterne noch getragen auf der Party im Spies. Wollten sie das Rätsel lösen, so mussten sie wohl das Kleid finden.

„Das Unterkleid kommt sowieso nach Linz ins Labor", beruhigte die Frau Oberst. „Vielleicht finden ja die Kollegen etwas. Ansonsten gibt es tatsächlich keine Spuren am Tatort. Morgen werden wir sehen, was die Frau Doktor noch an der Leiche feststellen kann. Der Täter hat ja mit dem Opfer Kontakt gehabt. Die Druckstellen am Rücken und am Genick sind deutlich sichtbar."

Sie legte eine Großaufnahme vor ihnen auf den Tisch.

„Was ist mit diesem Schröder, dem Manager?", warf Brandner ein.

„Ja, der macht mir Kopfzerbrechen", meinte die Frau Oberst.

„Ich habe mir seine Homepage angesehen", versicherte der Birngruber, „da gab's eine Tonaufnahme. Die Voglhuberin scheint eindeutig die lukrativste Klientin der Sissi Corporation zu sein. Hamburger Akzent in der Stimme. Klingt hochnäsig, ganz nach klassischem Promi-Agent."

Karl nickte. Sie schien aber mit einem anderen Gedanken beschäftigt zu sein und tippte auf das letzte verbliebene Namenskärtchen.

„Lucy Klein. Das arme verletzliche Fräulein. Also mir kommt ihr Getue nicht ganz geheuer vor. Und in den meisten Fällen stammen Mörder aus dem persönlichen Umfeld des Opfers."

Brandner traute seinen Ohren nicht. Das Fräulein? Viel zu sanft für so eine blutige Tat. Nie und nimmer war Lucy Klein eine Mörderin!

„Fräulein Klein hatte eindeutig einen Zusammenbruch", warf er vehement ein. Oberst Karl bedachte ihn mit einem anzüglichen Lächeln und erhob sich ohne eine Antwort. Wahrscheinlich, dachte der Brandner, hatte die Frau Oberst ihren Fehler eingesehen.

„Heute kommen wir da nicht mehr weiter. Um es zusammenzufassen, meine Herren: Wir konzentrieren uns also auf die Suche nach der vermissten Schwester. Vor allem drei Personen sehen wir uns ab morgen genauer an. Diesen Elvis, dann Bonita Blond, weil sie den Voglhuber-Schwestern ja schon seit Jahren gedroht hat, und ..."

„Den Unbekannten, mit dem sie Streit hatte!", fiel der Brandner ein.

„Ganz genau." Zufrieden nadelte sie das letzte Kärtchen auf das Brett und schrieb *Unbekannter/Lederjacke* darauf.

„Was ist denn da los?"

Die Stimme klang scharf wie ein Pistolenschuss. Beinahe hätte sie die Frau Oberst vom Schreibtisch gefegt.

„Jessas!", kam es vom Birngruber. Auch der Inspektor hatte sich umgedreht. Er traute seinen Augen nicht. In der Türe stand der leibhaftige Tod.

„Die Schlager-Sissi!“ Birngruber sprang als Erster hoch. Weniger aus Höflichkeit als vielmehr, um in das Eck von Brandners Büro zu flüchten.

„Was ist denn los?! Schon an der Rezeption haben mich alle so komisch angesehen. Haben gesagt, ich soll hierher nach unten auf den Polizeiposten gehen!“

Die Frau Oberst hatte sich etwas erholt und bot der jungen Frau im Jogginganzug den freien Stuhl vor dem Schreibtisch an. Keiner schien es ansprechen zu wollen. Schließlich reichte Karl ihr mit ernstem Gesicht einfach die Vergrößerung der Tatortfotografie.

„Nein“, stammelte die Voglhuber Sissi. „Nein, nein ...“, stöhnte sie. Der Brandner holte schon wieder den Flachmann heraus, für den nächsten Nervenanfall an diesem irren Tag. „Ja ... die Vroni. Meine Zwillingsschwester.“

5.

„Die Schlager-Sissi!“, entfuhr es neuerlich dem geschockten Wachtmeister. Die Sissi war samt Sessel nach hinten gesackt und mitten in Birngrubers Bauch gelandet. Alles klar, dachte der Brandner. Also die Voglhuber Vroni. Ihre Schwester hatte die Leiche eindeutig identifiziert. Wenigstens konnten sie sich nun die genetische Untersuchung sparen. Man brauchte höchstens noch einen Termin auf der Gerichtsmedizin.

„Mein Gott, wie schön sie ist ...“ Dem Seppi ging es wieder besser. Er hatte die Sissi zärtlich umarmend geborgen. Schwebte sichtlich im siebenten Himmel dahin.

„Wachen S’ auf, Birngruber!“ Die Frau Oberst musste den Wachtmeister zweimal anstoßen, ehe der sich endlich löste. Schließlich brauchte es seinen starken Arm, um die umnachtete Sängerin auf ihr Zimmer zu tragen.

In der Suite angekommen, legte der Birngruber die bleiche Sissi sanft auf das Bett. Über sie gebeugt blieb er stehen. Dem war ja wohl alles zuzutrauen, dachte der Inspektor. Rasch nahm er die Notfalltropfen aus der Tasche und kam der Wiederbelebungstechnik seines Wachtmeisters zuvor. Es dauerte nicht lange und die Voglhuberin schlug prustend das erste Auge auf.

„Mein Beileid!" Brandner zog den Flachmann zurück. Er hatte ihr nun wohl genügend eingeflößt. Während der Seppi die Schlager-Sissi immer noch verzaubert anstarrte, nahm der Inspektor pietätvoll seine Dienstkappe ab. Zwar konnte er den Liedern dieser jungen Frau nichts abgewinnen, doch er hatte eine natürliche Scheu vor Berühmtheiten. Diese zarte engelhafte Gestalt hier im Bett, mit ihren rotgeweinten, tuscheschwarz unterlaufenen Augen, gehörte zweifellos dazu. Ihr Trainingsanzug war mit Make-up-Flecken übersät. Die Voglhuber war geschockt. Völlig klar. Der Brandner dankte seiner Weitsicht, dank derer er die letzte Fernschulung *Schockverhalten bei Zeugen* belegt hatte. Die Symptome waren eindeutig. Die Schlager-Sissi blickte den Inspektor und seinen Wachtmeister unvermittelt und stumm aus weiten Augen an. Spontan hielt er ihr nochmals den Flachmann hin, dankbar griff die Sängerin zu. Da drängte sich auch schon die Frau Oberst unwirsch heran.

„Frau Voglhuber, wir müssen Sie befragen!"

„Leider", bestätigte der Inspektor sanft. „Wären ein paar Fragen für Sie jetzt in Ordnung?"

Die Sängerin hielt ihren Blick weiter gesenkt. Doch sie nickte wortlos, Tränen liefen ihr übers Gesicht. Brandner verstand. Niemand brachte ihr die Vroni ins Leben zurück.

„Waren Sie gemeinsam mit Ihrer Schwester auf dieser Party?“, legte Oberst Karl ohne Rücksicht los. Die Schlager-Sissi schüttelte den Kopf.

„Na ja ...“, begann sie mit zittriger Stimme. „Wir haben seit der Kindheit immer wieder Rollen getauscht. Ich wollte endlich ...“

„Sie wollten einfach Ruhe“, ergänzte der Brandner, der sie nur allzu gut verstand. Die Sissi nickte, ihre Augen füllten sich bereits wieder mit Tränen.

„Ist Ihnen irgendetwas aufgefallen? Hatte die Vroni Streit? Angst vor irgendjemandem?“

Neuerlich verneinte die Voglhuberin.

„Sie war gerade gestern besonders gut drauf. Deshalb wollte sie ja unbedingt statt mir auf die Party gehen!“

„Mit wem hat Ihre Schwester gestern Nacht noch ... äh, gefeiert?“

Sie kämpfte gegen die Tränen. Der Schmerz schüttelte sie am ganzen Körper. Endlich riss sie beide Hände zum Kopf.

„Ich kann nicht mehr!“, schrie sie und krallte sich am Birngruber fest.

„Also, so kann ich wirklich nicht arbeiten“, seufzte die Frau Oberst empört zum Brandner, während sich die Sängerin immer lauter schluchzend im breiten Birngruber verbarg.

„Wir müssen das morgen früh fortsetzen.“

Morgen? Brandner sah die Frau Oberst kopfschüttelnd an. Es war mehr als fraglich, ob diese arme Frau hier so bald vernehmungsfähig sein würde. Er steckte den Flachmann ernüchtert zurück in die Uniform. Die Wiederbelebungen des Tages hatten auch ihn selbst völlig ausgebrannt.

Eine halbe Stunde später atmete die Schlager-Sissi regelmäßig und tief. Sie hatte sich in den Birngruber hinein und in den Schlaf geheult. Brandner betrachtete die Rundungen neben sich. Er war neidisch. Dieser Seppi! Bei so viel Mütterlichkeit hätte sich jede Frau geborgen gefühlt. Als sie beide nun leise die Türe hinter sich schlossen, sah der Wachtmeister zugleich verklärt und verstört drein. Doch noch im Stehen packte der seine letzte Wurstsemmel aus. Alleine die Frau Oberst lag komfortabel ausgestreckt auf dem Sofa und dachte sichtlich nicht daran, Platz zu machen. Sie war vor Sissis Weinen aus der Suite geflohen.

„Na? Wie geht's ihr?"

„Na ja ...", der Seppi verstummte. Oft genug hatte ihm der Chef gleichzeitiges Reden und Schmatzen verboten.

„Na ja?!"

„Sie ... schläft", kam es aus Birngrubers vollem Mund. „Will morgen ... reden", drückte er noch mühsam hervor. Brandner sah ihn unerbittlich an, bis der Wachtmeister auch noch die letzten Wursträder hinuntergewürgt hatte.

„Eingeschlafen. Nicht vernehmungsfähig", bestätigte der Inspektor kühl. Wenn die Frau Oberst schon in der letzten halben Stunde keine Anstalten gemacht hatte, ins Zimmer zu kommen, wieso sollte sie sich nun ernsthaft für das Schicksal der armen Voglhuberin interessieren?

„Also dann ...", der Birngruber wischte sich die Finger an der Uniformhose ab, er schien sich auf den Weg machen zu wollen.

„Nix da!", befahl die Karl. „Was ist mit diesem Reporter? Schließlich lebt die Schlager-Sissi nun wieder. Und wer klärt mir das Fräulein auf? Anscheinend hat nicht einmal die persönliche Assistentin durchschaut, dass die Vroni auf dieser Party war."

„Auf Sie hört das Fräulein", schlug der Brandner vor. „Da braucht es ja psychologische Kenntnisse." Wenn schon die Überbringung von Todesnachrichten in die Zuständigkeit des KfK fiel, dann ja wohl auch Auferstehungen.

In diesem Augenblick hörten sie Schritte am Gang. Lucy Klein stand plötzlich vor ihrer Tür und schloss auf.

„Also gut", seufzte die Frau Oberst, erhob sich und drückte den Birngruber neben sich auf das Sofa hinab. „Jetzt bleiben S' halt sitzen, Birngruber!"

„Aber ..."

„Keine Widerrede!"

Der Wachtmeister plumpste steif und verschüchtert auf das Sofa zurück.

„Gut", seufzte die Frau Oberst. „Sie finden uns alles über die Vroni Voglhuber heraus. Lebenslauf, persönliche Beziehungen, Feindschaften. Ich will alles wissen. Die Voglhubers werden absolut durchsichtig für uns. Auch die da drinnen. Ich will morgen früh einen lückenlosen Bericht! Wenn die da drinnen hysterisch wird, dann rufen Sie ihr den Arzt, klar?!" Karl deutete zum Eingang der Suite. Birngruber nickte ergeben.

„Oder auch gleich das Irrenhaus. Brandner, Sie fahren nach Hause. Aber vorher bringen Sie das mit diesem Fritzl in Ordnung! Der hat ja wohl noch nichts gedruckt! Ich pack noch das Fräulein hier. Dann muss ich endlich nach Linz."

***

Inspektor Brandner radelte befreit um den See. Er hatte die lästige Uniform im Büro ausgezogen und fühlte sich, als er die Brücke hinter sich ließ, mit einem Mal kaum mehr müde. Als er am Yachtclub vorbei war, zog er spontan den Lenker nach rechts und hielt auf den Franz-Josef-Platz zu. Sie würde schimpfen. Ganz klar.

Doch schließlich lag es am Weg. Nur noch entschlossener trat er in die Pedale, bis er endlich die wenigen Meter in die Kirchengasse hochfuhr. Sollte sie doch schimpfen, dieses Mal lag es am Weg, also am Dienstweg. Er kehrte sozusagen beruflich ein. Brandner parkte sein Rad an der freundlich gelben Hauswand mit dem Schriftzug *Weinhaus Spiesberger* direkt unter den berühmten Weinträgern. Trinkfreudige Künstler hatten die Gmundner Keramik dem legendären Spieswirt bemalt. Für das sprichwörtliche Butterbrot und vor allem für ein Fass Wein. Damals. Also vor gut hundert Jahren. Hier war er richtig. Der letzte Ort, an dem man die Vroni Voglhuber gestern noch lebend gesehen hatte. Er sperrte das Rad an die Regenrinne und betrat das uralte Lokal.

„Servus! Ein Helles!"

Der Spies grinste freundlich und zapfte zugleich vom Hahn.

„Griaß di, Gustl!", begrüßte ihn der Wirt beruflich beschwingt. „Hab's schon ghört. A furchtbare Gschicht!"

Brandner hatte eigentlich größte Diskretion erwartet. Schließlich hielten es Wirte meist gleich wie Pfarrer, wenn es um Grauslichkeiten ging. Alles blieb im Beichtstuhl oder hinter der Schank.

„Die Schlager-Sissi, das arme Dirndl", knurrte der Spies. Er stellte Brandners Bier auf den Tisch und setzte sich mit seinem Glaserl Sportlerwein gleich mit hin. Denn der Spies war eher nicht so der Pfarrertyp. Neuigkeiten waren die halbe Miete in seinem Geschäft.

„Touristen! Die haben sie abgemurkst", schrie der Hütti, der Vogelfänger so laut, dass sein Vogerl im Käfig daneben zu pfeifen anfing.

„Terroristen, meinst du wohl!", gab sich der Graf Moosberg gescheit wie gewohnt.

„Ach wo, die Chinesen waren's!", gab Billy Eckstein, der Juwelier, zurück. „Da kommt einfach so ein Triaden-Gangster daher und murkst unsere Sissi ab."

Während sich der Inspektor noch fragte, welche abenteuerlichen Geschichten zum Tod der Sängerin wohl bereits an Gmundner und Ischler Stammtischen die Runde machten, beschloss er, in die Offensive zu gehen.

„Also Spies, wir haben auch was gehört. Es heißt, dass du der Letzte warst, der sie noch gesehen hat. Auf deiner versoffenen Party nach dem Singcontest."

„Ach wo!", protestierte der Wirt lachend und zugleich wohl geschmeichelt. „Ein nettes Festl! Sehr harmonisch, nur nette Leit..."

„Nur feinste Herrschaften, Gustl", strahlte auch der Reindlinger.

Doch der Brandner hatte sich etwas geschworen. Heute ließ er sich vom Gerede am Stammtisch nicht mehr einkochen. Heute ging es um Mord, da musste man halt dem Spies ein bisschen mehr auf den Zahn fühlen, und den anderen auch.

„Die Voglhuber Vroni war da, hab ich gehört."

„Von der Vroni ... da weiß ich nix!" Der Spies streichelte behutsam seinen glatt polierten Kopf, so als hätte er den eben sehr angestrengt.

„So so, dann war die also nicht dabei?" Brandner packte das Foto auf den Tisch. Die Nahaufnahme des toten Gesichts.

„Jessas! Brandner!", rief der Wirt leidend und griff sich ans Bäuchlein. „Ich hab doch gerade die Blutwurscht ghabt!"

„Ich zeig's dir ja nur, weil das da nicht die Sissi ist ..." Brandner sah in das verwirrte Wirtsgesicht. „Sondern die Vroni. Die Vroni Voglhuber."

„Aber dann", der Spies kratzte sich nachdenklich am Kopf. „Also dann ..."

„Ist die Sissi nicht tot! Genau. Nur ihre Zwillingsschwester."

„Mei, Gustl! Also da fällt mir jetzt ein Steinderl vom Herzerl ... weil wenn man jemanden persönlich kennt, ich meine, so richtig persönlich! Außerdem, ich hab ja schon investiert, da bei mir im Lokal."

Der Brandner wurde zum Herrgottswinkel gezerrt. Neben dem hölzernen Herrgott hatte der Spies ein signiertes Sissi-Foto gerahmt. Ein weißer Handschuh hing an der Wand, daneben ein Krügerl am Haken.

„Mein Sissi-Eck! Da hat sie gestern getrunken, das Weiberl! Stammgast, also die ist ja bei mir schon quasi daheim." Der Spies war zu Tränen gerührt. Er nötigte den Inspektor noch zum Anstoßen, dann wurde er wieder aufs Bankerl hinter den Stammtisch gedrückt.

„Auf unsere Sissi!", juchazte der Wirt, bis ihm endlich noch einfiel, dass ja gar nicht alles so eitel Wonne war. Da lag noch das Foto mit der Toten vor ihnen auf dem Tisch. „Na für die Vroni, also da tut's mir halt richtig leid. Die war ein feines Dirndl, ein paar Freunde vom Pezi, die haben sie oben in der Schul als Musikprofessorin gehabt."

„Auf die Vroni Voglhuber!", rief der Brandner und hob sein Krügerl. Wobei, der Vroni, der war das jetzt wohl auch schon ziemlich egal. Darum wandte er sich wieder seinen Recherchen zu.

„Gab's noch ein paar Schnapserl, Spies? Gestern wurde ja ordentlich serviert, hab ich gehört."

„Was hast du?!"

„Na, tu nicht so! Deine Schnapssauferei! Jeder erzählt's. Also besser, du beichtest mir gleich alles", warf er dem Spies hinterher, doch der flüchtete wieder zurück an die Schank. „Ich sag's ja nur", fuhr der

Inspektor fort, „weil ich jetzt diese Agentin vom KfK Linz im Nacken hab. Bei uns am Revier."

„Eine ... gegen was?" Der Spies-Kopf wurde rot wie sein berühmter Sportlerwein.

„Sonderermittlerin! Kommando für Kapitalverbrechen!", schrie er dem Spies quer durchs Lokal nach. „Mordermittlung! Also, du würdest mir schon sehr helfen, wenn du dich wieder an die Aftershowparty erinnern könntest. Nicht, dass die Oberst Karl selbst da noch bei dir herumstochert ..."

Der Wirt schoss hinter der Schank hervor und stellte ihm ein frisch gezapftes Bier hin.

„Pst, Brandner, schrei halt nicht so! Ich glaub, mir fällt grad was ein."

Der Inspektor grinste und hob das Glas.

„Na ja, könnte sein, dass der Herr Bürgermeister dabei war. Auf der Party gestern."

„Wer noch?"

„Dieser Elvis war dabei, vielleicht auch der Reindlinger", flüsterte der Spies mit einem vorsichtigen Seitenblick dem Brandner ins Ohr. „Könnte sein. Vielleicht ist dann auch noch der Schwan Michi gekommen, könnte sein."

Der Fritzl hatte also die Wahrheit gesagt, was die Gmundner Schickeria betraf. Brandner schaltete unmerklich das Mikrophon auf seinem Handy in der Rocktasche ein. Beim Spies wusste man nie, ob der am nächsten Morgen noch seine Erinnerung behielt.

„Wie gesagt, nur nette Leit haben da mit der Sissi gefeiert."

„Die Vroni", korrigierte der Inspektor. „Was hatte sie an?"

„Na das ganze Kostüm. Ist im weißen Sissi-Kleid gekommen. So wie auf der Bühne. Und so Sissi-Sternderl hatte sie da oben im Haar. Und auch eines im Ohr."

„Und sonst?"

„Was sonst?", stieß der Spies wütend hervor. „Ich war ja hinter der Schank. Auch das Stöckl war bummvoll mit Leut!"

„Mordsstimmung", sagte der Brandner.

„Mordsstimmung", nickte der Spies zufrieden. Dann zog er den Inspektor herüber zu sich. „Na und dann ... ist noch eine gekommen! Eine im weißen Kleid."

„Eine weiße ... Braut?"

„Ach geh, du Depp", lachte der Spies. „Eine zweite Kaiserin halt! So eine zweite im Sissi-Kleid. Aber das sag ich dir, dass die da nicht eingeladen war! Sie hat sogar immer den Fächer vor ihrem Gesicht gehabt. Nur dass sich die Schlager-Sissi nicht so recht gefreut hat, über die Überraschung."

Der Wirt fegte sich den Staub von der Trachtenweste, als ginge ihn die ganze Sache eigentlich gar nicht so richtig was an.

„Also die Vroni."

„Genau! Hat richtig Radau geschlagen. Zickenkrieg vom Feinsten, sag ich dir."

Der Wirt lachte belustigt von der eigenen Erinnerung und griff wieder zum Wein. Bonita Blond, dachte der Brandner sofort. War es möglich, dass die Ischlerin eigens zum Stören von Sissis Siegesfeier nachts noch nach Gmunden gekommen war?

„Und dann?"

„Dann sind die Vroni und die im Sissi-Kostüm trotzdem gemeinsam gegangen. Der Pezi hat ihr noch die Türe aufgemacht!"

„Und weiter? Was weiß dein Bub noch?"

„Aber wo! Der Pezi hat auch nichts gesehen. Außer, dass die zwei dann ins Taxi gestiegen sind. Ins Blitztaxi. Der Heinerl selber saß drin. Da war es halb zwei."

„Hast du einen Mann in Lederjacke gesehen? Er soll sich auch mit der Sissi angelegt haben."

Der Spies schüttelte den Kopf. Enttäuscht trank der Brandner sein Bier aus. Er hatte sich mehr erwartet.

„Geh Gustl, jetzt bleib halt noch!"

Dann schien dem Wirt noch etwas eingefallen zu sein. Der Spies erhob sich und verschwand hinter der Schank. Als er kurz darauf wieder auftauchte, hielt er etwas in der Hand und steckte es rasch in seine Weste ein, dann kam er mit einem Lächeln wieder an den Tisch.

„Also, ich weiß ja nicht, ob das da wichtig ist ...“, druckste der Spies herum.

„Zeig her!“ Brandner wischte das Gestammel beiseite. Der Wirt holte das kleine Präsent hervor. Da sah Inspektor Brandner seinen Stammwirt mit großen Augen an.

„Genau, Sherlock Holmes! Sie hat’s vergessen, die Voglhuberin. Ihr Telefon.“

6.

Im Mondschein fuhr der Inspektor zufrieden die Kirchengasse hinunter. Er bog rechts in den Rathausplatz ein, da fiel ihm der Vorderreifen auf. Schon seit Tagen ging dem die Luft aus. Nur wegen der Rosi hatte er sich heute früh noch einmal aufs Rad geschwungen. Damit du nicht ganz verfettest!, hatte sie ihm gesagt. Sonst findest du gar keine mehr. Nicht einmal eine Blinde. So hatte seine Haushälterin weiter dahergeschimpft. Am Frühstückstisch. Auf ihre eigene, so freundliche Art. Brandner stieg ab und griff sich auf seinen Bauch. Eigentlich ein Bäuchlein. Als er sein Rad am Rathausbrunnen vorbeischob, besserte sich seine Laune. Ein einziges Auto stand da. Der Heinerl hatte Nachtdienst. Armes Schwein, dachte der Inspektor. Den ganzen Tag war der Chauffeur auf dem Posten. Dieses ewige Hoffen auf eine Fuhr. Meistens vergeblich. Doch das Autofahren war eben Heinerls Leidenschaft, und ganz besonders sein neuer BMW.

In großen selbstgemalten Buchstaben stand unübersehbar BLITZTAXI darauf. Tatsächlich blitzte und funkelte der schwarze Bolide mit tiefgelegten Reifen im Licht der Laterne, wie immer war der Heinerl fest am Polieren.

„Gschamster Diener, Herr Inspektor!"

Noch einmal spuckte der Taxler auf den Kühlergrill und fuhr mit dem marineblauen Uniformarm übers Blech. Der stellte sich ja noch freiwillig so hin, dachte der Brandner, schließlich hätte der Heinerl ja keine Uniform zu tragen gebraucht. Helle Freude hätt die Frau Oberst mit dem.

„Der ist hin!", grinste der Heinerl mit einem Blick auf Brandners Vorderreifen. Schon hielt ihm der den Verschlag zum Beifahrersitz auf. Als verkaufe der Heinerl seinen Klein-BMW als Kutsche mit acht Pferden. Brandner verneinte.

„Der Reifen hält gut den ganzen Monat. Außerdem bin ich ja dienstlich hier. Horch her", fuhr der Brandner fort. „Du hast gestern Nacht eine Dame im weißen Kleid abgeholt, oben beim Spies. Eine im Sissi-Kleid. Wo wollte die hin?"

„Gestern sagst du? Bei der Nacht?" Der Heinerl tat, als versuche er sich zu erinnern. „Da war doch grad das Tamtam mit dem Schlagerfest."

Ja klar, ärgerte sich der Brandner. Doch selbst bei tausenden Touristen konnte sich so ein Taxler ja wohl an eine Fuhr mit Dame im Sissi-Kleid erinnern. Wie konnte der Heinerl nur so vergesslich sein?

„Es war schon nach Mitternacht. Muss um halb zwei herum gewesen sein, sagt der Spies."

„Jo mei. Eine Dame sagst du? Im Sissi-Kleid? Könnt aber sein, dass ich mich wieder erinnern tät. Also wenn ich länger nachdenken kann, also beim Fahren."

Typisch. Der Heinerl wollte ja doch bloß eine Zahlfahrt herausschlagen! Der gäbe noch gut einen Politiker her. Nicht mit mir Konrad, dachte der Brandner.

„Hör zu, wenn du mir Spompanadeln machst, dann muss sich unser Birngruber wohl einmal deinen Taxameter genauer anschauen. Dazu das Pickerl, Verbandszeug und was es sonst noch so gibt." Der Brandner legte die Stirn in bedrohliche Falten. „Und dann noch, wer dir da so aller was reintankt ... so nebenbei, ohne Steuer. Weißt du, der Birngruber, der findet halt leider immer etwas."

Der Heinerl tat endlich, als würde er nun nachdenken. Dem Brandner reichte es. Er zeigte hinüber zur Fahrertür, auf den Getränkehalter.

„Ist das ein Fruchtsaft, das da heraussteht?"

„Mei Brandner!", kam es erschrocken. Der Heinerl kratzte sich nunmehr hektisch unter dem Kapperl.

Na bitte. Ein Taxler im Dienst fürchtete eben nichts mehr als das Bierdelikt. Der Heinerl war sowieso ein längst überfälliger Fall für die Verkehrspolizei. Aber andererseits wollte er dem eigentlich gar nicht den Führerschein zupfen. Brandner mochte den Heinerl, und brauchte ja nur seine Auskünfte.

„Du, ich glaub, mir fallt grad noch was ein", beeilte sich der Chauffeur nun. „Gestern Nacht, sagst du ... jaja, da war etwas. Eine Fuhr war das, so eine spinnerte Urschel hatte ich noch nie. Oben vom Spies. Die hat auch so ein weißes Kleid angehabt."

„Spinnert? Und?"

„Erst wollte die mir an die Wäsche und ist laut geworden, dann hat sie schließlich die ganze Fahrt verpennt. Na, hab ich mich halt nicht gleich erinnert. Sei mir nicht bös, Brandner. Wo doch grad so viele Chinesen da sind."

„Wohin ging's?"

„Nach Orth ging's. Zum Schlosshotel! Ich hab sie aber nur bis zur Brücke gefahren. Es war ja auch nur bis zum Landschloss bezahlt."

„Wie viel hat die Dame bezahlt?"

„Das war's ja." Der Heinerl seufzte. „Die Fahrtkosten waren schon beglichen, per e-Taxler. Da gibt's dann kein Extra."

Der Brandner verstand nicht so richtig.

„Na e-Taxler! So eine App über das Internet. Bestellt wird telefonisch. Die gibt dir einen Voucher. Geht direkt an den Taxameter, wird metergenau abgerechnet", erklärte der Heinerl entrüstet. Er hielt dem Inspektor wütend sein Handy vor die Nase. „Kein Trinkgeld, verstehst?"

Brandner verstand gar nichts. Mit modernen Zahlungsmethoden hatte er es ja nicht so. Auch den Euro rechnete er sich noch in gute alte Schillinge um.

„Das heißt ... da hat jemand angerufen und dich zum Spies bestellt?"

„Eine Frau. Wird wohl dieselbe gewesen sein. Obwohl's komisch war. Als die dann eingestiegen ist, hat sie gar nichts mehr sagen können. Ist nur auf den Rücksitz gefallen. Hat doch geschlafen, bis wir beim Schlosshotel waren!"

„Ich brauche die Bankdaten, Konrad."

„Kannst du dir sparen. Geht über die e-Coins von der App. Nicht nachzuverfolgen! Hab doch selber schon nachgeschaut. Weil's mich ja interessiert hat, wer da die Schlager-Sissi abschleppt!" Der Heinerl hatte also seinen Fahrgast gestern erkannt.

„Na wollt ich halt ein bisserl schauen! Spaß haben. Wenn man schon kein Trinkgeld kriegt. Nur die Chinesen, die tun brav zahlen ... Mei Brandner, die Zeiten. Die werden nimmer mehr." Der einst wohl elegante

Mann sah ihn mit einem Mal todtraurig an. Brandner bemerkte die Flicken am Uniformärmel. Bestimmt hatte der Heinerl schon bessere Zeiten gesehen. Doch der Brandner wischte sein Mitleid beiseite.

„Und der Anruf zur Fuhr?“

Der Taxler tippte auf seinem Handy herum.

„Kam herein um ... ein Uhr vierundzwanzig! Da hast du die Nummer. Ist wohl eine Wertkarte.“ Er füllte dem Inspektor einen kleinen Zettel aus und reichte ihn ihm.

„Sag, Brandner. Wer hat denn die sexy Sissi im Schloss aufs Zimmer gebracht?“

Der Heinerl grinste unschön. Das würde er dann wohl morgen in der Zeitung lesen, dachte der Brandner. Er konnte sich nicht vorstellen, dass der noch nichts von Vronis Tod gehört hatte. Andererseits traf sich der Taxler-Stammtisch immer erst mittwochs im Schwan.

„Ins Grab, Heinerl. Hast du sie gebracht. Und jetzt, mein Lieber, weil das so gut geklappt hat, nach Hause bitte ...“

Damit ließ er sein Rad und den Konrad mit offenen Augen neben der Fahrertüre stehen.

„Na? Gschamster Diener?!“

Der Taxler beeilte sich um den Wagen herum und hielt dem Inspektor die Beifahrertür auf. Dann verstaute er leise fluchend und mühsam das Fahrrad im Kofferraum.

„Pfiat di, Heinerl“, flüsterte der Brandner von seinem Vorgarten aus dem Blitztaxi zu. Der Konrad hatte ihm sogar noch das Rad ausgeladen, großherzig verzichtet auf jedes Honorar. Ein Polizist zu sein in einem Ort wie Gmunden. Brandner rieb sich befriedigt die Hände, da ging halt noch etwas. Auch heute zeigte die Uhr weit nach Mitternacht, als er endlich das Rad in seiner Gartenhütte verstaut hatte. Leise und ohne Licht zu machen schlurfte er zum Eingang herein. Alles dunkel im Haus. Gott sei Dank war die Rosi also bereits schlafen gegangen. Er schlich sich ohne Zähneputzen am Badezimmer vorbei, dem wie immer der Hauch von Sauberkeit, Rosenseife und Kölnisch Wasser entströmte. Zufrieden mit sich und müde vom Tag fiel Inspektor Brandner ins Bett. Eine einzige Sorge plagte ihn, ein neues Gwirkst, das der Abend ihm da gebracht hatte, und das trug einen Namen: Foto-Fritzl. Er hatte ganz vergessen, den anzurufen.

Doch schon Augenblicke später war der Inspektor der Salzkammergutpolizei in seine Träume entschlafen. Nur der Wind, so schien es ihm, öffnete gespenstisch knarrend seine Schlafzimmertür. Wehte ihm zärtlich die Locken der Frau Oberst ins Gesicht. Sie war leicht bekleidet, richtig entblößt. Doch leider, so träumte es ihm, war der oberstliche Busen nicht mehr ganz frisch. Direkt von erdrückender Schwere.

„Mei Bua ...", hauchte die Stimme im Dunkeln. „Was wird noch werden aus dir. Endlich schläft mir der, und ich brauch jetzt meine Tropfen." Erschüttert wankte die Seele des Hauses Brandner zurück in ihr Nachtgemach.

7.

Schweißnass wurde er wach. Seit Ewigkeiten hatte der Inspektor nicht mehr so schlecht geträumt wie in dieser Nacht. Er war beinahe sicher, dass auch die Rosi in seinem Traum vorgekommen war. Brandner rieb sich die müden Augen und versuchte sich zu erinnern. Da fiel sein Blick auf das Nachtkastl. Vronis Handy! Hier lag der Beweis für den wahren Alptraum, der seit gestern über ihrem kleinen beschaulichen Seestädtchen lag. Tief beunruhigt kleidete er sich an. Kochgeräusche drangen aus dem Souterrain und ließen ihn an die Rosi denken, und die, so fürchtete er, ließ nicht unbedingt einen friedlichen Morgen erwarten. Kurz erwog er die Möglichkeit, durch die Gartentüre zu flüchten, doch dann stieg der Inspektor seufzend die Treppe hinab. Schon im Vorraum wurde er vom Racheengel ereilt.

„Da ist er ja!", rief die Rosi händeringend im rotweißen Schürzenkleid. „Siebenmal! Siebenmal hab ich dich angerufen!" Rosi raufte sich das graue Haar, dann zog sie ihn zur Küche herein. Brandner kramte nach seinem Telefon. Tatsächlich sieben Anrufe. Er hatte die Rosi den ganzen Tag über weggedrückt.

„Das muss ... das Handy sein", log er zerknirscht. Doch seine Laune besserte sich, als ihm der köstliche Kaffeegeruch in die Nase stieg.

„So so, das Handy! Und zu mir hast du gesagt, dass du mit dem Birngruber ein bisserl angeln gehst. Heute früh kommst du daher! Eine Schweinerei!"

Schweinerei! Das fand auch er. Jetzt, wo der Alptraumsonntag hinter ihm lag, ging es für die Rosi anscheinend erst richtig los.

„Nie hast du Zeit für deine alte Rosi! Wer ist denn bei dir gesessen am Bett, wenn du krank warst? Wer hat zu dir gehalten, wenn du etwas angestellt hattest?"

Auch das noch, dachte der Brandner. Er konnte sich eher an seine heißen Ohren erinnern, nachdem sie sie ihm langgezogen hatte. Doch tatsächlich gehörte Rosi Marek zur Familie. Sie war bereits im Haus Brandner gewesen, bevor er auf die Welt kam. Nun war sie die Einzige, die noch geblieben war. Rosi war seine Familie.

„Das gestern war dienstlich", meinte Gustl Brandner also versöhnlich.

„Na na, mein Lieber!" Rosis Morgenmantel wirbelte durch die Luft und ihr Zeigefinger stach plötzlich in seine Brust.

„Gustav Adam Brandner! Ich weiß schon, wo du wieder warst. Saufen! Im Spies!"

„Ach wo, der Stammtisch ist doch erst heute", brummte er verärgert. „Wo ist denn mein Omelette?" Die Rosi schaffte es wohl noch, ihm das Frühstück zu verderben. Rasch schlüpfte er unter der erhobenen Gouvernantenhand durch und griff hungrig nach dem Kaffee. Sie entriss ihm die Kanne.

„Im Kühlschrank, wie der Käse und die Eier auch!"

So weit war es also wieder gekommen. Sein eigenes Kindermädchen erpresste ihn an seiner empfindlichsten Stelle.

„Ich geh zum Hinterwirth, damit du es nur weißt!", rief er. Das ließ er sich nicht bieten. „Dienstlich war's! Überhaupt ist das Ganze noch immer geheim!"

„So so, geheim." Die Rosi lachte.

„Ja, geheim!" Brandner packte der Zorn. „Wir ham eine Leich, eine Tote! So, und jetzt gib endlich Ruh! Pfiat di!"

„Jessasmaria!"

Im Nu stand ihm sein Kindermädchen im Weg und scheuchte ihn zurück. Himmelarsch! Hätte er doch besser aufgepasst. Schwer atmend ließ sich die Rosi neben ihm auf die Küchenbank fallen. Plötzlich stand doch noch sein Omelette auf dem Tisch.

„Kumm her! Jetzt iss halt! Magst noch Kaffee?" Sie füllte bereits sein Gmundner Häferl mit köstlich duftendem dunklem Arabica und schöpfte einen Berg Milchschaum darauf.

„So! Jetzt erzählst!"

„Also gut", seufzte Brandner. Er kannte die Rosi schließlich lange genug. Sie gab ja doch keine Ruhe.

„Gestern Vormittag war es. Ich habe also einen ganz großen dran. An der Angel. Ein Mordstrum Saibling, denke ich mir. Da fing alles an ..."

„Mariandjosef!", stieß die Rosi hervor, als der Gustl geendet hatte. „Nicht schon wieder."

Auch ihm wären nach der Serie toter Jäger im letzten Frühjahr ein paar Einbrecher oder Taschlziaga lieber gewesen. Sogar diese ermordete Vera Kaprisky verfolgte den Inspektor noch immer im Traum. Eine Hollywood-Diva, die Kaiserin in der letzten Sissi-Verfilmung, man hatte sie vor zwei Jahren in Ischl kaltgemacht. Nun war also schon wieder eine Sissi in Schwierigkeiten. Wenn auch eine Schlager-Sissi! Er schob sich die letzte Gabel gebratenes Ei mit Paradeisern in den Mund und leerte sein Häferl. Er musste zum Dienst.

„Wie ein Ei dem anderen?", fragte die Rosi. Resolut drückte sie ihn zurück auf die Bank.

Widerstand zwecklos, wusste der Brandner. Klar, die Rosi beglückte ihn wieder mit ihren Theorien.

„Die Voglhuberin ..." Rosi machte eine ausladende Bewegung um ihre Hüften. „Sie hatte so ein Unterkleid an?" Er nickte nur.

„Bah! Das ist leicht."

„Was meinst du damit?", fragte er gespielt freundlich. Das konnte etwas werden! Hoffentlich reichte sie ihm wenigstens noch einen Nachschlag Käse, Schinken und Paradeiser, er schielte nach dem Reindl mit dem Omelette. Doch nun hatte sich die Rosi erhoben und scheuchte ihn unsanft von der Bank.

„Du solltest dich beeilen, Bub", schnaufte sie aufgeregt. „Himmelarschnzwirn, weil's der sicher noch einmal probiert!"

Brandner wischte den Morgentau ab und klemmte die Aktentasche auf den Gepäckträger an seinem alten, unwürdigen Waffenrad. Als er losfuhr, fiel ihm wieder der Patschen auf. Seufzend griff er zur Luftpumpe. Endlich fuhr er erschöpft, jedoch tief in Gedanken die Esplanade entlang, kein einziges Mal blickte er neben sich auf den See. Was, wenn sie Recht hatte mit ihrer Theorie?

Das Kleid, die Sterne im Ohr und im Haar. Alles verschwunden, dachte der Brandner. Jedenfalls, so hatte die Rosi geschlossen, habe nur der Mörder ihr das Kleid ausziehen können. Vielleicht ausziehen müssen, um jeden Preis, so die Rosi. Ein sogenannter Souvenirmörder. Einer mit Zwangsstörung. Aber dann, so hatte die Rosi gemeint, gebe es ja auch noch eine andere Möglichkeit.

Brandner sah die Tote wieder vor sich. Wie ein Ei dem anderen. Die Schwestern hatten die Rollen getauscht. Das war der Vroni zum Verhängnis geworden, sagte die Rosi. Dass auch dem Täter eine Verwechslung passiert war, schien verdammt wahrscheinlich, rechnete man noch diese Drohbriefe hinzu. Lauerte der Täter etwa der Schlager-Sissi immer noch auf? Hatte die Frau Oberst denn an diese Möglichkeit gedacht? Die Rosi hatte im Sud ihres Morgenkaffees gelesen, was die ganze Salzkammergutpolizei nicht entdeckt hatte und was doch so offensichtlich war. Brandner lehnte das Rad an die uralte Schlossmauer und eilte die Steintreppe hinauf. Jahrelange Polizeiarbeit hatte ihn noch eines gelehrt: keine voreiligen Schlüsse. Sie mussten im Umfeld beider Voglhuber-Schwestern recherchieren. Dazu brauchten sie jetzt vor allem eines: Sissis Aussage. Und das möglichst rasch.

„So früh?“, bemerkte Milli Marek sarkastisch und blickte auf ihre Uhr. Na, die hatte es nötig. Die Milli sollte nur ja nicht glauben, dass er nicht bemerkte, wie sie selbst neuerdings jeden Morgen später auf ihren Posten kam. Das sah er schon alleine an dem unerledigten Stapel, den der Postler ihr täglich hinterließ.

„War’s schön?“, gab er also freundlich zurück. Denn erstens war er von Natur aus höflich. Zweitens wollte er sie aushorchen, um zu erfahren, mit wem sich die

Milli diesmal wieder vergnügt hatte. Die war ja praktisch pausenlos mit ihren Liebhabern beschäftigt, und er wollte da nicht den Überblick verlieren.

„Er war okay.“ Milli errötete kaum und sah prüfend auf ihre Fingernägel. Da fiel es ihr offenbar wieder ein. „Großer Gott, die Wasserleich! Ich hab's gehört. Das war ja ein Mordstag gestern, gell?“ Aufgeregt sprang die Milli hoch. Die Argumente, weshalb er sie eingestellt hatte, traten ihm wieder vor Augen. Verstohlen schielte der Brandner nach ihrer Blümchenbluse, die war wieder einmal zum Zerreißen gespannt. Auch dass die Milli die Lieblingsnichte der Rosi war, hatte bei ihrer Anstellung eine Rolle gespielt. Natürlich hatte Brandner seine Wahl deshalb schon mehr als einmal bereut. Beide waren eng gegen ihn verbündet und die Rosi stets über alles auf dem Posten informiert. Brandner seufzte leise.

Sein Blick fiel auf das offene Schminkköfferchen. Was für den Urlaub galt, galt auch fürs Büro. Seine Sekretärin pflegte sich selbst weitaus mehr als den Amtsverkehr. Das Postentelefon meldete sich schrill, die Milli meldete sich gelangweilt.

„Der Bürgermeister“, flüsterte sie und hielt den Hörer bedeckt. „Aber aus Ischl der.“

Brandner nahm neben der Milli in einem der harten Schalensesseln für die Parteien Platz. Hoffentlich hatte der Bürgermeister Blitzer heute einen leidlichen Tag. Brandner erinnerte sich an frühere Fälle, vor allem an die letzte Mordserie unter prominenten Ischler Jägern. Seine Nase begann ungut zu jucken, als er den Hörer übernahm.

„Sie Nasenbohrer!“ Der andere schien etwas vor sich hinzuknallen. „Schon gelesen, Brandner?!“

Der Fritzl, kam es ihm in den Sinn. Auf den hatte er gestern ganz vergessen. Das war ja wohl richtig schiefgelaufen. Rasch fischte er sich den *Gmundner Montag* aus Millis Morgenpost. Brandner stockte der Atem. *Ischler Schlager-Sissi in Gmunden gemeuchelt?* Fett lief die Schlagzeile über das Titelbild. Die Voglhuberin strahlte ihn an. Ein zweites Foto zeigte die Leiche am Bootsanlegeplatz und Brandner selbst, mit offenem Mund und seiner Hand auf Sissis Po.

„Hundling!", entfuhr es dem Inspektor. Es war das Foto des Piefkes.

„Mäßigen Sie sich!", bellte es aus der Leitung. „Ihr borgt euch unsere Sissi aus und schon ... ist sie a Leich." Die gebrochene Stimme kam wieder in Fahrt. „Jetzt seid's dran, Brandner! Sie Wappler, Sie ..."

Der Inspektor der Salzkammergutpolizei hörte nichts mehr von den Beleidigungen des Bürgermeisters. Er hatte aufgelegt. Kaum war er aufgestanden, klingelte schon wieder das Telefon.

„Das wird der Krapfenberger sein. Zweimal hat er schon angerufen. Wird sich diesmal nicht mehr vertrösten lassen!" Die Milli hob ab.

„Verleugnen", brummte der Brandner. Schlimm genug, wenn auch der Gmundner Platzhirsch den Artikel vor sich liegen hatte.

***

Ohne anzuklopfen betrat Brandner das Zimmer seines Wachtmeisters.

„Jessas, Chef!" Der Birngruber rieb sich erschrocken die Augen. Sein Schlaf war jäh beendet worden.

„Marsch! Zur Sissi hinauf!"

Mit einem Tempo, das er dem Birngruber nie zugetraut hätte, sprang der von seinem Schrankbett hoch. Er hätte die Bereitschaftsnacht ja auch dort oben auf dem Sofa vor ihrer Suite verbringen können. Doch so viel Kombinationsgabe war dem halt nicht zuzutrauen. Er durfte den Birngruber nicht überfordern, mit Kriminalistik, von der er nichts verstand. Wütend war der Brandner auf die Frau Oberst. Weshalb hatte die dem Seppi nicht aufgetragen, die Schlager-Sissi nicht aus den Augen zu lassen?

„Dass die mir ja nicht aus ihrem Zimmer kommt!" Damit knallte er dem Wachtmeister noch den *Gmundner Montag* auf den Tisch und kehrte zur Milli zurück.

„Wir verlangen vom *Gmundner Montag* eine Richtigstellung", trug er ihr auf. „Über die Vroni Voglhuber, das heißt also, über die wahre Identität der Leiche. Auch beim Bürgermeister rufst du mir an. Und beim Tourismusamt. Und ...", Brandner überlegte, „wir vermuten Unfall oder Selbstmord. Genau das sagst du allen. Klar?"

Den gestrigen Tag verfluchend ging der Inspektor nun endlich in sein Büro. Er musste nachdenken. Nach Fritzls Artikel ließ sich Vronis Tod wohl schwerlich als Unfall darstellen. Zentnerschwer fiel er in das Sofa seines Großvaters und griff zu Jack. Jack Daniel's. Sein wohliges Aroma rann ihm die Kehle hinab. Wärmte ihn und machte die Sorgen kleiner, saugte an ihnen wie ein köstlicher süßer Schwamm. Saugte an dem Schlamassel, das gestern über das kleine Seestädtchen hereingebrochen war. Und doch ... Gustl Brandner betrachtete fasziniert die Färbung in seinem Longdrinkglas, das Spiel der Wellen und das Grau des sich auftürmenden Felsens. Und doch lag dieser See wie immer in unschuldiger Schönheit vor ihm. Friedliche Stille breitete sich mit einem Mal über Brandners Revier aus. Er streifte die Schuhe ab und streckte sich auf dem Sofa, schon kam der Schlaf.

„Mein Gott", ächzte es laut in der Tür. „Was wird sie bloß sagen? Was sagen wir?!"

Brandner rappelte sich verärgert hoch. Der Seppi hatte also den Artikel gelesen.

„Die Frau Oberst ..."

„Die Frau Oberst!", äffte er seinen Wachtmeister verärgert nach. Wie oft hatte er den Seppi schon gemahnt, vor dem Eintreten anzuklopfen. „Die Frau Oberst! Früher haben wir auch alles selber aufgeklärt bei uns im Bezirk!"

„Interessant."

Oberst Karl stand mit verschränkten Armen in Brandners Büro. Sie hatten es nicht bemerkt. Dafür hatte sie offenbar mehr als genug gehört.

„Morgen ... Frau Chef!" Der Seppi schoss in die Länge und salutierte. Brandner war zu überrascht, auch zeigte Jack seine Wirkung. Der Einfachheit halber blieb er also auf Großvaters Sofa sitzen, richtete sich aber auf. Die Frau Oberst ließ ihn gewähren. Sie nahm an Brandners Schreibtisch Platz, schaufelte kurzerhand die Akten in Birngrubers Arme und schob den Rest beiseite.

„Also, meine Herren! Was liegt an?"

„Die Abfrage zu den Verdächtigen", beeilte sich der Wachtmeister. „Ich habe da so einiges gefunden." Er öffnete das neue Dienst-iPad und tippte mit atemberaubendem Tempo, wie Brandner fand, darauf herum. „Bonita Grundbichler, Künstlername Bonita Blond. Ein ziemliches Früchtchen. Die haben wir auch schon einschlägig bei uns im System. 1979 in Hallstatt geboren, Familienverhältnisse von Anfang an zerrüttet, Bonitas Vater wurde nie bekannt. Die Mutter besaß ein altes Haus an der Ischler Straße nach Bad Goisern hinaus. Bonita wohnt bis heute dort. Das erste Mal aufgegriffen mit leichten Drogen schon mit vierzehn, hat Cannabis geraucht. Damals hat die noch die Ischler Tourismusschule besucht. Spätestens von da an muss sie die Voglhuberschwestern näher gekannt haben. Die Sissi ging nämlich in dieselbe Klasse, bis sie später sitzen blieb. Auch die Grundbichlerin wurde aus der Bahn geworfen, als ihre Mutter starb. Hat vor dem Abschluss die Schule abgebrochen und strebte dann eine Karriere als Sängerin an. Abends trat sie öfter im Hofbeisl auf, beim KuK-Max. Sang auch auf Bällen, Schulfesten, Firmenfeiern. Tingelte durch alle Kirtage. Später hat sie gekellnert, unter anderem wieder für den Max. Kleinere Eigentumsdelikte, einmal fehlte sogar ihre Tageslosung. Sie soll, laut dem KuK-Max, die Schlager-Sissi gehasst haben. Bonita hat damals wohl die Sissi für ihr Scheitern verantwortlich gemacht, sagt der Max."

Die Frau Oberst nickte zufrieden, der Birngruber fuhr fort. „Dieser Alpen-Elvis. Gleichfalls Künstlername. Deutscher Singcontest-Teilnehmer. Eigentlich heißt er Ernst Kleinhauser und stammt aus Pöcking am Starnberger See. Seine Herkunft ist aber weniger nobel: 1977 geboren, die leiblichen Eltern waren ständig straffällig, verbrachten die meiste Zeit im Knast, als er noch klein war. Er kam später zu Pflegeeltern, Handelsschule abgebrochen. Kleinhauser ist in den 1990ern entdeckt worden, über ein Volks-Rock'n'Roller-Casting vom Bayerischen Rundfunk. Seit über zehn Jahren mischt der gut mit im Schlagergeschäft. Sonst haben wir leider nichts im Erkennungsdienst. Auch die deutschen Kollegen nicht. Astreiner Typ. Bis auf die Aussage von Fräulein Klein, dass er ein Intimfeind der Sissi gewesen sein soll und sie bedroht hat. Außerdem habe ich noch hier Lisa Voglhubers gesamten Lebenslauf."

Auch das noch! Brandner kochte vor Wut. Hier am Posten hatte ja wohl nur einer das Anrecht auf erste

Rechercheergebnisse, und zwar er, der Kommandant der Salzkammergutpolizei. Dass der Seppi sich gar nicht schämte. Schließlich trug der ja die Schuld daran, dass es zu den Fotos in der Zeitung gekommen war. Erst hatte er die Brücke nicht ordentlich abgesperrt und nun machte der hier auf Schleimer bei der Frau Oberst. Brandner fühlte sich vom eigenen Wachtmeister an die Wand gespielt.

„Bravo, Birngruber", sagte die Frau Oberst. „Besorgen Sie mir noch so eine Zeitung von diesem ..."

„Fritzl", kam es vom Wachtmeister.

„Von diesem Fritzl, mal sehen, ob der seinen Aufmacher doch noch geschrieben hat. Reportern kann man ja ohnehin nicht trauen."

Brandner schickte Birngruber einen tödlichen Blick, immerhin ließ der Seppi den *Gmundner Montag* vom Aktenstapel verschwinden. Die Frau Oberst nahm wieder am Schreibtisch Platz und packte ihre Unterlagen aus.

„Und Birngruber, falls Behörden anrufen: das Übliche, wir ermitteln mit Hochdruck." Karl überlegte. „Vermutlich Unfalltod durch Ertrinken, klar?"

„Wird erledigt, Frau Chef!"

„Danach kommen Sie wieder. Wir müssen uns schließlich noch gemeinsam Ihren Bericht vornehmen!" Sie lächelte ihn warm an. Der Birngruber salutierte zum Abschied und bekam plötzlich eine gesunde Gesichtsfarbe. Brandners Blick wich er aus. Der rappelte sich verärgert vom Sofa hoch und hatte sich gleichfalls zum Gehen gewandt. Doch an der Tür fiel es ihm ein, er machte kehrt.

„Ich habe gestern Abend noch weiter ermittelt. In meiner Freizeit!" Brandner betonte das letzte Wort. Die Frau Oberst sah von den Akten auf.

„Der Spieswirt hat die Aussagen vom Fritzl weitgehend bestätigt. Den Unbekannten in der Lederjacke hat er zwar nicht gesehen, aber eine zweite Sissi ist noch gekommen, sagt er. Eine geschminkte Brünette und eben auch verkleidet genau wie die Kaiserin. Die Vroni hat das laut dem Spies aber gar nicht gefreut!" Die Frau Oberst klappte ihre Akte zu und bedeutete ihm weiterzusprechen.

„Außerdem habe ich mir über ihre verschwundene Kleidung noch einmal Gedanken gemacht."

„Na dann, lassen Sie hören!"

„Sissi hat mit ihrer Schwester Rollen getauscht. Das hat sie gestern vor ihrem Kollaps noch selbst gesagt. Laut Spies trug die Vroni das Kleid des Auftritts auch auf dieser Aftershowparty. Dazu die Sissi-Sterne im Haar und im Ohr. Doch seit Vronis Fahrt zum Schlosshotel ist plötzlich alles verschwunden. Bis auf das Unterkleid." Brandner legte eine kunstvolle Pause ein und versuchte abzuschätzen, welchen Eindruck seine Schlussfolgerungen machten. „Was, wenn die Vroni gar nicht mehr in Sissis Suite gewesen ist? Sie kam direkt von der Party zum Glücksplatzerl. Doch wo ist ihr Kleid? Wo ist der Rest vom Kostüm?"

„Vielleicht hatte der Mörder Angst, Spuren zu hinterlassen, und hat deshalb die Leiche entkleidet und alles mitgenommen."

„Wäre möglich", gab Brandner zu. „Und doch zeigt die Leiche keine Spuren von größerer Gegenwehr, die es wohl gäbe, wenn der Mörder ihr das Kostüm vom Leib gerissen hätte. Keine groben Anzeichen für einen Kampf."

Die Frau Oberst schien nachzudenken. Dann wusste sie eine Antwort.

„Das Ganze lässt nur einen Schluss zu. Nämlich, dass die ein Techtelmechtel hatte, die sind dort am See zur Sache gekommen.“

„Aber vielleicht ging es dem Unbekannten ja auch um das Kostüm, weil es doch verschwunden ist!“

Karl nickte, dieses Argument leuchtete ihr ein.

„Noch eines“, fuhr Brandner fort. „Nehmen wir an, der Täter hat nicht gewusst, dass die Schwestern Rollen getauscht hatten, als er ihr auflauerte.“

„Das habe ich mir schon überlegt“, antwortete Karl. „Falls er es nicht wusste, ist der Vroni genau das zum Verhängnis geworden. Sie ist einfach am falschen Ort gewesen“, schloss sie ernst. Brandner ergänzte: „Und die Sissi noch in Gefahr.“

„Gut kombiniert! Wir müssen sie möglichst rasch verhören. Setzen Sie den Wachtmeister bis dahin vor ihre Tür! Er kann oben mit seinem Spielzeug weiter recherchieren.“ Sie lächelte mit einem Augenzwinkern, er nickte zufrieden.

„Eines noch ... das hat er gefunden, der Spies.“ Brandner legte seinen Trumpf im Plastikbeutel auf den Tisch. Die Frau Oberst sah ihn mit großen Augen an.

„Vronis Telefon“, fügte er lässig hinzu. „Ich habe die Nachrichteneingänge bereits überprüft.“

„Ich lasse es vom KfK abholen! Die Buben schauen sich das heute noch an.“

Er wandte sich im Gefühl des Triumphs um und machte sich auf den Weg zum Birngruber. Dem würde er so richtig die Ohren langziehen.

„Herr Inspektor“, tönte es noch einmal in seinem Rücken. Lächelnd drehte sich Brandner in der Tür. „Jetzt fahren wir aber brav zur Frau Doktor Bericht holen. Gemma hopphopp!“

8.

„Hey Brandner!"

Was war los? So gute Laune hatte er an der Frau Doktor seit Jahren nicht mehr gesehen. Die Füchsin steckte in knallengen grünen Jeans und tannengrünem T-Shirt. Sündhaft ausgeschnitten, rundum mit Glitzer, alles an ihr war grün und silbergrau. Ein Weihnachtsbaum, fand der Brandner, nur deutlich zu viel Lametta.

„Neuigkeiten für dich! Das haut dich um. Garantiert."

„Verschone mich, hab's schon gelesen." Inspektor Brandner zog den *Gmundner Montag* aus dem Janker und warf ihn auf den Seziertisch.

„So so?", kam es verwundert. Mit spitzen Fingern lupfte sie das Blatt vom blank gescheuerten Stahl und fing an zu lesen.

„Polizei rätselt. Wie üblich ... notgeile Beamte. Witzig geschrieben, was?" Die Füchsin brach in herzhaftes Lachen aus. Natürlich, dachte der Brandner düster, der machte das sogar noch Spaß, dieser Zeitungsschreiber hatte ja wirklich ganze Arbeit geleistet. Er senkte erschöpft den Kopf und kam seufzend auf den Grund seines Besuches zu sprechen.

„Also, was hast du gefunden?

„Ich untersuche die Leiche von oben bis unten. Eine komplette DNA-Analyse aller genetischen Spuren. Leider sind es bisher nur ihre eigenen. Aber ich suche weiter." Sie schien es fast zu bedauern, dass der Fall bisher so wenig hergab.

„Keine Anzeichen für eine Vergewaltigung?"

„Ach wo, nicht einmal der Versuch. Sie hat diese Druckstellen am Hinterkopf, aber die sind viel zu leicht für eine richtige Gegenwehr. Aber ihre Lungen, mein Lieber, die waren voller Wasser! Was sagt uns das?"

Die Füchsin grinste über ihr eigenes Spiel, und wie immer war der Inspektor etwas schwer von Begriff.

„Das heißt, dass das Opfer unter Wasser noch geatmet hat. Ertrunken, Sherlock Holmes!", rief sie unwirsch.

„Man hat sie also unter Wasser gedrückt, und das ohne Spuren von Gegenwehr? Wenn sie sich nicht gewehrt hat, dann deutet das darauf hin, dass sie den Täter gekannt hat, vielleicht auch unter Alkoholeinfluss stand, nicht wahr?", folgerte der Brandner und sah sie ungläubig an. Er konnte sich nicht vorstellen, nicht um sein Leben zu kämpfen, unter welchen Umständen auch immer. Die Füchsin nickte und hatte ganz offensichtlich einen Mordsspaß dabei.

„Na komm ... dreimal raten?" Triumphierend sah sie in den Spiegel der Nasszelle und trug sich Lidschatten auf.

„Nein."

„Ach, Brandner!" Er wandte sich kopfschüttelnd ab, konnte sie aber hämisch lachen hören.

„Rohypnol!", platzte die Ärztin endlich heraus, als wäre damit alles erklärt. Rohypnol? Wieder einmal konnte er der jedes Wort aus der Nase ziehen.

„Vroni Voglhuber ist betäubt worden! Rohypnol-Präparate wie Rohymonol kamen in den Siebzigerjahren auf den Markt. Ein extremer Neurotransmitter-Hemmer, starkes Schlafmittel oder auch Narkotikum vor chirurgischen Eingriffen. Opfer können sich nicht mehr wehren und erinnern sich auch nicht an den Hergang von Gewalttaten. Vronis Magen war voll davon." Während die Füchsin ihm Brocken für Brocken hinwarf, zog sie sich den Lippenstift nach. Wieso kamen Frauen nie selbst darauf, wenn es zu viel war?

„Zu nuttig?"

„Super!“, log er. „Mach ruhig noch ein bisschen mehr drauf.“ Wieder einmal wunderte er sich über sich selbst. Wie die Frau Doktor so vor ihm stand, wie sie ihren Hals mit Parfüm besprühte ... er verspürte den heftigen Wunsch, die Füchsin an sich zu ziehen. Mit kräftigen Händen zu packen, ihre blutroten Lippen luden ja direkt ein.

„Halbtot.“ Die Füchsin holte ihn zurück aus seinem Traum. „Die Vroni muss also schon fast bewusstlos gewesen sein, als man sie unter Wasser tauchte. Deshalb, Brandner, gab es so gut wie keine Gegenwehr!“

„Vielleicht wollte man sie gefügig machen. Dann lief die Sache aus dem Ruder.“ Er hatte schließlich schon von solchen Partydrogen gehört. Die Füchsin lachte ihn aus.

„Wie gesagt, kein sexueller Missbrauch. Rohypnol ist auch kein Softdrink, mein Lieber. Das war die fünffache Dosis. Das bekommst du nur in der Apotheke. Oder bei mir.“ Die Füchsin schraubte den Lippenstift zurück und lächelte ihn an, auf eine Weise, die ihn rot werden ließ. „Fertig! Das gefällt euch Aufreißertypen doch so, nicht?“

Aufreißertyp? Brandner begann sich etwas zu entspannen. Er fixierte sie aus den Augenwinkeln, eigentlich sah die Füchsin jetzt richtig klasse aus. Eins-A-Partymaus sozusagen.

„Du, ich wollte dich ja schon längst fragen, ob du ...“, begann er.

„Ja?“ Sie zog eine einzelne Braue hoch. Dann wanderte ihre andere nach oben.

„Also, du ... also, ob wir ... einmal essen gehen.“

Da brach die Füchsin in Lachen aus. Sie lachte so laut, dass der Inspektor wieder rot anlief, sie konnte gar nicht mehr aufhören zu lachen. Schließlich beruhigte sie sich.

„Apropos Essen." Die Füchsin deutete auf die tote Vroni unter dem Tuch. „Sie hat's gegessen. Der Wirkstoff wirkt nach oraler Einnahme sehr schnell, die Wirkung tritt etwa fünfzehn bis zwanzig Minuten nach der Anwendung ein."

„Gegessen?"

Sie nickte. „Rohypnol wird üblicherweise in Tablettenform eingenommen. Doch unsere Freundin hier ... bekam wohl einen Mitternachtshunger. Quasi Vronis Henkersmahlzeit." Die blutroten Fuchs-Lippen öffneten sich für ein laszives Lachen, wieder bekam Brandner weiche Knie. „Aber ich konnte es noch ausgraben."

Bedauerlicherweise drängten sich Bilder in seinem Kopf auf. Die Füchsin hängte der Voglhuber Vroni einen Zettel an den Zeh und deckte sie zu.

„Eigentlich war's nur ein Snack", trieb die Frau Doktor ihr Spiel noch etwas weiter. „Aber ich bekomme gerade Mordshunger darauf. So! Und jetzt musst du mich entschuldigen ..." Die Füchsin fuhr sich über die knallenge Jeans und grinste voll lüsterner Vorfreude, wie er fand. Schon schob sie ihn in Richtung Ausgang.

„Moment! Ich brauche noch die Details." Er musste herausfinden, mit wem sie sich traf. Diesmal ließ er sie nicht davonkommen. Schließlich brauchte er Handfestes, das er der Frau Oberst liefern konnte. Die Füchsin drehte das Licht ab und drängte ihn vor sich her zur Schwingtüre hinaus. Grinsend drückte sie ihm noch ein paar Zettel in die Hand.

„Also gut, Gustl ... Leberkäs. Hundsordinärer Schweinsleberkäs."

***

„So so", sagte sie.

Zu dritt saßen sie in Brandners Büro. Eigentlich saß nur die Frau Oberst. Genauer betrachtet, fand Brandner nach einem Blick aus den Augenwinkeln, thronte die ja richtig da vorne, mit übergeschlagenen Beinen auf seinem Schreibtisch. Mit gesenkten Köpfen standen er und der Seppi vor ihr. Wieder einmal dachte er an seine Schulzeit zurück.

„So so ... so so", wiederholte die Frau Oberst und las mit wachsendem Ärger im *Gmundner Montag*. Ihre Miene begann sich immer mehr zu verfinstern. Endlich begann sie ihr Tribunal.

„Aus gut informierter Quelle ... Ermittler sichtbar überfordert ... Fehlerhaftes Sichern der Leiche! Sieht so Gmundner Polizeiarbeit aus?"

Sie knallte den *Montag* auf seinen Schreibtisch. Das kleinere Foto auf der Titelseite hatte sie mit dickem Strich rot eingerahmt. Deutlich war der Inspektor zu erkennen. Leider auch seine Hände auf dem toten Hintern. Der Schmierfink hatte wirklich nichts ausgelassen.

„Die Frau Doktor hat das so wollen, mit der Leiche am Anlegeplatz", begann Brandner zaghaft und fand, dass dies jetzt wohl für den Birngruber der richtige Augenblick sei, ihm zu Hilfe zu kommen. Schließlich war es ja nicht das erste Mal, dass der einen Tatort nicht richtig abgesichert hatte.

„Papperlapapp!", schrie Oberst Karl und baute sich direkt über ihm auf. „Sie haben Ihre Pfoten da drauf. Nicht die Frau Doktor. Ab sofort gehen alle Presseinformationen über meinen Tisch! Ist das klar?" Immer noch sein Tisch, dachte der Brandner. Natürlich sagte er wieder einmal nichts.

Karl fummelte zornig an seinem Gummibaum herum. Die tat ja schon so, als wäre sie hier zu Hause, in seinem Büro. Rasant rutschte die Frau Oberst vom Tisch und schritt im Generalsschritt auf und ab. Klick klack klick ... machten die Stöckelschuhe auf dem Boden. Wie kleine wetzende Messer, dachte der Brandner. Da sah er, dass sich die Linzerin zum Mittagessen umgezogen hatte. Sie trug nun gemusterte Strumpfhosen unter dem atemberaubend kurzen Rock. Plötzlich wurde ihm höllisch warm in dieser verdammt engen Uniform.

„Zum weiteren Vorgehen", fuhr sie etwas ruhiger fort und sah den Inspektor an. „Sie haben den Obduktionsbericht?"

„Ist abgeschlossen. Vorerst, sagt Doktor Fuchs. Tod durch Ertrinken infolge leichter Gewalteinwirkung." Er legte der Frau Oberst die Zettel auf den Tisch. Nun würde er die Bombe platzen lassen. „Die Voglhuber Vroni wurde vergiftet! Also betäubt."

„Betäubt?!"

„Rohypnol. Ein hochwirksames Sedativ", erklärte er der Frau Oberst. „Erst danach hat man ihr Gesicht unter Wasser gedrückt. Die war halbtot, die Vroni, konnte sich nicht mehr wehren, sagt die Fuchs."

„Irgendeine fremde DNA?"

„Sie hat noch keine Genspuren an der Leiche gefunden, untersucht die Vroni aber weiter."

„Wenn es keine fremde DNA gibt, dann heißt das ja wohl ..."

„Dass der Täter Handschuhe getragen hat!", rief der Birngruber eifrig heraus.

„Bravo, Wachtmeister!", knurrte Karl sarkastisch. „Was ist das für ein Betäubungsmittel? Hat man ihr etwas gespritzt?"

„Leberkäse", sagte Brandner bestimmt.

„Leberkäse?"

„Im Semmerl. Kontaminierter Leberkäse. Das Einzige, das die Voglhuberin nachts noch zu sich genommen hat, sagt Doktor Fuchs."

„Birngruber, Sie kennen sich da aus, wie man hört!" Die Frau Oberst sah den Wachtmeister erwartungsvoll an. „Wer hat den Leberkäs geholt, welches Geschäft hatte nachts noch geöffnet? Blitzrecherche!"

„Aber, Chefin, ich hab doch eh grad so viel Gwirkst. Der Eisl-Bauer hat seine Wiesen schon wieder nicht gescheit gemäht. Man sieht gar nichts mehr, sagen die Nachbarn. Vom See. Und der Gassner ..." Der Birngruber suchte nach etwas, das er dem langfingernden Badewaschel des Gmundner Gemeindebades anhängen konnte. Langsam begann sich Brandner zu amüsieren. Tag für Tag musste er dabei zusehen, wie der Seppi Semmerl um Semmerl in sich hineinstopfte. Frühstück Leberkäs, Jause Leberkäs, Zwischenmahlzeiten Leberkäs. Brandner bemerkte seit Langem, wie der über dem ganzen Leberkäs und seinem Fußballblatt alles andere in ihrem Bezirk vergaß. Eh wurscht, sagten die Leute, da hat nur der Birngruber Dienst, und jeder im Bezirk tat, was er wollte. Doch nun jagte der seinen eigenen Leberkäs. Brandner musste grinsen. Soko Leberkäs-Seppi sozusagen. Wer hatte schon Lust, bei den Wirten herumzuschnüffeln? Erst recht in Gmunden, wo jeder am Stammtisch gleich alles weitererzählte.

„Das packst du schon, Seppi!", assistierte er der Frau Oberst. Der Birngruber seufzte.

„Dann ist das klar. Sie forschen da nach." Karl hakte es ab und blätterte wieder in den Unterlagen der Gerichtsmedizin.

„Wie sieht es mit dem Alibi von Fräulein Klein aus, Birngruber?"

„Ich hab den Laptop überprüft. Sie hat tatsächlich die ganze Nacht lang Tabellen geschrieben. Die Juryzahlen, alle einzelnen Abstimmungen aus den Teilnehmerstaaten, einige hundert Daten. Die Tabelle hat sie immer wieder in neuen Versionen gespeichert, fast im Halbstundentakt. Der letzte Speicherungseintrag passierte um halb fünf Uhr früh.“

„Dann ist die wohl aus dem Schneider“, meinte Oberst Karl. Beinahe enttäuscht, wie es Brandner vorkam. Laut fuhr die Chefin mit ihren Gedanken fort. „Der Täter wählte also eine Betäubungstaktik. Keine Vergewaltigung, somit liegt hier kein Lustmord vor.“ Sie sah beide an. „Meine Herren, die Tat war offensichtlich genau geplant.“

„Eiskalter Mord. Der Täter hat Vroni vielleicht gekannt. Könnte in ihrem persönlichen Umfeld leben“, mutmaßte Brandner.

„Könnte sein“, gab die Frau Oberst zu. „Vielleicht hat er sie aber auch nur nach der Party abgepasst.“ Sie deutete mit dem Stift Richtung Inspektor. „Jedenfalls werden wir zwei heute nach Bad Ischl fahren. In zwei Stunden in meinem Büro. Ich sehe jetzt einmal nach der Schlager-Sissi, Sie gehen etwas essen.“ Karl grinste. „Am besten auf einen Leberkäs!“

„Pezi! Ein Helles!“, knurrte er gleich vom Eingang. Dann ließ er sich schwer auf die Holzbank neben dem Stammtisch fallen. Der Angesprochene schielte erschrocken hinter der Schank hervor. Mit erbostem Blick nickte der Brandner seinen Sitznachbarn zu. Das ging zu weit. In *meinem Büro*, hatte die Frau Oberst gemeint. Funsn! Es handelte sich immer noch um das Büro des Postenkommandanten, und der war ja wohl immer noch er. Zu dieser Uhrzeit war der Spies noch schütter besucht, nur der Stammtisch war bereits gut besetzt. Eigentlich hatte der Spies ja nur abends geöffnet. Doch seit die Chinesen im Ort waren, hatte sich alles verändert. Man sperrte nun auch mittags unter der Woche auf, und das mit zweifellos originellen Mittagsmenüs. Nun gab es Wok mit Traunseereinanke und Eierreis. Zum Schweinsbraten reichte man gedünsteten Bambus statt Sauerkraut. Nichts mehr wie früher, dachte Brandner und stürzte wütend das halbe Glas Hopfenkönig in sich hinein. Der Pezi, der Wirtsbub, schaute nur so. Außer dem Brandner saß noch der Schnöditz da. Der Gmundner Anwalt, ein kleiner gepflegter Mann in Krawatte und mausgrauem Dreiteiler. Sogar noch spätabends, wenn der Schnöditz von seiner Kanzlei am Marktplatz kommend die Kirchengasse herabstieg, um sein gepflegtes Bier zu genießen, erschien der noch streng gekampelt im feinsten Zwirn. Wie immer hatte der Schnöditz müde Augen, er hatte wohl gestern wie üblich bis in die Nacht seine Akten studiert. Der Schneider Reindlinger war schon beim Schweinsbraten angelangt, neben ihm der Hütti, der Vogelfänger aus der Viechtau.

„Griaß di, Brandner!“, versuchte es der Reindlinger vorsichtig.

„Da ist er ja“, nuschelte der Hütti fröhlich. „Jetzt kann er uns alles erzählen.“

„Nix da!“, schimpfte der Brandner und leerte den Rest seines Biers.

„Mei, Gustl! Was ist denn? Haben’s dir schon die Nächste umgebracht?“, lachte der Spies zur Begrüßung, als er die Holztreppe vom Stöckl herunterkam. „Das hätt ma grad noch gebraucht! Ein zweiter Prominentenmord!“

„Geh, Spies“, brummte der Inspektor. „Du hast es ja gut. Immer Stammgäste. Keine Vorgesetzten.“

„Na, der hat mir eine Ahnung!“, rief der Spies zum Stammtisch herüber. „Jetzt geht’s erst richtig bergab mit dem Gschäft. Jetzt wo die Voglhuberin tot ist.“

Der Spieswirt jammerte noch eine Weile vor sich hin, stellte aber immerhin ungefragt ein zweites Glas Bier auf den Tisch. Da schwang die Türe neben dem Stammtisch auf. Der Eckstein kam herein. Billy Eckstein war nicht immer ein Stammtischsitzer gewesen. Nach dem Aufbau seines Juwelierladens für die *Happy few*, wie Eckstein es nannte, hatte er im Laufe der Jahre auch die letzten Gmundner mit Modeschmuck eingedeckt, seither saß der Eckstein statt im leeren Laden immer im Spies.

„Habt ihr’s schon gehört? Die Schlager-Sissi!“ Eckstein war erschrocken in der Tür stehen geblieben.

„Komm erst einmal herein“, tadelte ihn der Wirt. „Und mach kein Tamtam. Die Sissi ist gar nicht tot. Nur der Zwilling.“

„Jessas! Die Vroni? Die von der Schule oben?“ Der schmucke Uhrentandler nahm seinen Hut ab und knöpfte sich die Rockschöße auf. Halbwegs erleichtert setzte er sich an den Tisch. Gut, dachte auch der Brandner zufrieden. Was der Spies in seinem Lokal herumschrie, das wusste morgen der ganze Ort. Das war besser als die ganze Presseabteilung im Rathaus. Auf das Mundwerk vom Spies war Verlass.

„Super, Gustl“, lachte der Wirt noch, der Brandner spürte seinen Ellbogen in der Seite, „und jetzt macht’s halt noch einen Unfall daraus! Irgendwie. Das ist noch das Beste für den Fremdenverkehr.“ Hinter der Schank grinste der Pezi dazu, vom Spies der Bub. Wenn es nur so einfach wäre, dachte der Inspektor, wie sich die Spies-Familie das vorstellte.

„Was weißt du eigentlich von der Vroni? Hast für mich recherchiert?“, fragte er also den vor Erleichterung und vom Sportlerwein glühenden Wirt.

„Ein Schlampen war's, die Vroni!“ Der Vogelfänger Hütti wischte sich nach dem Schluck erst den Schaum vom Mund.

„Sind alle gleich, diese Weibsbilder“, assistierte der Reindlinger, der Trachtenschneider. „Von einem zum anderen, mit jedem ist die ins Bett ghupft!“ Die Gläser stamperten am Holz, man stieß zusammen und war sich einig am Tisch, dass die Vroni ein rechter Schlampen gewesen sei. Wie immer, dachte der Brandner, musste man da die Hälfte wegstreichen.

„Also, ich hab sie mögen.“ Der Juwelier Eckstein hatte als Einziger nicht mitangestoßen. Wie Brandner wusste, war sich der auch für die meisten Trinksprüche zu fein.

„Du musst halt immer den Sir spielen!“, schimpfte der Wirt.

„Die Vroni war besser als ihr alle zusammen!“, protestierte der Eckstein und hob mahnend die Hand. „Sogar beim Glöcklertag hat sie immer mitgetan, obwohl sie eine Zuagroaste aus Ischl war. Und in der Kirche hat sie immer geholfen, dem Herrn Pfarrer beim Ministrieren.“

Das war ja wohl auch weniger freiwillig gewesen als vielmehr dienstlich, dachte der Brandner, und vielleicht ja auch weniger zum Ministrieren.

„Im Kirchenchor hat die gesungen!“ Der Eckstein schmatzte in höchster Verzückung und steckte Daumen und Zeigefinger in seinen Mund.

„Und du? Hast du sie nicht besser gekannt?“

Alle blickten zum Schneider Reindlinger. Der hatte von allen die intimsten Einblicke in die Vroni gewonnen.

„Genau, Reini“, stieß ihn der Wirt in die Seite, „erzähl uns halt ein bisserl von deiner Akademie!“

Plötzlich steigerte sich die gute Laune und wuchs zum allgemeinen Raunen und Grinsen an. Die Modelakademie Reindlinger steckte zwar, wie der Reini selbst zugab, noch in den Kinderschuhen, doch seine Damen waren schon stadtbekannt.

„Jo mei, sie ist mir halt ab und zu eingelaufen. Da ein Rockerl, da ein Bluserl. Laakirchen, Vorchdorf, bei meinen Modeschauen. Nix Atemberaubendes, ein nettes Dirndl halt.“

„Also, ich seh das anders, die Vroni hatte Charisma!“ Wieder der Eckstein. „Wenn die Vroni nur die Kirche betreten hat, dann war's schon stad. Ein Charisma! So stad war's den ganzen Advent nicht, als wenn die Vroni ihre Kantate gesungen hat!“

Der Eckstein musste es wissen. Schließlich spielte der die Orgel. Und war der Voglhuber Vroni oben am Chor offenbar sehr nahe gekommen. So ging es noch eine ganze Weile am Tisch hin und her. Der Brandner hatte die Frau Oberst schon ganz vergessen. Endlich kamen die Burschen am Stammtisch halt doch auf den Nenner, dass die Voglhuber Vroni eigentlich ein ganz anständiges Dirndl gewesen war. Schließlich eine vom Ort, eine Dasige. Irgendwie. So beschloss man endlich das Mordsthema und kam auf andere Dinge zu sprechen.

„Jetzt ist der grad einmal ein Jahr im Amt, und das Werkl lauft wieder!“, meinte der Eckstein. Beifälliges Raunen am Tisch setzte ein. Kein Zweifel, der Krapfenberger Toni hatte seine Gemeinderäte im Griff.

„Nur dass der Krapfi zwar immer im Amt, aber gar nimmer da ist, der lässt sich nie blicken", murrte der Spies. Alle am Tisch nickten.

„Da gibt's halt noch Kohle in der Politik. Nur bei uns Wirten ist alles rückläufig. Trotz unserem Singcontest!" Verärgert leerte der Spies seinen Sportlerwein.

„Der alte Krapfenberger macht genug Reibach mit seinem Dating-Portal."

„Der Vater vom Toni? Mit was?"

„Dating", erklärte der Pezi, indem er mit seinem Senior laut und verständlich sprach. „Da wo welche zusammenfinden, Papa. Manderl und Weiberl."

„Die Jugend ist halt viel zu modern", schimpfte der Wirt und ging wieder zum Zapfhahn hinter die Schank. Schon war man beim dritten Thema des Abends gelandet: beim Brunnenwirt und seinem neuen Singlehotel.

„Na ja, gescheit ist er schon, der alte Krapfenberger. Jetzt gibt's da auch noch ein Partnerinstitut, da oben im Hotel."

„Ach wo, ein Abkassierer", schimpfte der Spies noch vom Zapfen herüber. „Der wär ein Fall für die neue Millionärssteuer."

„Früher sind wir halt einfach zum Kirtag gegangen und haben uns ein Dirndl gesucht", maulte der Eckstein.

„Daschiaßn!", schrie es da plötzlich am Tisch. „Alle daschiaßn! Die Politiker!"

Der Hütti hatte nicht mitbekommen, dass es nicht mehr um den jungen Krapfenberger im Rathaus, sondern um den alten und seine Partnervermittlung ging.

„Ach geh", kalmierte der Spies. „Mit dem Hütti geht halt wieder der Jäger durch." Man rief nach mehr Schnaps für den Hütti und der gab Ruhe. Jeder am Tisch wusste, der Hütti meinte das alles nicht so.

„Sag, Gustl, wieso gehst du da nicht hin?“, wunderte sich der Reindlinger. „Zu den einsamen Herzen im Brunnenhotel. Da gibt’s ja wirklich reizende Damen.“

„Genau, Brandner. Da ist auch ein Spatzerl für dich dabei.“

Jeder am Tisch redete dem Inspektor zu. Doch der hatte schon abgewunken. Nichts für ihn. Da reichte ihm schon die Rosi zu Hause, jetzt fingen auch noch die Burschen am Stammtisch an mit der Rederei.

Besser, er kam auf das Berufliche zurück. Der Auftrag der Frau Oberst fiel ihm wieder ein.

„Sag einmal, Spies. Was hat die denn gegessen, die Voglhuberin?“

Der Spies verließ die Schank und verschwand kurz, um mit seinem Sohn zu sprechen, der heute in der Kuchl aushalf.

„Der Pezi hat am Sissi-Tisch serviert, aber weiß es nicht mehr“, gestand der Spies schließlich betrübt. Kurz darauf kam der Junior selbst mit weißer Schürze um die Hüfte an den Tisch.

„Die Sissi, also die Vroni, hat ja ständig die Tische gewechselt. Alle wollten sie hochleben lassen. Ich hab zwar nicht mehr im Kopf, was sie am Teller hatte“, nickte der Junior und blätterte in einer Liste, „aber ich weiß, was die ganze Gesellschaft gebechert hat. Vier Flaschen Wodka mit fast neunzig Energydrinks, dazu ziemlich viel Sportlerwein und noch diverse Softdrinks und Cocktails.“

„Könnte es Leberkäse gewesen sein?“, fragte der Brandner.

„Kann alles gewesen sein, falls sie’s gegessen hat“, grinste der Spies. „Wir verbuchen nur die Getränke tischweise. Die Speisen gehen auf jeden Kellner. Gestern hatte ich Dienst, der Papa, der Günther und der

Andreas auch. War ja volles Haus." Der Spies Pezi blätterte in seiner Abrechnung von Kassabons. „Da! Portion Leberkäse. Eine um halb elf und dann ... um viertel nach eins. Jetzt fällt's mir ein! Den hat sich die Sissi mitgenommen. Das Taxi stand schon vor der Tür."

„Schmeckt ja auch zu gut, euer Hausleberkäs", grinste der Brandner.

„Kommt originalverpackt", fiel der Senior mürrisch ein. „Bin ja keine Leberkäsbude. Aber die Chinesen sind ganz narrisch mit dem ganzen Zeug!"

„Noch ein frisches Quellwasser für dich?", fragte der Pezi und stellte dem Postenkommandanten gleich noch ein Glas hin. Das Bier ließ ihn alles andere vergessen. Seit der alte Spies den endlich an die Schank ließ, dachte der Brandner, da schmeckte das Bier erst richtig gut. Immer die volle weiße Krone vom Schaum, der Pezi-Bub zapfte einfach perfekt. Natürlich sagte er nichts, da hätte sich der Spies wohl in seiner Wirtsehre gekränkt gefühlt. Stattdessen nahm er sich noch einmal den Promischneider vor.

„Sag mal, Reindlinger, du warst doch auch da involviert in das Singcontest-Komitee?"

„Ausstattungschef", nickte der gemessen, im Wissen um seinen Ruf. Doch dann gab er sich bescheiden. „Reiner Prestigejob. Ich mach das ja praktisch nur für den Nachwuchs. Damit die Dirndln Auftritte haben. Background, verstehst?"

„Jaja, deine Akademie", grinste der Eckstein. Jeder wusste, dass der Reindlinger laufend auf Reisen ging. Die Damen vom Laufsteg waren immer dabei.

„Deppen!", gab sich der Ausstattungschef ganz ohne Humor.

„Also, wie war die Feier?", bohrte der Brandner weiter.

„Na ja, ich war ja praktisch nicht dabei. Hab da nix gesehen!“

Typisch, dachte der Brandner, der Reindlinger war wie alle anderen, wenn die Polizei kam. Nix ghört, nix gsehn, nix gwusst.

„Genau, Reini!“, lachte der Eckstein. „Grad du. Im feinen Zwirn. Auf Du und Du mit der Prominenz. Bist doch sonst nicht so reserviert.“

„Nix gsehn, der Reini!“, lachte der Vogelfänger. „Aber ich hab euch gsehn! Eng umschlungen. Dort hinten im Eck.“

„Also gut, hab ich ihr halt ein Busserl gebn“, knurrte der Reindlinger und lächelte fast geschmeichelt. „Zum Bruderschaft-Trinken. Ist das verboten?“

Man kam überein, dass es dem Reindlinger zu gönnen war, die Bruderschaft. Und dass er dazugehörte zur Singcontest-Society. Und erst recht seine Model-Akademie.

Auch der Brandner ließ es gut sein, denn erstens war der Reindlinger ein Riese und zweitens waren seine Mordsraufereien am ganzen Traunsee bekannt. Der zornige Ausbruch machte den Inspektor aber sicher, bei seinen Fragen in ein Wespennest gestochen zu haben. Nicht umsonst juckte ihn die Nase wie nach dem neuen chinesischen *Acht Schätze*-Pfeffersteak da im Spies. Etwas war auf der Party rund um die Vroni vorgefallen, einen Mord traute er dem umtriebigen Schneider dennoch nicht zu, schließlich kannte er den von Kindesbeinen an. Etwas schien jedenfalls klar: Die Vroni Voglhuber war wohl vieles gewesen, doch beileibe kein Unschuldslamm. Auch da hatte der Foto-Fritzl die Wahrheit gesagt.

Der Inspektor war froh, doch noch auf den Leberkäse gekommen zu sein. Auftrag ausgeführt.

Er winkte dem Wirt hinter der Schank und erhob sich. Der kannte sich aus. Der feine Herr Inspektor, wieder einmal ließ der anschreiben.

9.

Brandner hatte verschlafen. Kein Wunder nach diesen Ereignissen, sinnierte er und griff sich an den Kopf. Die Rosi war schon verschwunden. Denn obwohl die Klosterschule wegen des Todesfalls heute geschlossen blieb, war sie, wie er dank des hinterlassenen Zettels erfuhr, hinaufgefahren, um die Bestände ihres Buffets zu kontrollieren und gegebenenfalls nachzukaufen und aufzufüllen.

Da er also ohne Frühstück aufbrechen musste, nahm der Inspektor einen Umweg über den Rinnholzplatz und kaufte beim Hinterwirth-Bäcker Buttersemmeln und Marmelade für das Büro. Jetzt konnte er gleich noch ein paar Meter weiter hinaufradeln bis ins Brunnenhotel. Wie üblich saß der Brunnenwirt selbst hinter seiner Rezeption. Der Alpen-Elvis sei wohl ganz zeitig wieder weggefahren, meinte er. Jedenfalls habe er den seit Sonntag nicht mehr gesehen. Er könne nicht einmal bestätigen, ob der heute Nacht im Hotel geschlafen habe. Gottlob sei alles bereits bezahlt. Brandner schärfte dem Krapfenberger senior ein, ihn unverzüglich zu benachrichtigen, wenn der Schlagersänger anzutreffen sei, gratulierte ihm nochmals zum tüchtigen Sohn, dem neuen Bürgermeister, und verabschiedete sich. Da kam ein großgewachsener Herr zur Türe herein und nahm den Brunnenwirt mit seinen Beschwerden in Beschlag. Sein Jaguar sei in der Garage beinahe mit Pfotenspuren der Hauskatze übersät worden, er habe sie gerade noch weggejagt. Diese Deutschen! Brandner schwang sich schmunzelnd aufs Rad. Doch irgendwie schien ihm, als hätte er diese Bassstimme bereits einmal gehört ...

***

„So spät, Brandner? Wieso gehen Sie nicht ans Telefon?!"

Na bravo. Die Frau Oberst thronte schon wieder an seinem Schreibtisch. Wie kam die nur so rasch aus Linz in sein Gmundner Büro?

„Morgen, Chef!" Der Birngruber schob seinen Bauch samt einem Tablett an ihm vorbei. Dann stellte er Kaffee und Kuchen vor der Frau Oberst ab. Der Inspektor hob nur müde die Hand zum Gruß.

„Meine Buben sind halt superschnell", triumphierte Karl, als könnte sie seine Gedanken lesen. „Hier ist die Liste mit den Rufdaten von Voglhubers Handy. Hirnböck, Zwanzleitner, Rotschädl, alles Leute von hier." Die Frau Oberst verkniff sich sichtlich das Lachen. „Ihr habt ja drollige Namen da im Bezirk. Na ja, ich erwarte mir, dass ihr die in kürzester Zeit überprüft!"

Sauviel Arbeit gleich zu Tagesbeginn, fand der Brandner. Er bedeutete dem Seppi, die Listen an sich zu nehmen, schließlich war er ja der Postenkommandant und damit sein Vorgesetzter. Brandners Telefon auf dem Schreibtisch klingelte.

„Darf ich?", fragte er die Frau Oberst ironisch und sah dabei leider nicht auf das Display. Die Rosi war dran.

„Wie? Nein, kein Tofu ... irgendwas Gscheites halt ... einen Schweinsbraten!"

„Probleme mit Ihrer Frau?", fragte Karl mit hörbarem Mitleid, als er aufgelegt hatte. Er sollte das jetzt doch besser aufklären. Damit die Frau Oberst da keinen falschen Eindruck bekam.

„Nein. Ich bin ja nicht verheiratet. Das war ..." Der Inspektor wurde rot vor Verlegenheit. Was sollte er am besten antworten? Wie sollte er nur die Rosi in seinem Leben erklären?

„Meine ... Haushälterin", meinte er endlich.

„Sie haben eine Haushälterin?"

„Was wäre denn so ungewöhnlich daran?"

„Kein Mensch beschäftigt heute noch eine Haushälterin. Putzfrauen ja, vielleicht einen Babysitter, Kindermädchen ..."

„Hab keine Kinder", brummte er und fühlte sich plötzlich wieder einsam dabei, ein Gefühl, das ihn seit

Jahren begleitete. Die Frau Oberst quittierte den Einblick in sein Privatleben mit einem erstaunten Blick.

„Zu Wichtigerem, Brandner. Es gab ein einziges Gespräch in der Mordnacht. Ein gewisser Gottlieb Obermeier. Kurzes Gespräch um null Uhr vier. Er hat angerufen. Da hat die Voglhuberin ja wohl noch gelebt."

Brandner und Birngruber sahen sich fassungslos an. Der Herr Direktor?

Brandner hatte den Leiter der Gmundner Klosterschule zwar nie persönlich getroffen, doch vom Obermeier war nur Seriöses bekannt.

„Aber Chefin!", protestierte der Seppi als Erster. „Super sauber, der Direx! Seit Jahrzehnten unterrichtet der da oben, dazu im Pfarrgemeinderat. Nebenbei ist der noch in der Flüchtlingsbetreuung. Alles ohne Gehalt!"

„Der Obermeier hat fünf Kinder daheim und dazu eine mehr als christliche Frau", fügte der Inspektor hinzu. „Also ein Heiliger!"

„Dann ...", lachte die Frau Oberst kämpferisch, „hat er ja einiges zu verlieren! Das klingt mir alles zu sauber, Brandner! Dem fühlen Sie mir möglichst bald auf den Zahn. Und Sie!" Karl zeigte auf den Wachtmeister. „Sie rufen mir die Leute jetzt alle durch, klar?"

„Was macht denn die Frau Voglhuber gerade?", wechselte Karl das Thema, während der Birngruber seufzend die Zettel entgegennahm.

„Die schläft noch. Hat ihre Suite von innen versperrt. Das Fräulein hat sich zu ihr ins Zimmer gelegt. Aufs Gästebett!" Der Gesichtsausdruck des Wachtmeisters zeigte, was er davon hielt. Der hätte wohl selbst gerne weiter den Bodyguard in Sissis Schlafzimmer gespielt, war sich der Brandner sicher.

„Gut, Wachtmeister", entschied die Frau Oberst. „Sie nehmen sich jetzt Ihr Handy und Ihren Laptop und arbeiten oben vor Sissis Tür. Identifizierung jedes Telefonanrufers auf dieser Liste. Sobald sich da drin etwas tut, will ich mit ihr sprechen!"

Der Birngruber salutierte noch einmal und verließ das Büro. Brandner räusperte sich.

„Gut, Brandner. Sie fahren mit mir. Höchste Zeit, dass wir offiziell die Nachkommen informieren!"

Er nickte und war froh, vom Posten wegzukommen. Die Heidenarbeit der Datenauswertung hatte jedenfalls der Seppi ausgefasst.

„Na kommen S', Brandner! Hopphopp!"

Johnny Janisch war ein Mann über dem Durchschnitt, auch von der Körpergröße her. Sein von Natur aus mittelbraunes Haar trug er länger und dichter als unter Männern üblich und ließ es in ein lockiges Schwänzchen enden, das von einer goldenen Kette zusammengehalten war. Die schmal gefasste Brille verlieh ihm einen Anschein von Seriosität, um nicht zu sagen etwas Seigneurhaftes. Ein Mann, von dem es sogar unter seinen immer dünner gesäten Gegnern hieß, dass er unverwüstlich sei.

Ansonsten wusste man wenig von Johnny Janisch. Vermutlich knapp vor dem Zweiten Weltkrieg in Palermo geboren. Ein sizilianisches Wunderkind, das Schießen liege ihm alleine durch seine Herkunft im Blut. Als junger Schiffskoch sei er früh hinaus in die Welt gefahren. Johnnys teurer Kleidungsstil ließ sein Äußeres einnehmend erscheinen. Elegant, direkt vornehm in seinen Manieren, galt er doch als äußerst reizbarer Mensch. Don John Janisch, so sein Spitzname, bürge für weitverzweigte Geschäfte, so einträglich wie verschwiegen.

„Welche Geschäfte?“, fragte die Frau Oberst skeptisch geworden.

Wie Brandner wusste, zählte dazu die stille Teilhaberschaft an den Don-Giovanni-Eisläden. Weiters die bekannte Waldquelle in Kaltenbach, die just im Vorgarten von Don Johns Villa entsprang, und neuerdings seine *Johnny's Wildschütz*-Kräuterschnaps-Kollektion. In einer Handvoll Jahren hochgezogen, war *Johnny's Wildschütz* nun auf dem Weltmarkt präsent. Sein Geld hatte der Johnny freilich bereits in jungen Jahren gemacht. Gegenwärtig besitze er, wie man erzählte, noch linksgerichtete Zeitungen in Südamerika und eine kubanische Rumbrennerei. Ansonsten vor allem eines: den größten Grundbesitz im Salzkammergut. Don John Janisch hatte sich alle Wälder rund um Bad Ischl gekrallt und hielt sie fest im Würgegriff seiner sizilianischen Hand. Darüber hinaus gelte er als Kunstschütze, privat widme er sich der Wilderei. All das, obwohl er offiziell gar keinen Waffenschein besaß.

So viel erklärte er der Frau Oberst, als sie in ihrem Auto durch den dunklen Wald glitten. Sie würden dem Mann gegenübertreten, der Brandners Salzkammergutpolizei seit vielen Jahren die meisten Rätsel aufgab. Wie auch immer, man hatte sich arrangiert. Der Janisch ging ungestört seinen Geschäften nach, und es gab keine Leichen.

Wie jedes Mal, wenn der Brandner hier heraus nach Kaltenbach kam, erschien ihm die Villa noch größer. Sie standen zu zweit vor einem hölzernen Märchenschloss, das von einem Turm bekrönt aus den dunklen Baumwipfeln aufragte. Gut zwanzig Zimmer mochten es sein, dennoch hieß es, Meister John halte sich am liebsten im Keller auf. Brandner ahnte, dass es mit seiner sizilianischen Kindheit zu tun hatte. Sich zu verstecken, ein Leben im Untergrund, lag einem wie Johnny Janisch eben im Blut. Unklar war immer noch, wie es diesen weltläufigen Mann ausgerechnet nach Bad Ischl verschlagen hatte. Wie hatte er werden können, was er war? Der unbestrittene König der dasigen Wilderer.

„Nicht vergessen“, raunte Brandner noch an der eisenbeschlagenen Eingangstür. „Sie sagen Meister zu ihm ... oder Don John.“ Dann öffnete sich knarrend das Holztor. Es war natürlich die Vertraute und Geliebte des Meisters, die sie einließ. Der Hausherr selbst wartete im Salon in einem im Prunk der Renaissance geschnitzten Thron. Er trug wie üblich weißes Hemd und Krawatte unter seiner Nadelstreifweste und machte keinerlei Anstalten, seine gebohnerten Maßschuhe zu bemühen. Im Sitzen winkte er den Brandner herbei.

„Komm näher ... setz dich!“, befahl er, während er die Frau Oberst mit keinem Blick zu beachten schien. Brandner kannte die sonore, wohlklingende Stimme aus früheren Verhören. Allesamt waren sie im Sande verlaufen. Niemand hatte Johnny Janisch je einen Wilddiebstahl nachweisen können. Nicht ein einziges Eichhörnchen. Dabei war die gesamte Villa innen und auch außen mit hunderten Geweihen geschmückt. Wohl drei Dutzend davon hingen militärisch ausgerichtet an der rot und golden tapezierten Wand des Salons.

Brandner tat, wie ihm geheißen, die Frau Oberst setzte sich einfach neben ihn auf die in keiner Weise zum Thron passende Chaiselongue. Wortlos goss Johnny seinen Kräuterschnaps in zwei kleine geschliffene Gläser und führte eines an den Mund, Brandner beeilte sich, es ihm gleichzutun. Die Frau Oberst bekam nichts.

„Pronto ... was hab ich dir getan?“, begann der Janisch, als sie miteinander getrunken hatten. Brandner hatte zwar eine gewisse Ahnung, doch worauf spielte der Meister an? Johnnys Auge zwinkerte vor unterdrücktem Zorn. „Du kommst doch nur, wenn ein Verbrechen geschehen ist. Grundlos treibt es dich nicht in unseren Wald."

„Wir kommen wegen der Voglhuber Vroni."

Brandner sah die Frau Oberst entsetzt von der Seite an. Kein Don, kein Meister, die Frau Oberst hatte mit fester Stimme gesprochen. Ohne Furcht sah sie dem Janisch mitten zwischen die Augen. Eine unterkühlte Pause entstand.

„Sie haben Mut. Eier voll Mut. Für eine Frau ..." Blitzte da ein Lächeln in Johnnys Augen? Doch dieses Lächeln erstarb rasch.

„Frau Oberst für Sie, Herr Janisch."

Brandner bekam weiche Knie. Was hatte sie sich dabei gedacht? So konnte man mit Don John nicht umspringen.

„Meister ...", begann er und verstummte gleich wieder, ein kurzer Wink des Don hatte ihn zum Schweigen gebracht.

„Sie wissen, wer ich bin?"

Karl nickte kämpferisch. Brandner wurde klar, alles würde in einem Fiasko enden.

„Die Vroni", warf er vorsichtig ein. „Wir kommen ihretwegen zu dir. Es heißt, sie sei dein Schützling. Dein Django habe ihre Musik produziert."

„Va bene, gehört zur Familie, die Vroni. Mein Bambino, er hat sein Auge auf ..."

„Sie ist tot", erklärte die Frau Oberst ohne jede Regung. „Ein ganz besonderer Mensch, die Vroni ..." Brandner versuchte zu retten, was zu retten war, doch er verstummte vor Johnnys puterrot angelaufenem Gesicht.

„Höre ich schlecht? ... Tot?!"

„Es tut mir leid, Herr Janisch. Man hat sie umgelegt. Sozusagen."

Vor Schmerz und Zorn bebend sprang der Johnny auf, plötzlich hatte er einen Revolver im Anschlag. Doch auch die Frau Oberst war vom Polster hochgefahren und hob die Fäuste abwehrend gegen den Don. Brandner überlegte dazwischenzuspringen. Doch ließ sich einer wie der Don beruhigen?

„Reingelegt? Du hast unsere Vroni in die Kiste gelegt? Du?!“

„Natürlich nicht“, sagte die Frau Oberst gelassen. Ihre Fäuste blieben oben. „Sie werden doch wissen wollen, wer sie auf dem Gewissen hat. Wir aber auch.“

Der Don war zurück in seinen Sessel gesunken. Verlegen griff Brandner zum Kräuterschnaps und schenkte sich und dem Janisch ein.

„Ich weiß, es ist hart, Don John“, versuchte der Inspektor wieder Herrschaft über die Lage zu gewinnen. „Doch wir müssen zusammenarbeiten. Gemeinsam ihren Mörder finden.“

„Was tust du hier?“, sprach der Johnny mit Grabesstimme. „Du kennst das Gesetz.“

Eben, dachte Brandner. Er hoffte nur, dass sein Gegenüber nicht sah, wie ihm der Schweiß am ganzen Körper ausbrach.

„Sie sagen es“, nickte die Frau Oberst und gab ihre Kampfhaltung auf. „Das Gesetz. Darum geht's.“

„Hier gilt ... Johnnys Gesetz!“

„Natürlich, Don“, beeilte sich der Brandner mit seiner Richtigstellung.

„Vronis Tod ist aber nicht unsere Schuld“, rebellierte die Frau Oberst.

„Hm.“ Janisch griff zur Flasche, schenkte sich noch einen Kräuter-Wildschütz ein und leerte ihn. Danach zog er sein Taschentuch aus der Tasche und wischte die Flasche umsichtig am ganzen Glaskörper ab. Sizilianische Gewohnheiten, dachte Brandner, legte man wohl nie mehr ab. Der Don wirkte wie eine Maschine. Ein Racheengel, der über einem schrecklichen Plan zu brüten schien.

„Wir regeln das selbst“, entschied er endlich. „Doch ich honoriere eure Aufrichtigkeit. Zum richtigen Zeitpunkt. Du weißt ja, ich bin oft im Wald.“

„Danke, Meister." Brandner nickte stumm. Johnny Janisch hob seine unbewaffnete Hand. Das Zeichen, dass sie nun entlassen waren.

Kaum hatte die Polizei den letzten Fuß aus seiner Türe genommen, fiel die Fassade in sich zusammen. Der Don wirkte gealtert. Vernichtet von ohnmächtigem Gram. Nach einigen Augenblicken riss er sich hoch und griff zum Hörer seines Salontelefons.

Im Dunkel der Waldstraße sprach keiner der beiden ein Wort. Auch nicht, als sie endlich wieder durch offenes, sonniges Land fuhren. Doch die Frau Oberst ließ den Motor ordentlich aufröhren. Brandner konnte es in ihrem Gesicht lesen. Auch sie war froh, wieder fort zu sein. Fort aus dem düsteren Kaltenbachwald. Bei Lauffen bog sie auf die Bundesstraße in Richtung Bad Goisern ab.

„Er kann sich nicht dem Gesetz entziehen, Brandner", sagte sie endlich. Er lächelte nur milde. Sie würde noch viel lernen müssen, die Frau Oberst. Über die Menschen hier im Salzkammergut.

10.

Jemand hatte in unbeholfener Schrift ein rotes, verblasstes *B.B.* auf das aufgenagelte Pappschild gemalt. Eine Glocke fehlte an der billigen Plastiktüre aus khakibraunem Holzimitat. Selten hatte er ein so windschiefes Schindelhäuschen gesehen. Brandner wollte sich gar nicht erst ausmalen, wie die Besitzerin dieses Palastes aussehen mochte.

„Richtige Bruchbude", kommentierte die Frau Oberst angewidert. Na ja, die kam halt nicht oft aufs

Land. Am Waldsaum zwischen Ischl und Goisern war es eben nicht weit her mit Großstadteleganz.

„Kommen S', Brandner. Hat eh keinen Zweck!" Sie zog ihn am Uniformärmel zu ihrem Wagen zurück. Er stemmte sich entschlossen dagegen. So leicht würde er nicht aufgeben. Wenn alle vom KfK so mirnixdirnix wieder von einer Befragung abzogen, dann würden die nicht allzu viele Morde aufklären dort unten in Linz. Er klopfte also zum fünften Mal. Diesmal so energisch, dass sich eine Holzschindel vom Vordach löste und ächzend zu Boden fiel. Endlich vernahmen sie ein Schlurfen aus dem Inneren.

„Wos is los?", zischte es.

„Polizei. Machen Sie auf bitte."

Kein Laut. Die Türe blieb in der rostigen Angel.

„Jetzt reicht's aber, Grundbichlerin!", setzte er nach. Das wurde todsicher wieder einmal eines dieser mühsamen Verhöre. Immer in Goisern. Oder unten in Ebensee. Immer nur dort. Brandner ärgerte sich derart, dass seine Nase zu jucken begann.

„Jojo", kam es unwirsch zurück. „Ich kauf nix."

Die Frau Oberst schob ihn unsanft zur Seite.

„Frau Grundbichler ...", probierte sie es mit schmeichelndem Tonfall.

„Blond", kam es giftig zurück durch das Holzimitat. „Bonita Blond, wenn's recht ist."

„Schenken Sie uns doch ein paar Minuten, Frau Blond. Wenn es Ihnen recht ist. Bittschön."

Das war ja klar, dass diese Stadtpflanze nicht wusste, wie man mit den Goiserern umsprang. Da musste man schon mit anderen Geschützen auffahren, dachte der Brandner amüsiert, er wartete nur noch darauf, dass nun das Übliche kam.

„Schleicht's eich."

Eben.

„Wir können Sie ja gerne mit nach Gmunden nehmen“, gab die Frau Oberst höflich zurück. „Auf das Revier. Da ist es aber leider nicht ganz so gemütlich wie bei Ihnen im herrlichen Goisern.“

Brandner bewunderte die Gelassenheit der Frau Oberst. Ein Klacken, die Türe schwang einen Spalt auf. Eine Locke Platinblond erschien. Samt Nasenspitze.

„Schlussaus, Grundbichlerin!“ Damit setzte der Inspektor den Fuß in die Tür. Ein Fehler, leider bemerkte er das zu spät. Zunächst an seinem Knöchel, dann am Gekicher. Die Hexe hatte ihm die Türe draufgeknallt.

„Brauch i jetzt an Anwalt?“, grinste die reizende Frau Grundbichler in voller Pracht in der Tür. Haare noch feucht, hochgesteckt, Bademantel. Wohl gerade dem jährlichen Bade entstiegen, dachte der Brandner. Sein schmerzverzerrtes Gesicht erntete bei der Frau Oberst nur Stirnrunzeln.

„Ach woher“, begütigte sie und trat am Arm der Übeltäterin lächelnd ins Haus. „Ganz im Gegenteil, liebe Frau Blond. Wir sind es, die Ihre Hilfe brauchen.“

„Worum geht's?“, fragte die Grundbichlerin. Brandner folgte den beiden in den nächsten Raum. Eine Art Wohnzimmerküche. Die Ermittler wurden gebeten, Platz zu nehmen. Ohne Zweifel besaß Bonita die verlausteste Eckbank, die Brandner je gesehen hatte. Der nur mehr schwer erkennbare ländlich bedruckte Stoff war über und über mit Haaren bedeckt, da blieben wohl Katzenviecher nicht weit. Noch immer rieb er sich stöhnend den Knöchel, die Grundbichlerin schaute grinsend zu. Eigentlich sah die gar nicht so schlecht aus, fand der Brandner. Ein pralles Stück Weiblichkeit, wenn auch nicht ganz sein Typ. Bonitas üppiger Busen zeichnete sich unter dem Bademantel ab, sie war mit einer dichten Mähne gesegnet, die unglücklicherweise von naturschwarz auf blond gefärbt war.

„Wollt's ein Schnapserl?"

Brandner lächelte gezwungen und schüttelte den Kopf. Anders als Oberst Karl. Bonita schien zufrieden, goss ein leeres Glas mit dem Aufdruck *Nutella* halbvoll. Dann kehrte sie zurück hinter ihren Bügeltisch und nahm ein rissiges Laken zur Hand. Sie hielt es wohl nicht für nötig, ihre Arbeit wegen irgendeiner Polizeibefragung zu unterbrechen.

„Sie kennen die Voglhuber Vroni?"

„Den Schlampen kennt doch ein jeder!" Die Grundbichlerin machte eine unschöne Handbewegung in Richtung Frau Oberst, was tatsächlich keinen Zweifel an ihrer Meinung offenließ. Brandner war sich nicht sicher. Spielte ihnen die nicht nur ein Theater vor? Hatte sich der Todesfall wirklich noch nicht bis Bad Ischl herumgesprochen? Das Gesicht der Frau Oberst blieb ausdruckslos. Sie kippte den Schnaps auf einen Zug.

„Jetzt nicht mehr. Plötzlich ertrunken, die Vroni. Ist in Gmunden ins Wasser gefallen."

Während er noch rätselte, weshalb die Chefin so weich vorging, hatte sich hinter Blonds Rücken ein dunkler Türspalt aufgetan und Brandner bemerkte ein rötliches Wollknäuel. Es sprang herbei auf seinen Schoß und schnurrte, dann biss es ihn. Blond zeigte indes keine Regung.

„Sie scheinen nicht allzu traurig zu sein über Frau Voglhubers Tod ..."

„Kenn sie ja kaum", kam Bonita der Frau Oberst trotzig. Vronis Tod schien die Grundbichlerin fast angenehm zu berühren. Brandner fröstelte, die war eiskalt. Immerhin waren ja beide gemeinsam in Ischl zur Schule gegangen. Er behielt Bonitas Gesicht im

Visier. Die griff gelassen nach einem Päckchen Marlboro, paffte sich eine an und bügelte munter weiter.

„Sie sind berufstätig?", wechselte die Frau Oberst plötzlich das Thema. Richtig! Das musste die Blond in Fahrt bringen. Schließlich war die ganze Wohnung mit Fotografien zutapeziert. Bonita im Close-up, Bonita im Dirndl vorm Bauernherbstzelt, Dutzende Bonitas im Sissi-Kleid.

„Ich singe", kreischte endlich die schrille Grundbichlerin. „Sie haben mich ja bestimmt schon gehört!"

Brandner griff sich schützend ans Ohr. Ihm genügte schon, was er hier zu hören bekam. Hoffentlich würde er nie in einen Auftritt der Sängerin verwickelt sein. Die Frau Oberst tat, als krame sie eifrig in ihrem Gedächtnis.

„Frau Blond! Oh mein Gott ... ich hatte ja keine Ahnung!"

„Ja, das ist mein größter Auftritt", flötete Bonita seidenweich im Sopran. Sie nahm einen dicken Goldrahmen von der Wand und strich zärtlich über ihr Konterfei. Karl bemerkte plötzlich all die übrigen Fotografien. Brandner musste grinsen.

„Das war 2002. Mein Weihnachtsauftritt bei *Sandgruber & Sons International*. Der alte Sandgruber persönlich hat mich engagiert. Generaldirektor!" Blond betonte das letzte Wort wie ein Adelsprädikat und streckte ihre knochige Hand samt dem Fotorahmen über den Tisch.

„Einzigartig", flötete die Frau Oberst und fächelte sich Luft zu. „Ganz anders als diese Schlagertussi!"

„Hat ja keine Ahnung von Kunst!", schrie Blond hasserfüllt, „die Schlager-Sissi"!

„Natürlich nicht."

Die Frau Oberst war einfach bühnenreif! Brandner kam aus dem Staunen nicht mehr hinaus. Die Chefin hatte diese Kratzbürste tatsächlich geknackt.

„Wie denn auch, bei der Verwandtschaft! Drecksgesindel, diese Voglhubers. Nur Geld hatten die im Kopf."

„Sie haben es nicht so leicht gehabt, stimmt's", sagte die Frau Oberst mitfühlend.

„Sehen Sie sich um. Das ist es, was mir meine Mutter hinterlassen hat." Bonita deutete auf ihr ärmliches Wohnzimmerreich.

„Leider müssen wir diesen Unfall klären, liebe Frau Blond. Können Sie sich vorstellen, warum die Vroni Voglhuber gestorben ist? Ein Selbstmord vielleicht?"

„Also, depressiv war die nicht direkt. Sie war ja auch gar nicht so schlimm wie ihre Schwester."

„Noch eine Frage, Frau Blond. Wo waren Sie Samstag zwischen Mitternacht und fünf Uhr früh?"

„Na hier", kam es gedehnt, „zu Hause. Was soll denn das?!"

„Man hat dich gesehen, Grundbichlerin!", schoss Brandner scharf. „In Gmunden drunt!"

„Hier war ich, in Ischl! Ja, glaubt's ihr etwa, ich könnte die ..." Sie setzte das Bügeleisen krachend aufs Brett und machte eine unschöne Bewegung an der Gurgel mit ihrer freien Hand.

„Ein Promi wie Sie fällt eben auf."

„Na ja. Von der Voglhuberin könnt ich euch schon Gschichten erzählen", gab die Bonita geschmeichelt zurück. Brandner nickte ihr aufmunternd zu. Daran hatte er keine Zweifel.

„Tu's aber nicht." Bonita zog ein einstmals wohl weißes Damenhemd auf das Bügelbrett auf. „Prinzipsache. Ich red nie schlecht über andere."

„Natürlich nicht."

„Auch wenn's bei den Schlampen eigentlich nicht dafürsteht. Die sind ja jedem nachgestiegen, die Voglhubers. Alle zwei!" Auch die Frau Oberst verzog angewidert den Mund.

„Die hat's ja doch immer krachen lassen, die Vroni, wie man so hört", goss der Brandner noch Öl ins Feuer.

„Freche Flitschn sind die", knurrte Blond hasserfüllt vom Bügelbrett. „Die haben mir doch alle Aufträge weggeschnappt!"

„Aber ich bitte Sie, Frau Blond. Das ist doch keine Konkurrenz für jemand wie Sie!“

Die Frau Oberst erntete einen dankbaren, aber auch zornigen Blick.

„Natürlich nicht. Aber sie haben's trotzdem geschafft. In guten Saisonen hatte ich zwanzig Bälle, von den Firmenfeiern gar nicht zu reden! Jede Woche bin ich dreimal im Hofbeisl aufgetreten.

Dann haben sie mich dort schlechtgemacht, da hat dann plötzlich die Voglhuberin dort gesungen. Was glauben Sie denn, warum?“

„Der KuK-Max?“, fragte der Brandner.

„Erst hat sich die Sissi den Max zum Lover genommen, dann alle anderen. In dem Punkt war die Vroni ganz gleich!“

Plötzlich hatte der Brandner einen Einfall. „So wie den Deutschen, wie hieß er noch? Dieser Elvis.“

„Der Ernst“, sagte die Bonita mit einem Mal still und versonnen. „Jaja, der Ernst. Ist früher öfter zu mir nach Ischl gekommen.“

„Bis er die Sissi kennengelernt hat.“

„Können eh nur eines, diese Voglhubers!“, schrie die Bonita. „Männer flachlegen!“

Jetzt hatte sie also doch noch schlecht gesprochen, dachte der Brandner, über die anderen. Die freundliche Frau Grundbichler.

„Danke“, sagte auch die Frau Oberst und erhob sich. Sogar jetzt lächelte sie noch. „Danke, Frau Blond, für Ihre Mitarbeit.“

Auf der Rückfahrt hing jeder seinen Gedanken nach. Brandner hatte starke Zweifel, was die Unschuld der Grundbichlerin betraf. Alleine zu Hause! So ein Luder! So eine blieb doch garantiert nicht untätig, wenn ein paar Kilometer weiter das größte Heimspiel ihrer Erzfeindin stattfand. Wer sonst sollte die zweite Frau im Sissi-Kostüm im Spies gewesen sein. Er konnte nicht verstehen, weshalb die Frau Oberst hier nicht nachgehakt hatte. Der Hass auf die Schlager-Sissi fraß die Grundbichlerin doch förmlich auf. Noch dazu hatte die ihr das Markenzeichen gestohlen. Hunderte Fotos im winzigen Wohnzimmer zeigten Bonita im weißen Reifenkleid und mit den funkelnden Sissi-Sternen im Haar.

„Eines macht mir am meisten Sorgen“, brach die Frau Oberst endlich das Schweigen, sie lenkte bei Ebensee auf die Engstelle des Traunsees ein. „Wer so nahe an die Voglhubers herankommt, der schnappt sich die Sissi auch noch beim zweiten Mal.“

Brandner nickte, da schrillte sein Telefon.

„Weg? Wie weg?!“, schrie er in das Handy und hatte es im nächsten Moment auf Lautsprecher gestellt.

„Na ja“, drang der Birngruber verschreckt aus dem Apparat. „Was wird die Frau Oberst sagen? Ich dachte, du könntest ...“

„Oberst hört mit! Was heißt weg?“, schrie Karl in den Apparat.

„Na halt nicht mehr da. Die Schlager-Sissi.“

11.

Eine Viertelstunde später sprangen sie im Innenhof des Schlosses aus dem Polizeiwagen.

„Nichts sagen!“, schnauzte Oberst Karl auf dem Gang vor Sissis Suite, als der Seppi mit dem Zimmermädchen vom Sofa aufsprang. „Sauhaufen!“

Endlich standen sie vor der Türe des Zimmers. Wenigstens hatte sich der Birngruber an den Befehl gehalten. Er war einfach am Gang sitzen geblieben und hatte nichts unternommen. Das völlig verschüchterte Zimmermädchen reichte der Frau Oberst den Nachtschlüssel. Sie steckte ihn ins Schloss.

„Wie ein Haftlmacher hab ich aufgepasst", legte der nun doch ungefragt los. „Aber dann hat das Fräulein angerufen, und ..." Der Wachtmeister nahm einen Schluck von der Tasse auf dem Silbertablett des Mädchens. Brandner roch Baldriantee. Die Frau Oberst hatte wohl beschlossen, ihn einfach reden zu lassen.

„Ein einziges Mal hab ich ein wenig ausgespannt. Aber nur, als sie am Nachmittag so viel geschlafen hat. Hier auf der Couch. Die Tür hab ich ja nicht aus den Augen gelassen. Nicht einen Moment! Bis das Fräulein angerufen hat, weil sie ja verabredet sei. Mit der Schlager-Sissi, und jetzt wär die nicht da."

Der Brandner konnte es sich schon ausmalen, wie das Ausspannen beim Birngruber ausgesehen hatte, das bekam er ja jeden Tag auf dem Wachzimmer mit. Oberst Karl sah den Brandner kurz an, dann drehte sie den Schlüssel herum und ging hinein, Brandner ihr nach. Die Suite war leer.

„So, du Depp", knurrte der Brandner gefährlich leise. Der Hintergedanke, dass der Mord an der Vroni vielleicht der Sissi gegolten hatte, machte ihr Verschwinden ja so brisant. Seit dem Öffnen der Suite waren zehn Minuten vergangen, die Frau Oberst inspizierte noch die leeren Zimmer und der Birngruber begann zu erzählen: Wie der Tag lange und immer länger geworden war. Wie er mit dem Zimmermädchen noch zu Mittag vor der Türe gesessen habe, streng dienstlich, man habe ja Informationen ausgetauscht. Die Schlager-Sissi habe immer weitergeschlafen in ihrer Suite, seit gestern war sie nicht mehr daraus aufgetaucht. Vielleicht, so hätten sie überlegt, habe sie sich ja etwas in die Ohren gestopft. Die schlief und schlief. So ein Tod der eigenen Schwester sei ja wohl auch ein Riesenschock. Also rein psychologisch gesehen.

„Na ja“, endete der Birngruber, als er breit und lang den ganzen Vormittag und Nachmittag geschildert hatte. „Also dann hat sie mich angerufen. Also ... wegen dem Semmerl halt.“

„Ein Semmerl? Sie hat dich wegen eines Semmerls angerufen?“, fragte Brandner, der sich nun etwas beruhigt hatte.

„Ein Leberkässemmerl. Jawohl“, gab der Seppi zu Protokoll. „Also, eigentlich hat mich die Susi gerufen. Die ist halt heraufgekommen.“ Er sah zu dem jungen Mädel in schwarz-weißer Uniform am Seefenster. Brandner hatte das Zimmermädchen wohlweislich abseits in einem Fauteuil platziert, er wollte zuerst Seppis Schilderung hören.

„Genau genommen hat die Schlager-Sissi dort unten angerufen bei der Rezeption und ein Leberkässemmerl verlangt, und die Susi dann mich.“ Zufrieden nippte der Seppi an seinem Baldriantee. Schließlich war ja nun alles klar. Brandner war wieder daran, die Beherrschung zu verlieren. Da bemerkte er die Frau Oberst. Sie stand in der Tür und legte den Finger auf ihren Mund.

„Weiter“, brummte er.

„Na ja ... hab ich ihr halt das Semmerl geholt. Vom Hufnagl Ferdinand, der hat in Altmünster den besten Leberkäs. Dann bin ich aber gleich wieder her. Zehn Minuten, höchstens, Chef! Mit dem Polizeiboot. Weil ich die ja nicht aus den Augen lass, wenn ich sie zu observieren hab, so eine Berühmtheit halt." Der Seppi warf sich am Sofa in Positur und fuhr fort. „Schließlich hat die Sissi ja so tief geschlafen. Zugesperrt war auch, von drinnen halt. Na ja, als ich zurückkomm mit dem Semmerl, da hab ich natürlich geklopft."

„Weiter."

„Erst war's ganz still. Da hab ich dann nochmals geklopft. Aha, das Semmerl, hat dann die Susi zu mir gesagt, die Sissi wolle, dass ich es einfach vor die Türe stelle. Weil sie es sich dann selbst reinholt. Und dass sie unter keinen Umständen gestört werden will, hat die Sissi gesagt. Also hab ich's ihr hingestellt, das Semmerl mit dem Leberkäs."

„Sie da!", rief Karl nun zum Stubenmädel, das die ganze Zeit über abseits am Gangfenster hockte. „Sie haben doch gehört, was der Wachtmeister gerade erzählt hat?"

Die schwarz-weiße Susi nickte. Die Frau Oberst winkte sie wieder zum Sofa her.

„Na, wie war das mit der bestellten Semmel?"

„Also, genau wie's der Herr Kommissar sagt, Frau General. Die Herrschaft hat nach unten telefoniert. Hat gesagt, sie ist vom Zimmer 202 und hat sich als Sissi Voglhuber vorgestellt."

„Na und?!"

„Die Herrschaft hat nach einer Leberkässemmel verlangt. Für Punkt drei Uhr. Und sich jede weitere Störung verboten. Einfach vors Zimmer stellen, sie wolle nämlich weiterschlafen. Das hat sie am Apparat gesagt. Ich bin dann von der Rezeption zum Herrn Kommissar herauf. Das war um zwanzig vor drei."

„Danke. Sie können gehen." Das Mädchen nickte und verschwand zur Treppe hinab. Herr Kommissar? Brandner sah seinen Wachtmeister grimmig an.

„Das heißt“, wandte sich Oberst Karl wieder dem Birngruber zu, „Sie haben die Sissi Voglhuber den ganzen Nachmittag über nicht persönlich gesehen. Sie haben ihre Bestellung über das Mädchen erhalten. Von zwanzig vor drei bis drei war niemand vor der Türe! Stimmt's?“

Der Wachtmeister nickte mit gesenktem Kopf. Die Frau Oberst schüttelte nur den Kopf, der Brandner bewunderte ihre Geduld. Na fein, da hatte sich der Seppi ja schön austricksen lassen. Nun wussten sie nicht einmal, seit wann genau die Voglhuberin abgängig war.

„Wann war das Semmerl verschwunden?“

„Na hab ich ihr den Teller halt hingestellt“, kam es trotzig vom Birngruber. „Punkt drei, wie sie's bestellt hat.“

„Da stand der Teller“, führte die Frau Oberst seine Gedanken fort. „Und dann?“

„Na dann ...“ Der Birngruber sah verlegen auf seine riesigen Hände.

„Da haben S' das Semmerl halt selber gegessen, stimmt's?“

„Das Semmerl“, nickte der Seppi völlig vernichtet. „Ich geb's ja zu.“

Das war zu viel. Leberkas-Seppi sollte der heißen, nicht Birngruber. „Du und deine depperte Fresserei. Hauptsach fressen, gell?!“, schrie Brandner endlich.

„Verzeihung.“ Das Fräulein Klein stand auf dem Gang. Die Arme hatte den ganzen Krach mit angehört, dachte der Brandner. Wie üblich hinkte sie etwas im Näherkommen. Auch die geröteten Augen des Fräuleins fielen ihm auf.

„Ich habe die Sissi dann wohl als Letzte gesehen.“

Die Frau Oberst nickte ihr zu. Klein nahm neben dem Birngruber auf dem Sofa Platz.

„Zum Frühstück", sprach sie weiter. „Ich habe es ihr auf das Zimmer gebracht, sie hat oben gegessen und sehr müde ausgesehen."

„Danach?"

„Ist sie gleich wieder eingeschlafen. Ich habe dann einen Einkaufsbummel in Gmunden gemacht und war so gegen drei wieder in meinem Zimmer. Da habe ich noch Geräusche gehört, nebenan in ihrer Suite."

„Drei Uhr am Nachmittag ...", überlegte die Frau Oberst laut vor sich hin.

„Bis zum Abend war es dann still", fuhr das Fräulein fort. „Wir wollten uns heute drüben beim Grünbergwirt treffen. Endlich in Ruhe zu Abend essen. Also bin ich gegen halb sechs aufgebrochen, und da der Herr Wachtmeister so friedlich dagelegen ist ..."

Ein tödlicher Blick der Frau Oberst traf den Birngruber. Der erhob sich sichtlich bedrückt vom Sofa und machte sich aus dem Staub. Den Seppi würden sie sich noch vorknöpfen, schwor sich der Brandner.

„Da habe ich mir also nichts gedacht", erklärte das Fräulein. „Die Sissi wollte ja ausschlafen. So bin ich nach einem Stadtbummel mit dem Schiff hinübergefahren zum Grünberg. Nur als sie dann nicht gekommen ist ..." Die Stimme des Fräuleins brach ab. Brandner griff in die Uniform und tastete nach seinen Notfalltropfen. „Da habe ich mir schließlich doch Sorgen gemacht. Ihr Handy war ausgeschaltet." Die Frau Oberst nickte.

„Fräulein Klein, wer könnte Interesse am Verschwinden Ihrer Chefin haben?"

„Nun ja, da ist diese Bonita Blond. Ich habe Ihnen ja bereits erzählt, dass sie uns bedroht hat."

„Wer noch?“

„Wie gesagt, der Alpen-Elvis“, gab das Fräulein zitternd zu Protokoll. „Der Sieger vom Singcontest erhält Millionenverträge, der Zweitplatzierte nicht annähernd so viel.“

„Wenn also die Sissi verschwindet“, dachte der Brandner laut, „dann erhält der Elvis womöglich diese Verträge und ihre Auftritte dazu. Richtig?“

Das Fräulein sah den Brandner an, als hätte sie gerade zum ersten Mal an diese Möglichkeit gedacht. Zum ersten Mal, fand er, sah auch die Frau Oberst zufrieden drein.

„So etwas ... nennt man Motiv.“

„Ich muss Herrn Schröder jetzt endlich informieren“, fiel es dem Fräulein in diesem Moment ein.

„Schwer zu erreichen, der Herr“, kam es von der Frau Oberst.

„Na ja, er ist viel unterwegs, aber auf seinem Handy geht es.“

„Die Nummer! Wir übernehmen den Anruf.“

Das Rehlein ging, gefolgt von Karl und Brandner, auf ihr Zimmer. Griff zum Filofax auf ihrem Nachttisch und schrieb die Nummer ab. Den Zettel reichte sie dem Inspektor, der ihr am nächsten stand.

„Ich mache das, mit Fingerspitzengefühl“, flüsterte er ihr beim Einstecken zu, das Fräulein bedachte ihn mit einem Lächeln. Beide ernteten einen strengen Blick. Die kleine Verschwörung war der Frau Oberst nicht entgangen.

„Wir sind dann fertig“, knurrte sie. „Halten Sie sich zur Verfügung! Bitte“, fügte sie etwas verbindlicher hinzu.

***

Psychologisch gesehen eine Null, diese Karl! Mit dem armen Fräulein verfuhr die knallhart, während sie den Birngruber verschonte. Zornig war der Brandner ihrem Generalsschritt bis zurück auf den Posten gefolgt. Der Seppi hatte sich natürlich verzogen, doch man hörte ihn in seinem Wachzimmer telefonieren. Als sie hereingestürmt kamen, legte er verschreckt auf.

„Das war Ihr Meisterstück, Wachtmeister!", schnauzte Karl ihn an. Der Birngruber nickte nur verlegen.

„Sie kümmern sich gleich um die Vermisstenanzeige! Telefonieren mir alle Gmundner Gaststätten in Straßennähe durch. Vielleicht hat jemand die Vermisste gesehen. Sie haben ohnehin Nachtdienst. Und Birngruber, morgen früh will ich Sissis lückenlosen Lebenslauf. Auch das Umfeld der Schlager-Sissi, diesen Schröder, klar?"

„Klar."

„Außerdem brauche ich ab heute ein Zimmer. Buchen Sie mir etwas da drüben." Die Frau Oberst deutete in Richtung Schlosshotel. Der Birngruber salutierte und wollte schon aus dem Zimmer eilen. Da fiel ihm noch etwas ein.

„Bürgermeister Krapfenberger hat eben angerufen. Er will Aufklärung, hat er gesagt, vom Inspektor persönlich. Und er ist froh, dass jetzt die Unterstützung da ist. Endlich die Profis, sagt er, vom KfK."

Brandner kochte vor Wut. Das war ja nicht auszuhalten, wie sich der jetzt noch einschleimte bei der Frau Oberst. Den knöpfte er sich später erst richtig vor, wenn die Chefin auf ihrem Zimmer war.

„Sie gehen, ganz klar!" Karl deutete auf den Inspektor.

„Aber der Krapfenberger will bestimmt von oberster Stelle ..."

„Ach wo, Brandner. Sie tun sich leichter mit dem Reden, von Mann zu Mann im selben Dorf. Ich schaue mir die Suite noch einmal genauer an, und Brandner! Ich brauche ab morgen ein Hauptquartier. Einzelzimmer versperrbar."

Sie wollte hier einziehen? Im Wachzimmer des Birngruber würde es der Frau Oberst wohl zu eng sein. Bei der Milli im Vorraum herrschte ständig Parteienverkehr, auch zog es dort wie im Vogelhaus. Eigentlich fiel ihm dann nur noch sein eigenes Büro ein. Doch das würde die Frau Oberst bestimmt nicht annektieren! Brandner blickte beklommen zu Boden. Karl saß an seinem Schreibtisch und sah verträumt auf den See hinaus.

„Gut", meinte sie, als ihre Blicke sich kreuzten. „Gefällt mir. Dann ist das klar. Sie organisieren sich einen zweiten Tisch, setzen sich zum Kollegen. Ich motze mir das hier ein wenig auf!" Zufrieden sah sie auf ihr neues Hauptquartier. Durfte die das? Konnte ihm eine Linzer Agentin vom Leib und Leben tatsächlich seinen Schreibtisch wegnehmen? Gab's denn keine Dienstordnung?! Seufzend schnappte er den Aktenstapel der letzten Monate, zog Opas Whiskeysammlung aus seiner Zimmerbar und das Notfallschnapserl aus der Lade. Jetzt konnte er also tatsächlich dem Seppi beim Semmelfressen zusehen. So ein Depp!

„Was machen wir morgen?", gab sich der Inspektor also geschlagen.

„Morgen?" Zum ersten Mal sah er die Frau Oberst wieder lächeln. „Morgen fahren wir zum Kaiser, Brandner. Aber jetzt freut sich der Herr Krapfenberger auf Ihren Besuch!"

12.

Himmelarsch! Der ganze Stammtisch saß im Spies vor dem Fernseher. Übelster Laune radelte der Brandner entlang des Sees. Nur er verpasste wieder einmal die Aufzeichnung vom letzten Bayern-Spiel. Stattdessen malte er sich aus, was ihn wohl im Rathaus erwartete. Die Krapfenbergers waren ja keine Unbekannten. Doch während er den Senior bestens kannte, ja der Brunnenwirt zählte zu Brandners engsten Freunden, so hatte er den Junior in den letzten Jahren aus den Augen verloren. Nun war der Krapfenberger junior also Bürgermeister geworden. Ein guter Tennisspieler war der Toni gewesen, und es hieß, er kam bei den Frauen noch immer gut an. Sonst wusste man wenig. Wie der Vater, so der Sohn, rechnete sich der Brandner halt aus und lehnte das Rad an die Rathausmauer. In unruhiger Erwartung stapfte er die alten Steinstufen hinauf.

„Keine Bewegung!"

Jessas! Das kam aus dem Büro hinter der halb geöffneten lederbeschlagenen Tür. Brandner blieb im Vorzimmer stehen. Mulmig war ihm im Bauch.

„So! Herein mit dir! Eingelocht, Gustl", kommentierte der Krapfi lachend, als der Inspektor mit erhöhtem Puls in der Türe stand. Stolz zeigte der auf das grüne Körbchen am Ende des grünen Teppichs. Also immer noch, dachte der Brandner und sah sich um. Der Krapfi verzichtete wohl nirgends auf seine Hobbys. Sogar das Rathaus hatte er zum Golfgreen umfunktioniert. Ganz der Herr Papa, Brandner musste lachen. Wie man hörte, hatte der ja das ehrwürdige Brunnenhotel von oben bis unten zum Liebesnest umgebaut. *Last Chance* hieß also Krapfenbergers neues Singlehotel.

„Also, Gustl! Jetzt red schon." Der Krapfi reichte ihm die Hand und zog ihn auf die knallrote Sitzgarnitur. Brandner entspannte sich und begann seinen Bericht. Der Bürgermeister nahm die Nachrichten erstaunlich gelassen auf.

„Man weiß ja gar nicht mehr, welcher Zeitung man trauen soll. Wer ist da jetzt tot??"

„Na ja, wir haben die Voglhuber Vroni gefunden. Ausgerechnet am Glücksplatzerl!"

„Jessas. Ich war doch mit ihrer ... also doch. Die Vroni also“, führte der Bürgermeister seinen Satz zu Ende. Mit ihrer Schwester feiern, wolltest du sagen, ergänzte der Brandner in Gedanken. Die Umtriebe des Krapfi waren ihm jedoch mehr oder minder gleichgültig. Der Spies hatte ja schon bestätigt, dass der Bürgermeister noch vor Mitternacht bester Laune in Begleitung seiner Stadträte aus dem Lokal gestürmt sei, um noch eine Tour zu machen. Wahlkampf, dachte der Brandner, da gab's ja wohl genug Hände zu schütteln.

„Die Vroni also“, wiederholte er. „Diese Frau Oberst ist extra aus Linz angereist. Monika Karl, Kommando für Kapitalverbrechen, KfK. Schließlich ist die ja nicht so ohne weiteres ins Wasser hinein, die Vroni. Da gibt's Druckstellen an Schulter und Nacken. Jemand hat sie unter Wasser gedrückt.“

„Schrecklich“, sagte der Krapfenberger junior und sah bereits auf die Uhr.

„Bei der Untersuchung spielt natürlich eine Rolle, dass sie dort auf der Insel gestorben ist, ausgerechnet beim Glücksplatzerl. Vronis Schwester wohnte ja dort.“

Der Bürgermeister erhob sich und blickte aus dem Fenster hinüber zum Schlosshotel.

„Den Schwan Michi, den lässt du mir da ein bisserl in Ruh, gell? Du weißt ja, der hat investiert. Verdienstvoll, also, wenn einer vom Ort da Millionen hineinsteckt. Gmunden kann so ein Tamtam nicht gebrauchen. Überhaupt jetzt ...“

Brandner nickte stumm. Er verstand. Die Chinesen.

„Gäste aus Fernost“, nickte nun also der Bürgermeister. „Die haben das Schlosshotel im Europa-Package mit drin. Na und so ein Hotelmord ...“ Der Krapfi verzog sein Gesicht.

„Na ja", begann der Brandner wieder. „Die Untersuchung vom Landeskommando gibt's jedenfalls. Ist ja ein Kapitalverbrechen, das mit der Vroni."

„Diese Linzer", meinte der Krapfi lächelnd. „Als ob du das nicht allein könntest, hm? Und der Birngruber. Fähiger Mann." Der Meinung war der Inspektor nun nicht mehr so ganz. Schließlich gab es ja noch etwas zu beichten, er fuhr daher fort.

„Leider ist heute auch noch die Sissi verschwunden."

„Was?!" Der Krapfi schoss von seinem Bürgermeisterstuhl hoch. „Ja seid's ihr denn deppert? Wohin?!"

„Wissen wir nicht. Noch nicht. Das heißt ...", ergänzte der Inspektor, „wir verfolgen eine Spur." Er fand es nicht schlimm, ein wenig zu lügen. Vielmehr war die heftige Reaktion des Bürgermeisters höchst interessant. War hier doch etwas mehr gewesen? Zwischen der Schlager-Sissi und dem Krapfi? Schließlich hatte er den Singcontest nach Gmunden geholt.

„Diese Aftershowparty ...", Brandner sah den Krapfi erneut auf seine Uhr blicken, „du warst ja auch dort, sagt man. Vielleicht kannst du uns ...?"

„Denkst du, ich hab nichts zu tun?" Krapfenberger zeigte empört zu den Papierstapeln auf seinem Tisch und am Boden. Es türmte sich tatsächlich zwischen Golfbällen und Tennisschlägern. „Diese Amtsgeschäfte, Gustl, die fressen dich!"

Er verstand. Der Krapfi wollte einfach nicht reden von der feuchtfröhlichen Nacht im Spies.

„Du willst doch auch, Gustl, oder?" Brandner war leicht verwirrt. „Karriere machen, Gustl! Du solltest dich endlich auf die wesentlichen Dinge konzentrieren."

Der Bürgermeister stand nun hinter seinem Sessel und klopfte ihm auf die Schulter. Der Inspektor fühlte sich erstmals ein wenig unwohl und seine Nase juckte merklich. Er kam sich wie ein Soldat zwischen zwei Frontlinien vor. Kanonenfutter: für die Frau Oberst und den Ortskaiser. Der schien ihm nun Zeit zum Nachdenken geben zu wollen. Er hatte wieder zum Schläger gegriffen und konzentrierte sich auf seinen Put.

„Na ja. Es gibt ja auch andere Spuren“, fiel es dem Brandner ein. „Verdächtige, unten in Ischl.“

„Immer die Ischler!“, stieß der Bürgermeister seufzend hervor. Er widmete sich hingebungsvoll seinem Golfschläger. Brandner nickte. Der Krapfi hatte wieder eingelocht.

„Aber da war noch irgendwas, so etwas ...“, der Bürgermeister suchte nach dem richtigen Ausdruck, „Archäologisches!“

Brandner lief rot an. „Die vom KfK haben etwas gefunden. Am Glücksplatzerl. Da graben's halt jetzt.“

„Das heißt ...“ Der Blick des Bürgermeisters nahm ihn scharf ins Visier, dann brach der Krapfenberger plötzlich in herzhaftes Lachen aus. „Ihr habt's nix! Diese Frau Oberst nicht, du nicht, der Birngruber nicht! Keine Spur. Wie immer.“ Der Krapfi konzentrierte sich wieder aufs Spiel. Legte sich sein nächstes Bällchen auf. Brandner spürte, dass ihre Unterredung zu Ende ging.

„Gutes Gespräch, Gustl! Archäologische Ausgrabung!“ Unter dem Gelächter seines Ortskaisers empfahl er sich.

„Alles klar“, kam es scharf, „wir bleiben also dabei. Die Ischler waren's!“

Im Freien spürte der Brandner mit einem Mal die eisige Kälte, die um diese Jahreszeit bisweilen noch über dem See lag. Er fühlte sich ausgelaugt, als er sein patschertes Rad entlang des aufgewühlten Wassers nach Hause schob. Ihn fror fast so, als wäre es wieder Winter geworden. Die Esplanade war leer. Die

Gmundner hatten sich in ihre Häuser zurückgezogen und ergaben sich demütig der unwirtlichen Nacht. Dem Unausweichlichen, das sich in blaugelben Wolken über dem Traunstein zusammenbraute und auf halbem Weg als Höllengewitter über ihn hereinbrach. Klatschnass griff er nach dem Platten am Vorderrad.

Auch das noch!, dachte der Brandner und stellte das Rad im Vorgarten ab. Was für ein Tag! Jetzt hatte er doch wieder ganz auf die Rosi vergessen. Nicht einmal abgesagt hatte er ihr, dabei hatte sie ja heute sogar Schweinsbraten für ihn bereiten wollen. Behutsam schloss der Brandner die Türe auf und schlüpfte bibbernd vor Kälte hinein.

„Ha! Da ist er!" Breitbeinig stand sie auf der obersten Stufe. Der seidige Morgenmantel um ihren Busen wogte vor Zorn.

„Hab ich dich geweckt? Du wolltest bestimmt schon schlafen gehen ..."

Leider war der Brandner da bei der Rosi an der falschen Adresse gelandet. Im Nu kam sie die knarrende Treppe herab, rutschte in ihren rotweißen Stricksocken vor Erregung in der Lacke zu seinen Füßen aus und fing sich nur dank des holzgeschnitzten Brandner'schen Familienwappens unter der Löwenkopfsäule am Treppenlauf.

„Gustav Adam Brandner! Jetzt sagst du mir erst einmal, wo du schon wieder warst!"

Oh nein. Nicht heute Abend. Heute ließ er keinen Kasperl mehr aus sich machen. Und überhaupt, hatte er denn gar kein Recht auf ein Privatleben?

„Leich oder net", sie sah auf die Armbanduhr, „viertel nach elf und kein Rückruf. Ja glaubst du, dass ich mir gar keine Sorgen mach?! Das war's jetzt, Bub! Du kannst dir eine andere Dumme suchen!"

Er nahm es natürlich nicht ernst. Zwei Dutzend Mal hatte die Rosi ihn schon verlassen. Kopfzerbrechen machte ihm nur das mit den Mahlzeiten. Da gab's dann halt meist etwas besonders Gesundes zu essen, wenn die Rosi so zornig war. Rein biologisch. Oder gleich gar nichts.

„Und der Schweinsbraten?", fragte er also besorgt.

„So so!", polterte sie und hielt die durch jahrelange Koch- und Abschmeckkünste genährten Arme auf ihre gepolsterten Hüften gestützt. „Essen will er! Also pass amal gut auf, Gustl: Wird's mit deiner Pünktlichkeit nix, ist's mit Schweinsbraten nix! So! Den kannst du dir beim Nachbarn abholen. Dem hab ich ihn nämlich gegeben. Und morgen ... bin i weg!" Damit knallte ihm die Rosi die Schlafzimmertür zu. Das war neu. Schweinsbraten verschenkt. Hoffentlich machte die Rosi nicht doch einmal Ernst. Gerade in diesen Zeiten. Betrügerische Putzfrauen machten ja einen Gutteil seiner täglichen Arbeit aus. Was würde werden? Wer seine Hemden bügeln?

Niedergeschlagen schlich der Brandner über die Treppe ins Schlafzimmer hinauf. Es war der letzte Alptraum seines Tages. Ungewaschen fiel er ins Bett und drehte sich auf die andere Seite. Die andere Seite seiner Wirklichkeit. Sie hatte angenehmere Bilder zu bieten. Traumhaft schön. Mit zarten braunen Augen. Es schlurfte, es hinkte etwas, auf unbeschreibliche Weise sexy. Ein kleines Rehlein. Er nahm es in seinen Arm.

13.

Es war mäuschenstill auf dem Revier, als Gustl Brandner die Sicherheitstüre hinter sich schloss. Er schien noch alleine zu sein. Natürlich. Die Milli hatte gestern Nacht wieder ein Date gehabt. Sich zu sehr verausgabt im Parteienverkehr. Anders konnte sich der Inspektor den verwaisten Platz seiner umtriebigen Sekretärin nicht erklären. Der Birngruber hatte den Bereitschaftsdienst wohl wie immer gleich in seinem Wachzimmer geschoben. Nicht im Gemeinschaftsraum oder auf der Couch im Zimmer für den Parteienverkehr. Ohne Klopfen trat der Brandner bei ihm ein.

Den Seppi traf beinahe der Schlag. Den Brandner auch. Der Wachtmeister lag dort, wo er ihn erwartet hatte. Doch wie sah es aus! Begraben von Chipspackerln und Bergen aus Schokoladesilberpapier lag der in seinem Schrankbett, das einfachheitshalber ja meist auch untertags aus der Wand geklappt war. Er hatte gewusst, welch ein Schlamperdatsch der Wachtmeister war, doch dieser Anblick übertraf alles. Überall lagen zerlegte Akten und vollgeschriebene Zettel verstreut im Wachzimmer herum. Darunter auch das iPad. Der Birngruber hatte die Nacht also offenbar mit Recherchen verbracht.

„Jessas, Chef!“, schrak der hoch, als er Brandner so jäh vor sich stehen sah. Birngruber rieb sich müde die Augen.

„Wie sieht's mit der Vermissten aus?“, fragte der Inspektor streng. Der Seppi neigte betrübt den Kopf.

„Alle größeren Wirte in Gmunden hab ich gestern noch durchtelefoniert, keiner hat sie gesehen. Heute frage ich noch die in Altmünster, Traunkirchen und Ebensee.“

„Vergiss die Tankstellen nicht“, schärfte Brandner dem Wachtmeister ein. „Auch in die andere Richtung bis nach Laakirchen und Vorchdorf hinaus. Ruf mich, sobald sich da etwas tut.“

„Die Recherche zur Schlager-Sissi ist eh fast fertig. Gestern Nacht hab ich mir auch diese Bonita Blond noch einmal vorgeknöpft, da gibt's ja schon so einiges im System. Vor zwei Jahren hat sie nebenbei im Hofbeisl gekellnert, beim KuK-Max. Hat angeblich einen Gast geohrfeigt, die Kleine. Leichte Körperverletzung. Soll sogar einmal die Tageslosung abgezweigt haben. Der Max hat die Anzeige dann aber wieder zurückgezogen, denn nachweisen konnte man ihr da nichts.“

Der Birngruber salutierte zackig. Halb versöhnt wandte sich der Inspektor in Richtung seines Büros.

„Guten Morgen, Brandner."

Die Frau Oberst grüßte lächelnd von oben herab. Ihre Beine baumelten endlos unter dem kurzen Rock vom Rand seines Schreibtischs, der war gänzlich mit weißer Kunststofffolie abgedeckt.

„Ihr Zeug hat so herumgelegen", begann sie lächelnd, „da habe ich ein bisschen aufgeräumt!"

Brandner zersprang vor Wut. Ewigkeiten würde er brauchen, bis alles wieder an seinem Platz war, was ihm die Frau Oberst da abgeräumt hatte. Die ganze Ausbeute ihrer gestrigen Untersuchung lag nun fein säuberlich vor ihm. Brandner fielen eigentlich nur zwei Pappbecher auf. Der Rest sah nach Kosmetikartikeln aus, dazu ein kleines Necessaire mit Rosendekor, etwas Schmuck und eine ungeöffnete, originalverpackte grüne Schachtel, die ihm bestens bekannt war. Die Schwanenküsse vom Grellinger, dem besten Konditor im Ort.

„Automatenkaffee", erklärte die Karl scharfsinnig und deutete auf die Becher. „Aus dem Papierkorb der Suite, was sagt uns das, Inspektor?"

„Da hat wohl jemand Kaffee getrunken." Brandner wurde ironisch. Dafür brauchten sie jetzt unbedingt eine weitere Sonderermittlerin vom KfK.

„Blendend, Watson", bemerkte sie trocken. „Das heißt, dass noch jemand im Zimmer war, Brandner! Es sind nämlich zwei Becher. Das kommt nach Linz zur Spurensicherung! Die finden alles!" Brandner hatte schon von der Linzer Asservatenkammer gehört. Auf der Landespolizeidirektion lagerten angeblich dreißigtausend gesicherte Spuren. Es sollte dort öfter vorkommen, dass eine verschwand, als dass die richtige Spur auch wieder gefunden wurde.

„Und nur auf einem Becher ...“, Karl machte eine kunstvolle Pause, „befindet sich Lippenstift.“

Brandner sah genauer hin und bemerkte eine zarte kirschrote Spur. Genau dieses Rot hatte die Schlager-Sissi gestern an ihren Lippen gehabt.

„Der ist dann wohl von der Sissi.“

„Ein Genie unter uns“, lächelte die Frau Oberst. „Falls das also die gestrige Kaffeejause der Schlager-Sissi ist, und das Zimmermädchen, wie sie schwört, noch nicht saubergemacht hat, stellt sich nur eine einzige Frage ...“

Wer hatte mit Sissi Kaffee getrunken, fuhr Brandner in Gedanken fort. Das Fräulein hatte ja ausgesagt, dass sie gleich nach dem gemeinsamen Frühstück in den Ort bummeln gegangen war. Noch etwas fiel ihm ein. „Wie kam Sissi zu ihrem Kaffee? Sie hat das Zimmer doch nie verlassen.“

„Meine Buben untersuchen uns das. Da hat es todsicher Fingerabdrücke drauf!“ Sie zirkelte die beiden Becher mit spitzen Gummifingern geschickt in den Plastikbeutel zurück.

„Nein!“

„Nein?“ Oberst Karl wirkte baff. Der Birngruber stand in der Tür.

„Nein“, wiederholte der Wachtmeister vernehmlich. Langsam wanderte Farbe in sein Leberkäsegesicht. „Weil ... weil ich weiß, wo der herkommt. Also halt der Kaffee.“

Brandner war neugierig, worauf der Seppi da hinauswollte. Die Frau Oberst hatte ihre Stirn schon gefährlich in Falten gelegt.

„Ich“, seufzte endlich der Wachtmeister. „Na ja, ich hab ihr den Cappuccino geholt. Die zwei Becher. Vom Automaten. Zu Mittag halt!“

Jessas, der Depp. Der Seppi hatte also die Sissi gestern zweimal alleine gelassen.

„Sie wussten, dass Sie die Zielperson keinen Moment lang aus den Augen verlieren durften?“

Der Seppi nickte bedrückt.

„Kein Kontakt mit der Außenwelt. Essen nur aus der Hotelküche. Vom Zimmermädchen direkt hierher zur Suite geschickt ...“

Dieser Seppi, dachte der Brandner, als er seinen einzigen Assistenten mit hängendem Kopf vor der zähnefletschenden Frau Oberst stehen sah. Plötzlich wurde ihm bange ums Herz. Es würde verdammt einsam sein ohne den Seppi, wenn die Frau Oberst ihn womöglich von seinem Posten in der Salzkammergutpolizei enthob.

„Wo sie mich doch persönlich gebeten hat!“, rief der Birngruber in seiner Not. „Sie hätt so einen Gusto, hat die Sissi gesagt. Auf den Cappuccino.“

„Wann genau hat Frau Voglhuber mit Ihnen gesprochen?“

„Na um halb eins war das, vielleicht um eins, das weiß ich nicht mehr so genau.“

„Da haben Sie ihr die Becher in die Hand gedrückt?“

„Vor die Türe ... gestellt.“ Der Birngruber wand sich wie ein Regenwurm.

„Und als sie bei Ihnen bestellt hat?“

„Die Türe war zu“, gestand der Wachtmeister. Brandner sah die Frau Oberst an. Allen war klar, was das bedeutete.

„Die Frau Voglhuber“, stellte Brandner nun sachlich fest, „ist also vielleicht schon irgendwann zwischen halb eins und eins aus ihrer Suite verschwunden. Oder vielleicht erst nach drei. Das Fräulein glaubt, es habe noch Geräusche gehört.“

„Jeder hätte mit verstellter Stimme den Cappuccino in Auftrag geben können“, seufzte die Frau Oberst. „Um dann die Becher unbemerkt von innen ins Zimmer zu holen.“

Die Beine der Frau Oberst rutschten vom Schreibtisch herab. Sie schloss den Plastikbeutel und drückte Brandner den ersten Becher in die Hand. Dann reichte sie ihm kommentarlos den zweiten Beutel.

„Die Frau Doktor soll's untersuchen. Auf DNA, und auch ob da etwas drin ist, von ... dem Zeug."

„Rohypnol", half er nach.

„Von dem Rohypnol. Und zu Ihnen!" Sie sah zurück zum Birngruber. „Schwamm drüber, Wachtmeister! Wenn ich nun bitten dürfte, Ihr Bericht."

Der Inspektor traute seinen Ohren nicht. Die Frau Oberst musste dem ja nicht gerade das Fell über die Ohren ziehen, aber dass sie den Seppi jetzt so sang- und klanglos verschonte, das ging nicht! Da kam der jetzt zum zweiten Mal viel zu milde davon. Doch Karl schob einfach nur zwei Sessel vor Brandners Tisch, während sie selbst wieder obenauf Platz nahm und ihre Beine bequem übereinanderschlug.

Erleichtert setzte sich der Birngruber hin. Brandner folgte kopfschüttelnd seinem Beispiel.

„Lisa Voglhuber!", begann der Wachtmeister Luft holend und warf sich in Positur. „Sie wurde am 18. August 1988 als Kind von Josef und Maria Voglhuber geboren."

„Kaisergeburtstag!" Brandner war es offenbar als Einzigem aufgefallen. Schließlich war auch der gute alte Franz Joseph an genau diesem Augusttag geboren. Der Birngruber sah ihn beleidigt an, auch die Frau Oberst strafte ihn mit einem vernichtenden Blick und reichte dem Birngruber eine Tasse Kaffee.

„Weiter, Wachtmeister."

„Im Krankenhaus Gmunden geboren! Die Mutter war gerade auf Besuch am Traunsee gewesen, da gingen die Wehen los. Eineiige Zwillingsschwestern, die

Vroni war zwei Minuten früher dran. Der Vater führte in Bad Ischl das Lederhosengeschäft Voglhuber in zweiter Generation. Ansonsten, halbe Gmundner, die Voglhubers. Sissis Großeltern wohnten in den 1960er Jahren noch drüben, Unterm Stein. Die wanderten erst dann nach Bad Ischl aus."

Während der Brandner noch überlegte, was Sissis Vorfahren seinerzeit zu diesem mehr als unüblichen Schritt bewegt haben mochte, redete sich der Birngruber mit leuchtenden Augen so richtig in Fahrt. Er würde also die Scharte auswetzen, und die Frau Oberst ihren Lieblingsschüler am Ende entschuldigen!

„Was der Opa Voglhuber mit den Lederhosen begonnen hatte, führte Sissis Vater, der Voglhuber Josef, zur Blüte. Die Ischler Lederhose wurde weitum bekannt. Nebenbei war der Voglhuber als Skilehrer und Bergführer tätig, die Mutter Hausfrau, man nahm sogar noch ein Pflegekind auf. Scheint eine heile Familie gewesen zu sein. Eine Art Ischler Baron von Trapp. Man machte Hausmusik. Vater Voglhuber sang im Gstanzlsängerbund, die Mutter schlug das Hackbrett in der Ischler Damenkapelle. Sie förderten Sissi und Vroni früh. Der alte Pfarrer Köhler gab ihnen Gesangsunterricht. Alle zusammen sangen im Ischler Kirchenchor. Die Vroni mochte vielleicht sogar die begabtere Sängerin sein, hat mir der alte Köhler erzählt, doch nur die Sissi hatte immer nichts als Musik im Kopf gehabt. Die Vroni ging nach Linz auf die Lehrerbildungsanstalt, die Sissi auf die Ischler Tourismusschule. Hat dort zwei Klassen wiederholt und wurde dann doch noch auf die Holzfachschule nach Hallstatt geschickt. Die war nämlich auch so künstlerisch begabt, im Zeichnen, Malen und Schnitzen, unsere Schlager-Sissi."

Der Wachtmeister legte nun selbst eine künstlerische Pause ein und streckte sich. Wie der Komödiant einer Schmiere kam er dem Brandner vor. Die Frau Oberst aber griff schon wieder zur Kaffeekanne und schenkte ihm aufmunternd nach.

„Danke." Geschmeichelt schlürfte der Birngruber und fuhr fort. „Schon während der Schulzeit hatte die Sissi ihre ersten Auftritte. Sie nannte sich *Gsangl-Lisl* und trat am Ischler Kaiserfest auf, im großen Kurpavillon. Der k.u.k. Hofbeislwirt, der KuK-Max, hatte ihr ein paar Lieder geschrieben. Das waren ... halt mehr so seichte Schlager. Aber den Leuten gefiel's!"

Der Inspektor erinnerte sich. Er hatte den KuK-Max einmal auf einer Hochzeitsfeier in seinem Hofbeisl zur Quetschn greifen gesehen, kein schlechter Musiker der KuK-Max!

„Bald hat die Sissi auch auf der Traunkirchner Märchennacht gesungen, und schließlich auf allen Volksfesten in Gmunden, Vorchdorf, Aurachkirchen und so weiter. Dann hat der Herr Pfarrer sie zum Bundesjugendsingen nach Salzburg geschickt. Da hat sie überraschend gewonnen. Leider konnte sie sich darüber nicht wirklich freuen. Der Vater hatte sich daheim beim Wildschweinjagen im Kampf mit einem Eber eine böse Verletzung zugezogen. Der Voglhuber konnte nie mehr richtig Hosen nähen, er bekam später die Lungenschwindsucht und starb. Das war 2008."

Wachtmeister Birngruber hatte Tränen in den Augen. Er schnäuzte sich und berichtete weiter.

„Schließlich wurde auch noch die Mama Voglhuber schwer krank. Vom Totenbett aus hat sie eine Demo-CD ihrer geliebten Sissi, die lernte in Hallstatt endlich für die Matura, an einen deutschen Manager geschickt. Den Till Schröder."

Wie ein Impresario hielt der Birngruber seine leere Tasse hoch, Brandner konnte sich nur noch wundern, doch die Frau Oberst spielte mit. Sie schenkte ihm noch einmal Kaffee ein. Nun lief der Birngruber endgültig zur Höchstform auf.

„Der Schröder knüpfte Kontakte zu einer Münchner Produktionsfirma. Man lud die Sissi zum Vorsingen ein. Steckte sie in ein weißes Prinzessinnenkleid, setzte ihr ein glitzerndes Krönchen auf, Sterne ins Haar. Die Schlager-Sissi war geboren. Ein paar Lieder wurden geschrieben und eingespielt. In der Frühlings-Hitparade von Radio Oberbayern erreichte Sissis Single *Morgen Nacht küss ich dich* auf Anhieb den zweiten Platz. Sie erhielt einen Plattenvertrag. Ihr erstes Album *Heimatlos* wurde ein Riesenerfolg. Doch ihre Eltern ... die waren tot."

Wieder griff der Birngruber zum Taschentuch. Die Frau Oberst, und sogar der Brandner hatten gebannt zugehört. Der Seppi gab wirklich alles als Erzähler, dachte der Inspektor nicht ohne Neid. Tatsächlich war diese Voglhuber-Story besser als jeder Groschenroman.

„Der Rest ist Musikgeschichte", fuhr der Seppi hochtrabend fort und nahm einen wärmenden Schluck. „Sissi kletterte höher und höher in den Charts. Von Lied zu Lied. Im Herbst 2009 produzierte sie ihr Studioalbum *Kaisertraum*. Die große Fernsehpremiere hatte sie im deutschen Fernsehen im Mai 2010. Das *Kaiserfest der Volksmusik*. Sissi war am Ziel, sie sang in der Sendung von Florian Eisenherz für ein Millionenpublikum. Für ihren *Kaisertraum* räumte sie in der Kategorie „Schlagermusik" gleich die *Goldene Henne* ab. Ab da ging es erst richtig los. 2010 erste Solo-Tournee. 2011 erster Platz der dreitägigen ORF-Hörerhitparade, erster Platz bei der ZDF-Hitsommernacht und beim Schweizer Schlagermarathon. Noch im selben Jahr war die Sissi endlich auf Platz eins der deutschen und österreichischen Charts: ihr unvergleichliches Lied *Mitten ins Herz*!"

Schmachtend und schnaufend war der Seppi zum Ende gelangt, er blätterte weiter in seinem Manuskript. „Ihr Album *Kaisergleich* erreichte 2013 nach wenigen Wochen Platz eins der deutschen Charts. Sie gewann die *Krone der Volksmusik* in der Kategorie ‚Erfolgreichste Sängerin des Jahres'. Mit dem letzten Album *Sissis Songs* stieg sie 2014 auf Anhieb an der Spitze der Hitparade ein. Kurz darauf erhielt sie dafür ihren ersten *Echo* der Plattenindustrie. Dazu kam gleich noch die *Goldene Kamera*. Zu Weihnachten bekam sie ihre erste eigene Fernsehshow. Ihre *Best-of*-Compilation erschien Anfang 2015 und war gleich darauf in den Top Drei der wichtigsten europäischen Länder. Sie hat als Schlagerstar alles abgeräumt, was es nur gibt. Unsere Sissi aus dem Salzkammergut!" Der Wachtmeister hatte geendet.

„Bravo, Birngruber! Wie haben Sie das alles so rasch herausgebracht?", rief die Frau Oberst.

„Die interne Datenbank, der KuK-Max in Ischl, der Pfarrer Köhler und ...", er grinste breit, „Wikipedia!"

Auch der Brandner war beeindruckt. Beinahe hätte die Frau Oberst jetzt losgeklatscht. Er überlegte, ob nicht auch er sich für eine der Internetschulungen anmelden sollte.

***

Es war beinahe elf, als der Brandner die Türe zu seinem Heim aufstieß. Er hatte so eine Vorahnung in der Nase. Eine Vorahnung, dass es mit den heutigen Katastrophen noch nicht vorbei war. Es war wie immer mit seinen Ahnungen. Schon in der Küche ereilte sie ihn.

„Die schaust du dir auch bald von unten an!“ Die Rosi wedelte ihm mit einem Bund Radieschen daher. „Wenn du so weitermachst. Den Janisch! Den reizt man nicht!“

Brandner hatte aufgegeben zu fragen, woher sie immer ihren Zund und Informationen aus dem Ort bekam. Wahrscheinlich hatte die Milli wieder einmal ihre Lieblingstante besucht.

„Tausendmal hab ich dir gesagt, dass du mir die ja in Ruhe lässt, die Großkopferten! Erst recht den Don. Jeder Schuss ein Blattschuss, beim Johnny! Schau lieber zu, dass du noch eine Frau erwischst in diesem Leben. Mitte fünfzig und solo! Nie geht der aus! Was hätt dein Papa selig gesagt!“

Rosi schlug das Kreuzzeichen und köpfte die Radieschen vom grünen Strauß, ehe sie sorgsam geviertelt an ihrem Bestimmungsort landeten.

„Was ist das?“ Entsetzt deutete er auf den grünen Brei in der Rein.

„Das ist die Rosenkohlkur“, lächelte die Rosi gütig. „Die ist deine Zukunft. Putzt dich durch, und deine Zellen!“

Sie schob die Schüssel über den Tisch zu ihm hin. Vielleicht hatte sie Recht, dachte der Brandner, er sollte doch dann und wann ausgehen. Donnerstags gab es meist Surbraten im Spies.

Als er wie immer klein beigegeben hatte, kam sie auf ihr Lieblingsthema zurück.

„Wo du auch deine Freundinnen immer herhast!“ Sie schüttelte enttäuscht den Kopf. „Das kann ja nichts werden. Na, diese Mona aus München. Da hab ich wieder was mitgemacht. Und so dunkel war die!“ Der Gedanke an die persischen Mandelaugen von Mona Milani, einer Kommissarin, die es nach München verschlagen hatte, machte ihn wieder traurig. Über ein Jahr war seither vergangen. Da hatte man einen bayerischen Magnaten und Großjäger in Bad Ischl erschlagen. Auftakt zu einer Serie von Jägermorden. Das Ganze hatte sich dann zur Suche nach Sissis Gold ausgewachsen, dem legendären Raubschatz von Altaussee. Aus der bayerischen Amtshilfe war private Zuneigung geworden.

„Schön war sie, die Mona", träumte der Gustl vor sich hin.

„Aber geh! München! Zu weit. Zu kompliziert. Wenigstens pfiat di hätt sie dir sagen können."

Er nickte bekümmert. Sie hatten den Fall als Paar gelöst. Irgendwann hatte ihn die Mona wieder zu den Akten gelegt. Still und leise. Wie einen x-beliebigen Fall.

„Eine Flitschn, Gustl! So eine ist nix für dich. Du musst bei uns schauen, wo du bleibst. Bei uns da!" Die Rosi hatte ihn tatsächlich gepackt. Sie schüttelte ihren Buben mit beiden Händen so richtig durch. „Jetzt schaust halt da hinauf zum Brunnenwirt. Der hat sein Spezialangebot, mit seiner *Last Chance*-Agentur. Jeder findet eine, mit Garantie, sagt der Krapfenberger."

„Hab's schon ghört", er winkte ab, „so ein Singletreff für Mauerblümchen." Er würde sich dort garantiert nicht verkuppeln lassen. Nicht vom Brunnenwirt. Schon gar nicht von dem. Der Stammtisch im Spies würde sich biegen vor Lachen.

„Na! Sogar der Axel hat schon seine Neue gefunden!"

„Der Kruckenhauser?" Das konnte die Rosi einem anderen erzählen. Ein Berufssingle, ein ewiger Schürzenjäger.

„Jaja, auch der Axel, der hat jetzt eine Freundin", nickte die Rosi boshaft lächelnd. „Am Samstag ist wieder Kerzerlabend, mit Krapfenberger-Garantie. Schluss-aus, du gehst da hinauf! Wird schon eine übrig bleiben für dich, im Liebeshotel."

14.

Am nächsten Morgen saß der Brandner ungewöhnlich spät am Frühstückstisch. Er hatte kaum geschlafen und war zwischen allerhand bösen Träumen immer wieder aufgewacht.

„Ich hab mir schon gedacht, du kommst heut gar nicht daher!“ Die Rosi musterte ihn mit strengem Blick. Von harter Hand stopfte sie ihm das Uniformhemd hinten zur Hose hinein. „Ich hätt halt nicht gern umsonst dein Frühstück gemacht. Außerdem mach ich mir eben Sorgen um dich“, gab die Rosi versöhnlich zu. Sie drückte ihn auf die Küchenbank und leerte den Arabica in das Gmundner Häferl. Tatsächlich hatte sich der Brandner noch nie Gedanken über seine Morgenmahlzeit gemacht. Wichtig war doch nur, dass die Eier heiß genug waren und eben herrlich weich im Kern. Dass die Rosi den Schinkenspeck wie immer so saftig braun angebraten hatte und dazu das frische Krustenbrot vom Hinterwirth-Bäcker, und dass sein Müsli wie immer so süß schmeckte. Kaiserschmarrn, fand der Inspektor, könnte es halt wieder einmal geben. Da ließ die Rosi nach. Kopfschüttelnd nahm er den *Ischler Mittwoch* zur Hand und stutzte gleich beim Titelblatt. Natürlich hatte es die tote Voglhuberin auch hier auf die erste Seite gebracht. Doch diesmal die richtige. Das Verschwinden der Sissi wurde nicht erwähnt.

„Was ist denn das?“ Wie immer hatte er beim Blättern ohne zu schauen den ersten Löffel in sich hineingestopft.

„Dein Frühstück“, stellte die Rosi zufrieden fest. „Das ist doch besser als dein ewiges Müsli! Garantiert glutenfrei!“

„Dieser Batz?“

„Tofu mit Joghurt“, strahlte die Verräterin ihn noch selig an. „Der neueste Schrei. Der Tofu geht für alles. Kuchen, Soßen! Dabei schmeckt er noch nach Fleisch! Den gebe ich heut Nacht statt dem Braten rein.“

Ein Müsli mit Fleischgeschmack? Brandner spürte, wie aller Stress und Ärger der letzten Tage in ihm hochstiegen. Wütend warf er den Löffel ins Schüsserl zurück. Er würde sich am Weg an Hinterwirths Kuchenbuffet bedienen. Oder gleich beim neuen Leberkas-Pepi wie der Birngruber. Er raffte den *Mittwoch* zusammen und sprang hoch – um im selben Moment bereits am Boden zu liegen. Ein Riesenberg frischer Wäsche war ihm zwischen die Füße geraten.

„Bettwäsche? Aber du hast doch erst gestern alles überzogen!“

„Du hast gesagt, dass das Bügelzimmer jetzt ganz allein mir gehört“, meinte die Rosi trotzig, „und das Bad oben im Stöckl auch. Mach dir was Schönes draus, hast du gesagt, weißt du noch? Na ja, jetzt hab ich’s nett hergerichtet. Morgen kommt der erste Gast. Hotel Rosi ...“

Sie blickte verzückt zum Bügelzimmer.

„Schon“, gab er überrumpelt zu. Aber er hatte ja doch bei Gott nicht ans Vermieten gedacht! Überhaupt hatte er nur davon gesprochen, um sie nach ihrem letzten Streit zu besänftigen. Das hätte ihm noch gefehlt, dass ihm die Rosi kündigt, nach fünfzig Jahren.

„Was glaubst denn du, wie schwer es ist, ein gescheites Zimmer zu finden? Überhaupt jetzt! Bei den ganzen Chinesen!“ Die Rosi klatschte verärgert in die Hände und klaubte den Wäschestapel zurück ins Lavoir. Er stand auf und öffnete das Bügelzimmer. Ein Bett stand darin. Sogar eine Bauernkommode hatte die Rosi vom Dachboden heruntergeholt. Er konnte sich vorstellen, wer ihr geholfen hatte: die Milli! Verrückt, die Rosi! Man musste die zur Vernunft bringen. Erst das Schulbuffet und nun Fremde im Haus? Wer kümmerte sich dann um ihn? Wer kochte Kaiserschmarrn?

„Der zahlt mir sechzig Euro die Nacht. Und überhaupt ist das gar keine Arbeit mit dem Vermieten, sagt der Michi. Ständig ausgebucht ist der, mit dem neuen Schlosshotel. Da ist man ja blöd, wenn man nicht mitmacht bei dem neuen Tourismuskonzept!“

„Aber ... du hast doch gar keine Zeit dafür! Erst dein Schulbuffet und ...“

„Und außerdem kommst du eh immer so spät. Da wird ab jetzt nix mehr gegessen! Zeit wird's, dass du dich auf eigene Beine stellst. Gehst halt zum Michi im Hotel nebenan. Der hat jetzt das Schlank-wie-der-Schwan-Menü.

Also ausgemacht!“, schloss seine Haushälterin, da ihm vor Schreck nichts mehr einfiel. „Da gehst du mir mittags hin! Ich hab's dem Michi eh schon gesagt.“

Zufrieden füllte sie sein Häferl mit Milchkaffee, band sich die Schürze ab und hängte sie an die Küchentür. Der Fall war klar. Der Schwan Michi hatte also dem einfältigen Roserl den Floh ins Ohr gesetzt.

„Mir reicht's!“, schrie der Brandner. Wütend warf er den Löffel ins Tofu-Schüsserl.

„Mach kein Tamtam!“, kam es bereits aus dem Vorzimmer. „Ich muss jetzt hinauf in die Schul! Und vergiss nicht, morgen kommt er, ein Deutscher, ein ganz feiner Herr!“

***

Die Frau Doktor schätzte Pünktlichkeit. Daher war sie erfreut und überrascht, als der Inspektor zur Ausnahme einmal vor der vereinbarten Zeit kam. Umgekehrt war der Brandner wiederum ausnahmsweise und nur deshalb zehn Minuten früher im Krankenhaus, da er es zu Hause nicht mehr ausgehalten hatte. Besser kein Frühstück als diesen Tofu. Mach kein Tamtam, iss dein Müsli, hatte die Rosi noch gelacht und war schon zur Türe hinausgehuscht. Da hatte es ihm gereicht. Die Rosi würde aber noch dumm schauen, wenn er nun jeden Abend zum Spies nachtmahlen ging.

Derartig genervt konnte also der Brandner unmöglich mit etwas rechnen, das ungefähr einmal im Jahr vorkam. Die Frau Doktor war gut bei Laune. Sie hatte sich besonders fein gemacht. Anstatt des üblicherweise vorgeschriebenen weißen Dienstmantels trug sie heute einfach einen weißen Rollkragenpullunder, der ihre Arme frei ließ. Die silberweiß glänzende, auffallend enge Jeans, Brandner konnte sich kaum konzentrieren, wurde von einer modischen Schnur gehalten. Die wäre, Brandner hätte es schwören können, gar nicht notwendig gewesen. Die Kurven der Füchsin sprachen für sich.

„Neuigkeiten, Brandner!“, lächelte sie ihm zuvorkommend entgegen. Dennoch war sie, als er das kleine Büro vor dem Seziersaal betrat, wie immer am Schreibtisch sitzen geblieben. Darauf standen die zwei kleinen Kaffeebecher aus dem Papierkorb von Sissis Suite. Er nahm Platz.

„Eigentlich wollte ich die ja nur auf Narkotika untersuchen“, sie deutete auf den Tisch. „Du weißt schon, Rohypnol. Am leichtesten geht es ja in so einem Getränk. Vielleicht hat man ja auch sie bewusstlos gemacht. Oder gefügig. Aber in diesem Fall ...“, sie sah ihn an, „war’s wohl das Gegenteil.“ Brandner wusste nicht, worauf sie hinauswollte.

„Nun ja …“ Sie sah ihn mit Riesenaugen an, verführerisch. „Sie sollte wohl in Stimmung kommen.“

Immer noch verstand er kein Wort. „*Tender Love*. Ein Mittel für die … Libido.“

Sissi hatte eine Liebespille geschluckt?

„Liebespille“, sagte die Fuchs. „Ein Mittel zur Steigerung der weiblichen Lust. Sie hatte wohl Lust darauf, na du weißt schon. Weit verbreitetes Präparat. Also falls es das einzige war, das sie an dem Tag zu sich genommen hat …“ Die Füchsin fächelte sich Luft zu, als wäre ihr plötzlich heiß.

„Die trauert um ihre Schwester und am nächsten Tag schluckt sie einen Heißmacher?!“ Brandner traute seinen Ohren nicht.

Die Füchsin zuckte mit den Achseln.

„Apropos. Ich finde es schade eigentlich. Ich meine, dass wir uns so selten sehen. Und dann immer so dienstlich.“ Doktor Fuchs blinzelte Brandner hinter der Leiche zu. Brandner schien immer noch nicht richtig zu hören. Worauf wollte die Frau Doktor hinaus? Ihr letztes Zusammentreffen war ja wohl eine böse Mischung gewesen. Sie hatte ihn ignoriert und belächelt. So zumindest aus seiner Sicht. Nun ja, aber an ihm lag's ja wohl nicht. Er hätte bei der Frau Doktor ja gerne ein bisserl mehr auf den Zahn gefühlt.

„Wir könnten ja …“, begann er also. „Ich meine, wir könnten ja vielleicht etwas trinken gehen. Oder so.“

„Ich glaube“, lachte sie los, „das lassen wir noch.“ Und dann lachte die Füchsin so lange und so laut, als ob sie gar nicht mehr aufhören wollte. Dem Brandner rutschte das Herz in die Hose. Wie immer in Gegenwart der Frau Doktor. Das ging ja seit Jahren so, mit ihren Andeutungen. Da wollte er endlich einmal den Sack zumachen, und dann … war er wieder drauf reingefallen.

In schlechterer Laune als zuvor verließ der Brandner das Krankenhaus und schwang sich aufs Rad. Da schrillte es in seinem Janker. Das Handy zeigte einen Anrufer, dessen Nummer er erst gestern Nacht eingespeichert hatte.

„Grüß Gott, Fräulein! ... Jessas!“ Damit legte der Brandner schon wieder auf, sprang aufs Rad und trat hektisch in die Pedale.

„Kumm, Seppi! Hinauf ins Hotel!“, stieß der Inspektor außer Atem hervor. Wenig erfreut sah der Wachtmeister von seinem Frühstück mit Fußballblatt hoch.

„Aber ich soll nach Bad Ischl fahren! Die Frau Oberst hat mir’s aufgetragen!“

„Erpresserbrief! ... zum Frühstück ... das Fräulein!“ Mit diesen Worten war der Brandner bereits aus der Tür gestürzt, sein Wachtmeister folgte, so gut es mit einem Birngruberbauch eben ging. Sie fanden Lucy Klein nicht mehr im Frühstückssalon, sondern im benachbarten Herrenzimmer. Sie saß in eine Felldecke gehüllt in einem der roten Plüschfauteuils am Kamin. Trotz des frühlingshaften Vormittags schien sie zu frösteln, offenbar hatte man nur für sie eingeheizt.

„Das gibt’s doch nicht! Wieso denn bloß?“ Klein hielt sich schluchzend die Hände vor das Gesicht.

Die beiden Polizisten standen ratlos vor ihr. Die Frau Oberst hatte nach Brandners Anruf bereits erklärt, unterwegs zu sein. Dennoch wollte der Brandner gleich mit der Befragung beginnen. Er nahm die aufgelöste Assistentin am Arm und tätschelte ihr die Hand.

„Liebes Fräulein, jetzt erzählen Sie uns erst einmal alles in Ruhe ...“

„Das Paket da“, flüsterte sie, nachdem sie sich ausgiebig geschnäuzt hatte, „stand plötzlich auf unserem

Tisch. Dort im Frühstücksraum. Jeder weiß, dass es unserer ist, also der Tisch vom Team Schlager-Sissi. Normalerweise checkt die Rezeption unsere Fanpost ja vorher durch, doch dieses Mal ...“ Sie konnte nur mit Mühe weitersprechen. „Der Kellner hat alles herübergebracht. Sehen Sie selbst.“

Klein deutete stumm auf den Beistelltisch. Brandner nahm sich vor, unten an der Rezeption nach der bisherigen Fanpost zu fragen. Hoffentlich hatten nicht zu viele Angestellte ihre Fingerabdrücke darauf hinterlassen. Er zog die Untersuchungshandschuhe über und nahm sich den Inhalt des rosafarbenen Pakets vor. Es hatte offenbar diesen Zwergrosenstock und zwei Stofftiere enthalten. Dazwischen lag ein braun-goldener Karton, eine Verpackung, die Brandner sofort erkannte.

„Ein Zaunerstollen?“

„Der Stollen ...“, seufzte sie und zeigte auf die Schachtel des berühmten Konfekts. Brandner öffnete vorsichtig die Schachtel. Sie war leer. Fast leer.

„Jessas!“, schrie der Birngruber.

„Aber das ist ja ...“ Auch dem Brandner hatte es die Sprache verschlagen, angewidert wandte er sich ab. Nachdem er sich wieder gefasst hatte, trennte er den klebrigen Zettel vom abgehackten Finger. Vorsichtig entrollte er das Papier mit den aufgeklebten Zeitungsbuchstaben und las laut vor.

WIR HABEN IHRE SISSI ENTFÜHRT! 100.000 EURO IN GROSSEN SCHEINEN. IN EINER WASSERDICHTEN TASCHE ZU ÜBERGEBEN VON LUCY KLEIN. MORGEN SAMSTAG UM 24 UHR. FÜNF MINUTEN VOR ZWÖLF MELDEN WIR UNS AUF KLEINS HANDY. KEINE POLIZEI! SPRECHEN SIE MIT NIEMANDEM. SISSIS LEBEN HÄNGT ... AN DIESEM FINGER!

„Ein Finger?!“ Oberst Karl stand in der Tür. „Ich übernehme das, Brandner.“ Sie betrachtete die Botschaft, dann den schlanken Damenfinger. „Zuerst einmal müssen wir wissen, ob das ein echter Finger ist, also einer von der Frau Voglhuber. Wir benötigen Haare, zum Beispiel von ihrer Bürste.“ Die letzten Worte waren zugleich an Fräulein Klein gerichtet. Diese war sichtlich völlig erschöpft, versteckte sich in ihrem Bärenfell am Kamin und starrte ins Feuer.

„Einen Finger“, bemühte sich nun der Birngruber, „also, den braucht man ja gar nicht so richtig, Fräulein. Überhaupt, wo es eh nur der kleine ist.“

Brandner stieß ihn in die Seite. Was das Fräulein nun brauchte, war keine medizinische Abhandlung. Ein Finger zum Frühstück war wohl für jeden Magen zu viel.

„Sie haben uns beim letzten Mal Frau Grundbichler genannt“, begann die Frau Oberst mit ihrem Verhör. „Vielleicht fällt Ihnen noch etwas dazu ein. Ist sie die Einzige, neben dem Alpen-Elvis, die den Voglhuber-Schwestern wohl Übles hätte wollen? Denken Sie scharf nach.“

Das Fräulein überwand sich unübersehbar. Sie war den Tränen nahe, doch sie kämpfte tapfer dagegen an. Der Brandner war stolz auf sie.

„Nur der Elvis und die Bonita.“

„Also gut, Fräulein Klein. Die Uhr tickt. Wir alle wollen Ihre Sissi lebend zurück. Und der Entführer fordert Hunderttausend. Was werden Sie tun?“

„Bezahlen“, schluchzte das Fräulein. „Die Sissi wird alles bezahlen.“

15.

Nach ihrem neuerlichen Zusammenbruch brachten sie Sissis Assistentin wieder zu Bett. Die Frau Oberst hatte, wie sie sagte, für hysterische Fräuleins nichts übrig, und wartete auf dem Sofa am Gang. Nur der Brandner blieb noch länger an Lucy Kleins Bett sitzen, bis sie völlig erschöpft eingeschlafen war. Der Birngruber war sichtlich in Gedanken.

„Chef, das sind also über hundert Packerl zu je zehn Tausendern, nicht? Oder mehr ..." Immer noch rechnete der Seppi in Schillingen. Hunderttausend Euro war mehr, als er sich in seiner Welt vorstellen konnte. Genervt schob ihn der Inspektor zum Fräuleinzimmer hinaus.

„Sie will also zahlen?" Oberst Karl blickte vom Sofa hoch.

„Die *Sissi Corporation* zahlt's", berichtigte Brandner. „Um an das Geld zu kommen, wird sie mit dem Herrn Schröder telefonisch konferieren. Eine Formalität, meint das Fräulein."

Das würde wohl nicht so einfach sein, wenn sich der feine Herr Doktor weiterhin so scheu gab wie bei den Anrufen der Polizei. Er reichte der Frau Oberst noch, wie von ihr verlangt, Sissi Voglhubers Porträtfoto und eine in den Plastikbeutel geschlagene Haarbürste.

„Sehr gut." Die Frau Oberst erhob sich und nahm das Foto aus dem Rahmen. „Birngruber, das Foto geht sofort an alle Polizeidienststellen in Oberösterreich, Niederösterreich, Salzburg, Steiermark. Vielleicht wurde sie ja in Begleitung des Entführers gesehen. Auch an alle Wirte, Tankstellen im Bezirk, an den Bundesstraßen und so weiter. Dann bringen Sie Sissis Bürste zur Frau

Doktor hinauf ins Krankenhaus. ... Birngruber!“, fuhr sie den gedankenverlorenen Wachtmeister an.

„Sehr wohl.“ Der Seppi schnellte hoch und salutierte.

„Und die Presse?“ Brandner war klar, was ihnen bevorstand, wenn die Entführung nun öffentlich bekannt wurde.

„Geheimhaltung wird jetzt unmöglich sein“, seufzte Oberst Karl. „Also müssen wir es wohl wieder mit Hilfe der Medien versuchen. Ich gebe eine Pressekonferenz. Offiziell sprechen wir allerdings nur von einer Abgängigkeit der Frau Voglhuber. Kein Wort von Entführung, klar?“

„Nur ein Gedanke“, meinte der Inspektor noch zu ihr gewandt, „aber vielleicht hat ja der Mord an der Vroni irgendjemanden auf dumme Gedanken gebracht?“

„Ein Trittbrettfahrer?“ Die Frau Oberst schüttelte energisch den Kopf. „Diese Entführung wurde äußerst genau geplant. Der Täter wusste ja, wo sich die Sissi aufhielt. Er hat ein kleines Zeitfenster von lückenhaftem Personenschutz eiskalt ausgenutzt. Das weist darauf hin, dass der Täter uns allen sehr nahe ist.“

Damit hatte die Frau Oberst wohl nicht unrecht. Dennoch wollte der Brandner die Theorie eines Nachahmungstäters noch nicht ganz ad acta legen.

„Wieso hat sie es uns sofort gesagt?“, fragte die Frau Oberst nachdenklich. „Ich meine, Klein hat keine Sekunde gezögert, uns zu informieren. In dem Brief wird aber ausdrücklich davor gewarnt, die Polizei zu verständigen.“

„Das Fräulein hat eben eingesehen, dass wir eingreifen müssen. Eine Tote gibt es ja schon. Wenn das nicht aufhört ...“ Er brach ab und malte sich die Konsequenzen aus. Dann bekam man die Schlager-Sissi scheibchenweise zurück. Andererseits, dachte der Brandner, besser Scheibchen als gar nichts.

„Was ist da los?“

Brandner traute seinen Augen nicht. Auch das noch! Die Rosi stand am Gang.

„Ich komm grad vom Power-Yoga. Der Michi hat gesagt, er hat die Polizei im Hotel, da bin ich natürlich gleich her!“ Als ob der Schwan nichts Besseres zu tun hatte, als herumzutratschen. Hatte der keine Ahnung, was er da anrichtete?

„Wir ham a Leich, Frau Rosi“, plapperte der Birngruber gleich drauflos, bis ihn ein strafender Blick des Inspektors traf.

„Ach wo. Nichts ist los. Geh doch nach Hause, Roserl.“

„Ich helf euch!“, bekräftigte sie und stellte resolut ihre Sporttasche ab.

„Warum nicht?“, schmunzelte die Frau Oberst. „Lassen wir die Mama doch zuhören.“

„Nicht die Mama“, beeilte der Brandner sich. Er wusste nur nicht recht, wie er erklären sollte, dass er mit neunundvierzig Jahren als Junggeselle dieser Art versorgt lebte. „Das ist ...“

„Ich bin die Rosi!“

„Sein Kindermädchen“, sorgte der Seppi für Klarheit und sah belustigt zu, wohin das nun führen würde.

„Ich hab ihn im Arm gehabt, da war er so!“ Die Rosi tätschelte zärtlich die Wange des Inspektors und streckte Daumen und kleinen Finger in die Luft.

„Schon gut“, stellte der Brandner sie gezwungenermaßen vor. „Roswitha Marek. Meine Haushälterin!“

„Haushälterin, also, dass du dich nicht schämst, Gustl! Ersatzmama stimmt schon, Frau Doktor!“

„Und ich bin keine Frau Doktor, sondern die Monika!“ Damit schüttelten sich die Damen zu Brandners Missfallen strahlend die Hand, als wären sie bereits beste Freundinnen. Die Rosi machte es sich neben der Frau Oberst auf dem Sofa bequem und sah ihn neugierig an. Das konnte ja heiter werden.

„Bleibt ja in der Familie", zwinkerte Oberst Karl. „Also Herrschaften! Was haben wir?"

„Zwei Leichen", meldete sich die Rosi begeistert.

„Eine Leiche, einen Finger", stellte der Brandner richtig.

„Vielleicht kann man den ja annähen?", ergänzte der Seppi.

„Der sollte jetzt langsam ins Eis", hielt die Frau Oberst völlig zu Recht fest.

„Natürlich, Chefin!"

Brandner hatte gar nicht gemerkt, dass er das Plastiksackerl immer noch in der Hand hielt. In diesem Augenblick winkte die Frau Oberst einem Zimmermädchen, das mit einem Frühstückstablett den Gang entlangkam.

„Danke sehr, den brauchen wir." Mit diesen Worten zippte sie den durchsichtigen Tatortbeutel mit dem Finger auf und ließ die Eiswürfel des Sektkühlers hineingleiten. Das Zimmermädchen tat Brandner leid. Es schien darüber völlig fertig zu sein, doch immerhin war die Sissi nun gut gekühlt.

„Wurscht!", donnerte Karl. „Finger nähen oder nicht, in mehr als der Hälfte der Fälle ist die entführte Person ohnehin schon zum Zeitpunkt der ersten Forderung tot."

„Siebenundvierzig."

„Wie bitte?"

„In siebenundvierzig Prozent aller Fälle." Brandner bemühte sich, seiner Stimme Festigkeit zu verleihen. Dass er es im Fernvideokurs *Geiselnahme III* der Polizeiakademie aufgeschnappt hatte, verschwieg er. „Und ob der Finger von einem lebenden Menschen oder von einer Leiche stammt, das wird sich eben erst herausstellen, wenn wir sie gefunden haben."

„Was haben die Morde gemeinsam?", gab sich die Frau Oberst vorerst geschlagen. Der Brandner sah, dass er sogar die Rosi beeindruckt hatte.

„Vielleicht ...", mischte sich seine Haushälterin nun selbst auf einmal ein, „hat man die Frau Voglhuber ja schon tot hergebracht?"

„Im Schlafwagen", ätzte der Brandner. „Das hast du doch vom *Mord im Orient-Express*!"

Das hatte gesessen!

„Im Boot natürlich", stellte die Rosi beleidigt fest.

„Bleiben wir bei den Fakten, Frau Rosi", bemerkte die Frau Oberst. „Wir müssen jedenfalls davon ausgehen, dass Fräulein Klein daran denkt, zu bezahlen. Aber wie sieht es mit den Verwandten aus?"

„Keine. Also ich meine, keine Pläne. Soviel ich weiß, war die Vroni die einzige Schwester. Sonst gibt's da niemanden mehr."

„Gut recherchiert, Brandner." Der Inspektor senkte bescheiden den Kopf. Na bitte!

„Wir können niemanden daran hindern zu zahlen, sie will die Hunderttausend bis Mitternacht auftreiben und hat ein Boot vom Trawöger gemietet, doch wir überwachen den Deal", stellte Karl klar. „Sie muss mit uns alles haarklein absprechen. Aber da auf der Forderung steht, keine Polizei, werden wir natürlich äußerst, ich betone, äußerst vorsichtig vorgehen. Also ...", mit Verschwörermiene sah die Frau Oberst erst dem Brandner, danach dem Birngruber und schließlich auch noch der Rosi ins Gesicht, deren Augen leuchteten, „quasi unsichtbar."

„Und der Finger?", wollte der Birngruber wissen.

„Wo ist der denn überhaupt?“ Die Frau Oberst sah Brandner an. Der griff in seine Jacke, zog erst den Flachmann und endlich vorsichtig das jüngste Beweisstück heraus. „Den bringen S’ jetzt aber schleunigst der Frau Doktor!“

Das war ja wohl klar, dachte der Brandner, selbst froh, den Finger so schnell wie möglich loszuwerden.

„Was darf’s sein, schöne Frau?“

Der Schwan Michi stand plötzlich am Gang. Schon zeigte sich die Frau Oberst wie verwandelt. Der Hotelier, sogar Brandner musste das zugeben, sah tatsächlich wieder einmal umwerfend aus. Stählerne Muskeln umspannten seine Leggins, er kam sichtlich verschwitzt vom Power-Yoga-Kurs, und obwohl Brandner natürlich keinen Blick darauf werfen würde, konnte er sich auch so vorstellen, wie der Po eines Playboys aussah. Schließlich redete ihm die Rosi davon die Ohren voll, wenn sie völlig fertig nach Hause kam. Michis Bauch, Michis Bein, Michis Po!

„Ein Flipchart wäre nett!“ Die Frau Oberst flötete, als hätte sie soeben Champagner an seiner Bettkante geschlürft. „Für meine Pressekonferenz. Eigentlich könnte ich gut Hilfe gebrauchen, Herr Schwan ...“

„Wahnsinn!“, strahlte die Rosi ihn an. „Ein Thriller. Besser als Fernsehen. Ich wusste nicht, dass dein Beruf so spannend ist.“

Wie eine Galionsfigur trotzte sie dem Gegenwind in Brandners Polizeiboot. Er schwieg die Fahrt über, stellte den Motor ab und legte längs der Esplanade an. Mit finsterer Miene führte er die Dienstanweisung der Frau Oberst aus, die Frau Mama doch nach Hause zu führen. Er wuchtete Rosis Sporttasche an Land und zuckte vor Schmerz. Die Schulter verrenkt! Was machte die Rosi nur, dass sie so fantastisch fit blieb? Doch heute hatte er keine Lust mehr auf Rosis Geheimnisse, und schon gar nicht auf ihre neuesten Theorien. So schlug er ihr Angebot aus, gemeinsam zu Mittag zu essen, berief sich auf seine eiligen Dienstwege und ging zurück zum Boot, um sein Fahrrad zu holen. Von dort fuhr er über die Esplanade weiter bis zum Pepi am Rathausplatz. Zwei Käsleberkässemmeln später betrat der Inspektor schließlich das Landeskrankenhaus.

„Doktor Fuchs", schnarrte es aus der Gegensprechanlage neben der Stahltüre mit der Aufschrift *Prosektur*.

„Brandner hier!" Die Füchsin knurrte wenig erfreut, wie immer, wenn er unangemeldet bei ihr vorbei kam. Die Türe sprang summend auf.

Lächelnd betrat er den Obduktionssaal. Etwas wie Fröhlichkeit kam bei ihm auf. Ein Spiel würde er spielen mit der Frau Doktor, ein kleines Spiel. Doch diesmal war er es, der sie zappeln lassen würde.

„Ich war grad in der Nähe."

„Lass das! Was willst du?", knurrte sie und nahm die Hand vom Bein eines älteren Herrn, der vom Nabel abwärts unter dem weißen Laken hervorragte. Brandner wandte sich schaudernd ab. Die Füchsin hielt ihm das blutige Skalpell bedrohlich unter die Nase.

„Ich wusste nicht, dass es bei dir so ... interessant ist", lächelte er und riskierte noch einen Blick auf den entkleideten Herrn. „Du hast wirklich deine Berufung gefunden."

„Was gibt's? Brandner!"

Sie war also schlecht drauf. Er hatte sein Spielchen gehabt. Mit gekünstelter Lässigkeit griff der Inspektor in die Uniformjacke und hielt ihr den Beutel unter die Nase.

„Etwas für dich. Finger On The Rocks!"

Doktor Fuchs öffnete den Zippverschluss ruhig und bis zum Anschlag. Dann roch sie hinein.

„Interessant", lächelte sie. Brandner war enttäuscht. Er hatte sich ein wenig Ekel erwartet, wenigstens Überraschung. Mit einer Pinzette pickte sie den Finger in ein offenes rundes Glas. Wieder roch sie daran und betrachtete ihn durch das Mikroskop. Minutenlang.

„Ein Finger", begann sie schließlich ebenso sachlich wie unnötig. „Von einer Frau. Dunkle Haare. Riecht schon ein wenig ... Von wem?"

„Deswegen komme ich ja", brummte der Inspektor unbefriedigt. „Der Finger steckte in einem Zaunerstollen, und der lag heute als Packerl am Frühstückstisch von Fräulein Klein. Laut Erpresserbrief gehört er zur Schlager-Sissi."

„Du weißt ja, für eine DNA..."

Er legte einen weiteren Beutel neben das Bein des Herrn mittleren Alters auf den Seziertisch.

„Habe ich dir mitgebracht", kam er der Füchsin zuvor. „Die Haarbürste von der Sissi, sagt Fräulein Klein. Wir brauchen so schnell wie möglich Klarheit, ob das zusammenpasst."

Doktor Fuchs sah ihn überrascht an. Es funktionierte. Er hatte ihr Interesse geweckt. Als der Brandner Anstalten machte zu gehen, sah sie nicht einmal mehr auf.

„Du bekommst heute noch Bescheid", sagte sie und war bereits ganz in ihr neues Spielzeug vertieft.

16.

Mit vollem Magen plagte er sich zur Kirche hinauf. Gleichviel, was sich die Frau Oberst da zusammenreimte, von wegen Respekt und Uniform. Ein Auftritt in Jeans und Janker machte die Leute locker in einem Verhör. Das hatte er der Frau Oberst jetzt schon mehrfach erklärt. Erst recht hier im Salzkammergut, wo man sich der kaiserlichen Behörde sozusagen schon traditionell feindlich verschloss. Sobald hier jemand eine Uniform erblickte, sah sich der bereits in die zähen Mühlen der Justizbehörden verstrickt. Was wusste da eine Linzerin wie die Frau Oberst schon?

Solcherart waren Brandners Gedanken, als er schnaufend und prustend die Kirchengasse hinaufstieg. Dass nun die Voglhuber Vroni und nicht die Sissi tot war, wusste schon jeder im Ort. Das hatten schließlich die Stammtische besorgt. Außerdem war die Vroni ja nun nicht zum Unterricht erschienen, es waren gerade keine Ferien und eine Woche lang hatte die wegen des Singcontest-Siegs ihrer Schwester ja wohl kaum freibekommen. Wie jeder hatte der Brandner so seine Meinung zur Schule, und dann auch noch Klosterschule ... Man kannte ja diese Geistlichen, die im Gespräch über weltliche Skandale verschlossen sein würden. Betroffen vom Verlust einer Kollegin, sozusagen betroffen verschlossen. Tatsächlich wehte die schwarze Fahne vor dem düsteren Bau. Brandner durchschritt das riesige, in Marmor gehauene Portal in Form eines Kreuzes. Der Tag kam ihm plötzlich besonders kalt und scheußlich vor.

„Sie sind?“, fragte zu seinem Ärger die dürre Dame gelangweilt aus ihrer verglasten Loge heraus. Hochnäsig und unverschämt, die in ihrer mausgrauen, hochgeschlossenen Bluse. Jeder kannte ihn. Ein Polizeiinspektor war schließlich nicht irgendwer, noch dazu in einem so kleinen Seestädtchen.

„Haben Sie einen Ausweis?“

Brandner nickte. Er zückte den Dienstausweis und hielt ihn mit der größten ihm noch möglichen Freundlichkeit dem Schreckgespenst mit grauem Haarknoten und blassgrüner Hornbrille hin.

„Hm."

Vielleicht lag es ja an ihm. Immer noch fragte er sich das, nach so vielen Jahren, ob seine zivile Erscheinung und die Nennung seines Namens nicht genug Respektsperson hergaben. Immerhin blätterte die nun mit ungnädigem Blick in ihrem dicht bekritzelten Stehkalender.

„Ich würde bitte gerne den Herrn Direktor sprechen", bat er mit gezwungener Freundlichkeit.

„Im Unterricht", beschied ihm das dürre Elend mürrisch. „Aber warten könnten S'! Na, so warten S' halt."

Das war, fand der Brandner, nun doch zu viel. Da kam die bei ihm aber jetzt an den Falschen. Einsatz war Einsatz. Kurzerhand schnappte er sich durch das Glasloch den Stehkalender. Las nach, wo die dürre Dame ihren knöcherigen Finger soeben angelegt gehabt hatte, und warf mit allerwertester Empfehlung, wie er ihr auch hörbar mitteilte, den Kalender in hohem Bogen zur Straße hinaus. Damit die ihn ergebenst, wie er sie gleichfalls hören ließ, in ihren allerwertest verknöcherten ... Hier beherrschte sich der Inspektor. Die Frau hatte sich noch nicht vom Schrecken erholt, da hatte er ihr ein zittriges „Physik II, erster Stock links" entlockt.

„Danke", meinte der Brandner. So viel Erziehung besaß ein Polizeiinspektor ja schließlich. Im Gegensatz zum klösterlichen Empfangspersonal. Er ging die Treppe hinauf, fand Physik II und klopfte.

„Ja?"

Man hätte ihn wohl auf Mitte fünfzig geschätzt. Das längliche Eiergesicht hinter den Reagenzgläsern verriet schlaffe Wangenmuskulatur, die randlose Rundbrille wies auf Kurzsichtigkeit und die hohe Stirnglatze auf ausgedehntes Studium, aber auch großen Gram. Gottlieb Obermeier trug das ergraute Schläfenhaar sorgfältig zurückgekämmt. Der perfekte Biedermann, dachte Brandner. Er kannte diese Typen noch aus der eigenen Schulzeit.

„Was ist denn los? Das geht doch nicht. Na, geht's noch?!"

Es schien nicht zu gehen. Dass man so mir nichts, dir nichts den Unterricht störe. Zumindest nicht nach dem Blick des Herrn Direktors zu urteilen. Brandner blieb stehen. Obermeier kam sichtlich empört an die Türe.

„Also hören Sie! ..."

„Aufgehört", sagte der Brandner ruhig, „hat sich's. Polizei." Knapp, beherrscht, in normalem Tonfall. So kam ihm kein Obermeier, so ein Oberschlauer oder irgendein Direktor daher. Dieser wandte sich noch einmal zur Klasse, um eine Übung an der Tafel zu vollenden. Es ging um einen kalkulierbaren Wasserstoffgehalt einer basischen Lösung in veränderlicher Umgebung, oder Ähnliches, Physik hatte Brandner noch nie verstanden. Ein Übungsbeispiel später folgte er dem Direx auf der Treppe himmelwärts ins direktorale Büro.

Sie saßen sich also gegenüber. Er und der Direx. Obermeier zündete sich am Schreibtisch noch schnell eine Kerze an. Überall hingen Kreuze. Es roch kirchlich, irgendwie. Vom Weihrauch war ihm noch immer übel geworden. Ersticken, dachte Brandner, würde er noch, an diesem Obermeier. Besser, wenn er rasch zur Sache kam.

„Herr Direktor. Natürlich kannten Sie die Verstorbene. Kannten Sie sie gut?"

„Gut? Na ja, gut. Die Vroni halt. Gut, na ja ..." Die Hände des Direx schlossen sich wie zum Gebet.

„Wie war sie denn so, die Vroni?"

„Eine Seele. Mein Gott, die Vroni! Was für eine Seele war die."

Brandner hatte schon von solchen Ticks gehört. Der Direktor neigte also zur Wiederholung. Besser gesagt, zum Zwang, alle Sätze zu wiederholen. Das Verhör schien mühsam zu werden.

„Musik ... Musik hat sie unterrichtet. Musikunterricht", fuhr der Obermeier nun ungefragt fort.

„Und ihre Schwester, die Sissi Voglhuber, also die Schlager-Sissi, die kennen Sie auch, nicht?“

Der Direx schüttelte nur den Kopf.

„Aber wenn Sie mich fragen“, beeilte er sich und hielt die Hände geöffnet, als würde sich Gottes Licht direkt auf seinen direktoralen Tisch herabsenken. „Also fragen Sie mich, dann sage ich, sie war die größere Sängerin. Das sei gesagt. Als die Sissi. Die weitaus größere Sängerin! Weitaus größer war sie!“

„Vroni war also beliebt? Ich meine, unter Kollegen. Überhaupt da im Ort?“

„Sehr beliebt. Jaja, die Vroni, Jessas, die Vroni, jaja. Und singen konnte die.“ Der Herr Direktor hatte in greller Verzückung die Stimme erhoben. Erneut schlossen sich die frommen Hände zum Gebet und er neigte den Kopf nach dem Gesagten. „Hell wie ein Glockerl ... Ein furchtbares, furchtbares Unglück. Das mit der Vroni. Ein Glockerl, so hell.“

„Wie war denn Ihr Samstagabend, Herr Direktor?“

„Nun ja. Ich war müde vom *Tag der offenen Tür*. Danach ging ich noch zum Rosenkranz-Beten in unsere Kirche. Dann zu Bett. Ja, zu Bett bin ich gegangen, zu Bett.“

„Wie spät war es da?“

„Vielleicht halb elf, vielleicht elf. Genau weiß ich's nicht. Nein, weiß es nicht mehr genau.“

„Das bestätigt uns bestimmt Ihre Frau.“

„Ich ... äh ... bin doch länger geblieben. Hier im Kloster. Habe ja ein Zimmer. Wenn's einmal später wird. Das war am Samstag der Fall. Der Fall. Ich war geschafft. So geschafft!“ Obermeier unterdrückte sichtlich seine Wut über die Fragen. Typ falscher Heiliger, dachte der Brandner, dem es nun langsam reichte. Wie gesagt, er hatte selbst nicht den besten

Tag. Es reichte ihm langsam mit der ganzen Scheinheiligtuerei. Er würde den Direktor in die Enge treiben.

„So geschafft, dass sie nur noch mit der Frau Voglhuber telefonieren konnten? Um null Uhr vier! Wieso?“

Der fromme Mann wechselte die Farbe.

„Ich ... ich habe ihr gratuliert. Ich meine, ihre Schwester hat doch ... gewonnen!“

„Wir wissen, dass Sie in den letzten zwei Wochen mindestens zwölfmal mit der Vroni telefoniert haben! Immer nach Dienstschluss. Worum ging es denn? Dienstanweisungen? Also, wo waren Sie letzten Samstag, Herr Direktor, zwischen halb eins und gegen fünf?“

„Wieso fragen Sie das? Wieso?!“

„Reine Routine, Herr Obermeier.“

„Ach so. Ich dachte schon ... dachte schon ... Denken Sie, ich war’s? Ich? Sie?!“

„Was dachten Sie sich dabei, als Sie ein Verhältnis mit der Vroni anfingen?“

Jessas! Mit einem Mal erschrak der Brandner. Wie der Belzebub war der Obermeier vom Schreibtisch hochgefahren.

„Wer sagt so etwas? Wer?“

„Leute im Ort. Sie wurden miteinander gesehen“, log der Brandner daher.

„Lügner! Sollen das Maul halten. Maul halten!“

„Antworten Sie, Obermeier. Wo waren Sie?“

„Äh ... zu Hause. Zu Hause ... äh ... war ich. Kann’s meine Frau bezeugen, bezeugen ... ja, kann sie.“ Offenbar fragte sich der Direktor das selbst gerade.

„Fein.“

„Was fein?“

„Weil sie dann wohl auch bestätigen kann, wo Sie waren, als Sie um Mitternacht mit der Verstorbenen noch telefoniert haben. Als Letzter vor ihrem Tod, zumindest nach unserer Information."

Stille. Nichts kam mehr vom heiligen Herrn Direktor, kein Sterbenswörtchen. Brandner verspürte Genugtuung.

„Nun ja, vielleicht ist das ja üblich ..."

„Üblich. Üblich?"

„Dass man mit jungen Kolleginnen Sonntag nachts noch telefoniert."

„Ich muss schon bitten, bitte sehr ..."

„Danke", sagte der Brandner. Der Weihrauch war kaum noch auszuhalten. Richtig faul roch er, dieser Herr Direx. Brandner hatte genug. „Das war's jetzt. Zumindest für heute."

Er stürzte förmlich zur Türe hinaus auf den Gang. Doch der schale Nachgeschmack blieb. Dieser heilige Herr Direktor würde ihnen noch üble Probleme bereiten. Irgendetwas stank da zum Himmel. Zum Himmel stank das.

17.

Sie hatten über den Samstag noch ein wenig Erholung gesucht. Brandner hatte einen großen Bogen um das Bügelzimmer gemacht. Seit dieser Pensionsgast eingezogen war, beschlich den Inspektor ein unheimliches Gefühl in seinem eigenen Haus. Er roch den Fremden, vermeinte seine Schritte am Knarren des Holzparketts zu erkennen. Morgen für Morgen saß er nun mit versteinerter Miene beim Frühstück in Rosis Küche, die erfolglos versuchte, ihn aufzuheitern, oder von dem Piefke schwärmte, was seine Stimmung nur noch tiefer in den Keller beförderte. Diesen Mittag zog er sich also in die Kajüte seiner *Stella* zurück. An Bord seiner Segelyacht hatte der Brandner noch immer seine Sorgen vergessen können.

Während des Wochenendes war diesmal die Milli auf dem Posten und hielt die Stellung. Der Birngruber wolle sich abends noch etwas aufs Ohr legen, hatte er gemeint, nachdem er das Fräulein Klein und das Lösegeld von der Landesbank über den Rathausplatz zum provisorischen Hauptquartier für die geheime Lösegeldaktion eskortiert hatte. Das Hotel Schwan am Rathausplatz.

Von hier, hatte die Frau Oberst erklärt, könnten die Einsatzkräfte am besten zu Wasser losstarten. Außerdem, wusste der Brandner, wartete da ja noch der Schwan Michi. Den hatte die Frau Oberst eingeweiht. Man brauche schließlich zivile Verbündete, hatte sie erklärt, die dichthalten konnten, um Sissis Sicherheit sowie die des Fräuleins nicht etwa durch Getratsche zu gefährden. Gottlob, dachte Brandner voller Ironie, war das ja beim geselligen Schwan nicht der Fall. Brandner öffnete die Türe zum Polizeiposten und hörte ein Geräusch, doch der Parteienverkehr lag im Dunkeln. Automatisch fuhr Brandners Rechte zum Hosenbund, bis er feststellte, dass seine Dienstwaffe und Uniform zu Hause lagen. Eine Hand rückzugsbereit an der Tür, langte er nach dem Lichtschalter. Plötzlich war alles hell. Unter Millis Schreibtisch ragte ein Damenfuß hervor. Hektisch rappelte sich seine Besitzerin hoch. Millis Gesicht war gerötet, sie knöpfte sich eilig die Bluse zu. Nun kamen noch zwei Beine zum Vorschein. Diese Übergrößen kannte er doch. Alles hatte er erwartet, nur das nicht.

„Birngruber!"

„Servus, Chef", kam es verlegen.

„Kalt, dass der Sau graust! Wieso müssen wir das machen?", sagte der Birngruber wieder einmal viel zu laut. Brandner und sein Wachtmeister waren stillschweigend zur Übereinkunft gelangt, den Vorfall im Büro nicht weiter zum Thema zu machen.

„Weil es dafür keine Sondereinheit beim KfK gibt", flüsterte er also zum Seppi zurück. Typisch, ging es jedoch auch dem Brandner durch den Kopf, sie durften sich wieder einmal den Hintern abfrieren, während die Chefin bequem mit dem Michi im Warmen saß. Neblig war es, von einer durchdringenden nassen Kälte, dass es sogar durch seine Goiserer und auch noch durch seine grünen Stricksocken bis hinein in seine Zehen ging. Von allen Frühjahrsnächten hatte sich der Entführer noch die allerkälteste ausgesucht. Eins minus zeigte das Bootsthermometer hier auf dem See.

Er hätte dem Birngruber gerne Hierarchien und Befehlsketten der Chargen im Polizeidienst erklärt, doch erstens reichte dazu die Zeit nicht aus, schließlich war es der Birngruber, und zweitens hatten sie stillzuschweigen. Den Letzten beißen die Hunde, dachte der Brandner, und die Hunde waren heute Abend nun einmal der Seppi und er. Immerhin kam ihnen der Nebel gelegen. Der Schwan Michi hatte ihnen die Hotelzille zur Verfügung gestellt. Der Seppi hatte die niedrige Zille außen herum mit dunklem Militärnetz und Zweigen verhängt. Mit dieser Tarnung im Nebel hofften sie, möglichst nahe an der Geldübergabe sein zu können. Brandner kam sich wie bei einer Militäraktion vor.

Er kippte den Elektromotor wieder ins Boot. Auf sein Zeichen machte der Birngruber nur mehr ein paar leichte Schläge mit dem Paddel. Dann spähte der Brandner wieder durch sein Nachtsichtgerät. Die Umrisse eines Bootes, es war das neueste Modell vom

Fischer Trawöger, ragten aus dem Dunkel auf. Er hatte das Fräulein also genau vor sich im Visier.

„Eh super eigentlich. So undercover“, fing der Seppi wieder mit dem Schimpfen an. „Aber muss es so saukalt in der Kraxn sein?“ Dem war nicht zu helfen. Brandner machte sich nicht die Mühe zu antworten, er schluckte seinen Ärger hinunter.

„Klappe halten! Dran bleiben!“, kam es stattdessen aus ihrem Funkgerät. Der Depp Seppi hatte vergessen, den Empfänger auszuschalten.

Da! Das Fräulein gab Gas. Der Anruf!, dachte Brandner. Es ging los. Der Inspektor holte das Paddel ein, drückte den Hebel zum Drittel durch und betätigte den Vorwärtsgang. Beinahe wäre der Seppi vor Aufregung ausgerutscht. Nur nicht zu nahe kommen. Doch was war das? Wo war das Fräulein? Er wischte sich über die Nachtsichtbrille. Die musste so richtig losgeschossen sein.

„Was ist?“, drang es aus seinem Knopf im Ohr. Brandner überlegte. „In welcher Richtung?“

„Verdammter Nebel“, erklärte er endlich. Wie konnte er zugeben, dass sie das Fräulein verloren hatten?

„Sie haben sie verloren“, stellte Karl nüchtern fest. „Das Geld ist futsch.“

„Vollgas nach Winkl. Das war die Nachricht.“ Das Fräulein hielt ihnen ihr Handy hin. „Da habe ich dann auf den Gashebel gedrückt.“

„Wahrscheinlich wieder Wertkartenhandy“, mutmaßte die Frau Oberst. Die SMS war von einer anonymen Nummer gesendet worden, soviel schien klar.

„Wie beim Blitztaxi“, fügte Brandner hinzu. Es war jedoch nicht dieselbe Nummer, wie er bereits eruiert hatte. Zu viert saßen sie im provisorischen Hauptquartier. Genauer, im Frühstücksraum vom Hotel Schwan.

„Es ging alles so schnell“, entschuldigte sich das Fräulein. „Ich habe nicht viel erkennen können, weil es so neblig war.“

„Sie haben alles richtig gemacht“, tröstete der Brandner sie, doch die Frau Oberst machte wieder einmal ein saures Gesicht.

„Es war also kein Boot zu sehen? Sind Sie da sicher?“

„Hundertprozentig. Als ich auf der Höhe von Winkl war, ist er direkt vor mir aufgetaucht. Ich habe zuerst nur den schwachen Lichtpunkt bemerkt. Vielleicht hundert Meter entfernt. Dann war ein kreisender Lichtkegel zu sehen.“

„Und dann?“

„Als ich näher gekommen bin, habe ich gesehen, dass es eine Taschenlampe war. Da habe ich ihn dann entdeckt.“

„Den Taucher“, bemerkte Karl ungeduldig.

„Den Taucher. Er kam wohl aus der Richtung Traunkirchen geschwommen. Dann passierte alles innerhalb von Sekunden. Er hat mit der Hand gedeutet. Ich habe den Sack ins Wasser geworfen. Er hat mir zu verstehen gegeben, ich müsse wegfahren. Dann ist er abgetaucht. Nach ein paar Minuten war ich wieder hier.“

Das Fräulein nahm einen Schluck heißen Tee. Sie zitterte noch immer. Vor Angst oder Kälte. Brandner seufzte. Dass es zum Polizeieinsatz nicht mehr gekommen war, war zumindest teilweise auch seine Schuld. Sie hatten das Fräulein aus den Augen verloren.

Das Geld war dahin, dachte der Brandner, und sie hatten nicht einmal eine Spur.

18.

„Guten Morgen! Gut, dass Sie da sind, Inspektor!“ Die Frau Oberst marschierte entlang der Allee in Richtung Seeschloss. Brandner stieg vom Rad. „Die hat man mir im Schlosshotel empfohlen“, erklärte Karl und hob das dunkelgrüne Packerl in ihrer Hand hoch. „Ich dachte, ich tue etwas für das Betriebsklima.“

„Die besten“, bestätigte der Brandner und war bemüht, seine Verwunderung zu verbergen. Seit die Frau Oberst den Schwan Michi getroffen hatte, war sie wie verwandelt. Direkt freundlich. Wenn allerdings

der Seppi Grellingers berühmte Schaumrollen roch, dann würde das für die übrigen auf dem Posten wohl ein kurzes Vergnügen sein. Miteinander erreichten sie die Schlossbrücke. Im Innenhof des neuen Schlosshotels wimmelte es vor Leuten. Jessas, der Bieranstich, erinnerte sich der Brandner. Zur Feier des wiedereröffneten Schlosshotels! Der Schwan Michi schwang den Holzhammer und winkte der Frau Oberst verführerisch zu. Mühsam riss sich die vom saftigen Anblick des Herrn Direktors los und folgte Brandner die Steintreppe hinauf ins Büro.

„Auf unsere Vermisstensuche ist noch kein Hinweis eingelangt, das sieht nicht sehr gut aus. Wie war's in der Schule?"

„Schwer katholisch, der Direktor. Verschlossen wie eine Auster. Na ja, wie man's erwartet, ein Kloster halt."

Sie grinste. „Da ist etwas faul im Staate Dänemark!"

„Wie bitte?"

„Nur eine Redewendung. Was hat denn der Direktor gesagt?"

„Alles doppelt. Obermeier hat eine Zwangsstörung. Wiederholt Wörter, ganze Sätze. Aber anscheinend hielt der große Stücke auf die Vroni. Sie hat Musik unterrichtet, als jüngste Lehrerin. Sie war aber vielleicht zu alternativ für so eine Klosterschule."

„Vielleicht hat er sie irgendwie in der Hand gehabt. Könnte sie sich etwas zuschulden kommen haben lassen? Und sein Anruf um Mitternacht?"

„Er behauptet, er habe zum Sieg beim Singcontest gratuliert. Weil sie Sissis Schwester sei. Nachts war er zu Hause, bei seiner Frau."

„Wäre möglich", gab die Frau Oberst zu. „Es würde zumindest diesen einen Anruf erklären. Doch wer die Nummer seiner jüngsten Lehrerin zwölfmal in zwei

Wochen wählt, immer nach Dienstschluss, sogar mitternachts“, überlegte Oberst Karl, „der hat vielleicht doch Dringenderes besprechen wollen.“

Oder etwas anderes wollen von der Voglhuberin, dachte der Brandner. Doch das wollte er in Gegenwart der Frau Oberst lieber nicht sagen.

„Oder vögeln!“ Jetzt hatte es die Frau Oberst selbst gesagt, sie lächelte auch noch anzüglich dabei. Brandner lief rot an.

„Seine Frau sagt, er war zu Hause“, erwähnte er rasch und sah auf den offenen See hinaus. „Er hat also ein Alibi.“

„Und vielleicht ein Motiv“, versetzte die Frau Oberst. „Erwähnten Sie nicht fünf Kinder? Wenn ein solches Verhältnis herauskäme!“ Die Frau Oberst schmunzelte. „Heiligen verzeiht man nicht. Noch nicht einmal hier in Gmunden.“

„Genau. Möglicherweise hat sie den Obermeier mit dem Bekanntmachen ihres Verhältnisses bedroht oder erpresst“, schloss der Inspektor. „Der hat dann Angst vor seiner Geliebten bekommen.“

„Irgendjemand hat eine Rechnung beglichen“, notierte die Frau Oberst mit Grabesstimme. „Mit der Vroni. So viel steht fest. Sie bleiben schön dran an dem feinen Herrn! Und überprüfen Sie mir sein Alibi, gell?“

Während die Frau Oberst in seinem Büro verschwand, betrat der Inspektor widerwillig das Zimmer seines Wachtmeisters. Der Birngruber kam ihm undeutlich grüßend entgegen und verschwand hinter der Toilettentüre. Doch er hatte seine Duftmarke hinterlassen. Leberkässemmeln und jenes billige Rasierwasser, das er neuerdings auftrug. Brandner setzte sich und ärgerte sich über das Chaos auf dem Tisch seines Gegenübers. Er erinnerte sich daran, dass Wochenbeginn war, stand wieder auf und zog den *Gmundner Montag* aus dem Poststapel auf Millis verwaistem Arbeitsplatz. Tatsächlich. Er hatte es wieder getan! Wütend streifte Brandner den Aufmacher auf der Titelseite und blätterte auf Seite zwei.

Schlager-Sissi ermordet?
Im Fall des Gmundner Mädchenmords an Vroni V. (siehe Foto), der sich bekanntlich direkt unter der Nase, also dem Fenster, unserer Polizei ereignete, gibt es eine dramatische Wende. Polizeilicherseits war stets zu hören, die Schullehrerin habe sich in selbstmörderischer Absicht ins Wasser begeben. Wie unser Sonderberichterstatter exklusiv in Erfahrung bringen konnte, ist aber nun auch die berühmte Schwester des Opfers abgängig. Der Liebling der Massen, Österreichs erfolgreichster Bühnenstar der letzten Jahre, die Schlager-Sissi (26 Jahre, siehe Foto), dürfte bereits tot sein. Leichenteile der berühmten Sängerin sind jedenfalls aufgetaucht. Was tut unsere *Polizei? Wie lange muss die Öffentlichkeit diesem Treiben noch zusehen? Das Landeskriminalamt hat sich jedenfalls eingeschaltet. Eine Sonderermittlerin am Linzer Kommando für Kapitalverbrechen hat nun die sichtlich überforderten Gmundner Beamten von ihrer Ermittlungsarbeit befreit. (FF)*

Der Foto-Fritzl! Dieses Mal hatte er den Birngruber abgebildet, wie er schnarchend am sonnigen Bankerl vor dem Schloss ein Nickerchen hielt. Der Wachtmeister kam zur Türe herein. Brandner reichte ihm die Zeitung und sah zu, wie der Seppi vor Zorn immer röter wurde.

„Riesenschweinerei! Was machen wir mit dem Fritzl jetzt?“

„Trunkenheit am Steuer. Das häng ich ihm an. Der geht sowieso nie trocken außer Haus“, knurrte der Birngruber.

Sie hatten sich noch nicht auf ein Delikt festgelegt, da klingelte Brandners Handy. Krapfenberger-Brunnenwirt, zeigte das Display an. Endlich sei der Elvis wieder im Hotel, hieß es, er habe soeben um die Abschlussrechnung gebeten. Brandner dankte dem Krapfenberger und befahl dem Birngruber, in fünf Minuten unten am Bootssteg zu sein, um mit nach Gmunden zu fahren. Der Seppi sollte endlich einmal lernen, wie man einen Verdächtigen knallhart vernahm. Die Frau Oberst hatte sich schon wieder zurückgezogen. Sie bereite sich im Hotelzimmer auf ihre Pressekonferenz vor, hatte sie erklärt. So glitt das Elektroboot der Salzkammergutpolizei nur mit Brandner und Birngruber an Bord am Ufer der Esplanade entlang und legte am Rathausplatz an.

In der Lobby empfing sie der Brunnenwirt selbst.

„Oben ist er. Es wird doch kein Aufsehen geben?“, fragte Krapfenberger besorgt. Brandner beschloss, besser keine Zugeständnisse zu machen, und eilte dem Birngruber voran die Treppe hinauf.

„Was wollen Sie?“ Ernst Kleinhauser, der Mann, der als Alpen-Elvis ganze Stadtsäle füllte, war kleiner gewachsen, als Brandner erwartet hatte. Mit verschwitztem Gesicht begrüßte er sie durch den Spalt seiner Zimmertür.

„Herr Kleinhauser? Sie haben doch sicher meine Aufforderungen erhalten? Inspektor Brandner. Salzkammergutpolizei.“

„Keine Zeit!“, kam es hochnäsig zurück. Der Popstar schien sich kurz zu besinnen, dann lächelte er. „Hatte noch nicht Zeit gehabt. Aber ich wollte heute zu Ihnen kommen“, ergänzte er süßlich.

Das sieht man, dachte der Inspektor und schielte an seinem Gegenüber vorbei ins Zimmer, er war am

Koffer packen gewesen. Kleinhauser gab sich geschlagen und ließ die Beamten herein.

„Sie haben die Familie Voglhuber ja nicht gerade geliebt", kam der Inspektor gleich auf den Punkt.

„Also, so stimmt das nicht. Eine sehr nette Kollegin. Das ganze Team sehr nett."

„Dem man mit dem Schlimmsten droht!", versetzte Brandner.

„Sie haben Vroni Voglhuber Schiebung vorgeworfen. Die Sissi hätte sich durch alle Betten geschlafen. Die Voglhubers gehörten weg. Sie haben allen den Tod gewünscht. Gleich nach ihrem Sieg."

„Ich ... äh ... alles Lügen!" Der Alpen-Elvis war in Stottern verfallen. „Ich kenne die Sissi doch seit ihren ersten Gigs. Ein tolles Madl!"

„Gleich am nächsten Morgen wird ihr Zwilling tot aufgefunden. Als hätten Sie Ihre Drohung wahrgemacht. Das sieht nicht gut aus, Herr Kleinhauser."

„Die Vroni .... schrecklich, hab davon gehört!" Er griff sich ins Hawaiihemd, als gingen ihm die Worte der Polizei schwer ans Herz.

„Wir sind immer Amigos geblieben. Das Team hat sich halt verändert. Die Voglhubers waren plötzlich richtig eingebildet. Die hatten wirklich jede Menge Feinde! Aber wir kamen immer bestens miteinander aus."

„Es heißt, sie seien einfach so erschienen auf ihrer Aftershowparty im Spies."

„Völliger Schwachsinn."

„Wie es aussieht, war die Vroni Voglhuber anstatt ihrer Zwillingsschwester im Spies. Der Anschlag hat wohl eigentlich der Schlager-Sissi gegolten. Wo waren Sie in der Nacht auf Sonntag? Zwischen Mitternacht und fünf Uhr früh?"

Brandner bemerkte, wie der Sänger bei dieser Frage wieder stärker zu schwitzen begann.

„Ich habe ... mein Zimmer hier im Brunnenwirt."

„Genau, das wurde überprüft. Sie haben den Schlüssel an der Rezeption abgegeben. Abgeholt aber erst am nächsten Tag. Am Nachmittag." Der Brandner setzte nach und sah den Bayern misstrauisch an. „So schnell steht man ohne Alibi da!"

Dem Sänger schien es die Sprache zu verschlagen.

„Also gut", seufzte Kleinhauser endlich. „Es gibt da eine Frau. Bei der war ich."

„Ihre Lebensgefährtin." Brandner bemühte sich um Ironie in der Stimme.

„Ach woher. Nur mein Spatzl! Ich habe sie bei den Proben hier kennengelernt", fuhr der Elvis auf. „Hat einen Wassersportladen in Ebensee. Sie können das gerne nachprüfen!"

„Werden wir", mischte sich erstmals der Birngruber ein. „Her mit den Daten!"

Während sich der Sänger mit seinem Handy befasste, sah sich der Inspektor Kleinhausers Gepäck näher an, das bereits griffbereit neben der Tür stand. Ein schwarzer Neoprenanzug lag obenauf, daneben eine schwarze Kluft mit Fransen und Silbernieten.

„Damit sind Sie auf der Aftershowparty aufgekreuzt!" Brandner deutete triumphierend auf das Gepäck. Ein Amigo in schwarzer Lederjacke! Der besoffene Fritzl hatte sich nicht geirrt.

„Also gut, kurz war ich auf der Party. Hab nur hineingeschaut, dann war ich in Ebensee. Das Spatzl hat mich im Schnellboot abgeholt! Um eins, am Steg vor dem Hotel Schwan."

Brandner ließ es gut sein und lächelte den Bayer unschuldig an. „Sie sind bestimmt ein guter Taucher, nicht? Ein Sänger mit Ihrem Lungenvolumen ..."

„Danke, komme zurecht. Leider hatte ich dieses Mal keine Zeit. Und dann erst der Sturm! Das Wasser war ja doch viel zu aufgewühlt." Sichtlich verlegen gewährte Kleinhauser dem Wachtmeister Einblick in sein Mobiltelefon, der tippte die Nummer der Elvis-Geliebten ab.

„Sie bleiben in Gmunden!", entschied der Inspektor mit einem Seitenblick auf die Koffer. „Halten Sie sich ab jetzt verfügbar!"

„Und wenn schon." Kleinhauser wirkte nun trotzig. „Ich weiß, was ich gesehen habe. Nämlich, dass die Vroni lebend ins Taxi gestiegen ist. In das Blitztaxi. Der Heinerl selber saß drin!"

„Keine Sorge", meinte der Inspektor kühl. „Das haben wir bereits überprüft. Sie halten sich zu meiner Verfügung!"

***

„Ich bin nicht befugt", sagte der Mann hinter dem antiken Schreibtisch und setzte sein weit über das Seestädtchen hinaus bekanntes Heiligengesicht auf. „Bin da gar nicht befugt."

Brandner sah ihn unerbittlich an. Willibald Schnöditz mochte Ende fünfzig sein. Er hatte graues, militärisch kurz getrimmtes Haar, dunkelbraune, lustige Augen, die, wenn es die Gemütslage seiner Kunden angezeigt scheinen ließ, sofort traurig dreinsahen. Auge in Auge. Der Brandner sah zuerst weg. *Schnöditz & Schnöditz* war nicht die größte Anwaltskanzlei der Traunseestadt, dachte er, doch ohne Zweifel jene mit der interessantesten Klientel, die der Willibald nur nach und nach an seinen Ältesten weitergab. Unter anderem betreute er die *Sissi Corporation*, die er selbst für seine Auftraggeberin ins Leben gerufen hatte und mit deren Regelung der rechtlichen Verhältnisse er nach wie vor betraut war. Er blickte erbost auf Brandner, der es seltsam fand, dem Schnöditz nicht wie üblich am Stammtisch gegenüberzusitzen. Doch hier in der biederen Anwaltskanzlei hoffte der Inspektor nun, endlich Einblick zu erhalten: in die Firmenstruktur der *Sissi Corporation* und in Sissis Leben selbst. Besser gesagt, in ihr mögliches Ableben. Es hatte ihn reichlich Überredungskunst gekostet, den Willibald festzunageln, ein Schnöditz habe seine Zeit ja nicht gestohlen. Doch die Suche nach der Vermissten habe nichts ergeben, es gehe um Leben oder Tod. Keine Sissi, keine Aufträge mehr, so hatte der Brandner ihn endlich doch überzeugt.

„Außerdem", seufzte endlich der Doktor Schnöditz gedehnt, „gibt's ja wohl öffentliches Interesse, bei einer berühmten Sängerin, nicht? Und du ... du zahlst mir noch ein paar Halbe im Spies."

Brandner grinste. Kein Rechtsverdreher, der nicht für sich selbst etwas drehte. Auch in diesem Punkt war auf den Schnöditz Verlass. Immer noch seufzend kramte der in seinen Papieren. Endlich fand er das Gesuchte und räusperte sich.

„Ich, Lisa Voglhuber, geboren am 18. August 1988 in Gmunden, wohnhaft in 1010 Wien, Tuchlauben 24, bestimme im Vollbesitz meiner geistigen Kräfte nachfolgende Hinterlassenschaft ..." Schnöditz ließ ein paar Passagen aus. „Meine Schwester Vroni hat mich zu Lebzeiten schon um genug Geld gebracht. Sie soll selbst schauen, dass sie etwas hat, wenn sie es braucht. Wozu ...", der Schnöditz nickte beifällig und sah Brandner unter den randlosen Brillengläsern hinweg an, „wozu bekommt sie denn sonst einmal ihre Lehrerpension."

Brandner war nicht geneigt, auf all die armen und, wie er wusste, von Schülergewalt verfolgten Pädagogen hinzuhauen, erst recht nicht auf die arme Musiklehrerin Vroni Voglhuber. Er und seine Klassenkameraden hatten ja selbst im Gymnasium die Musikprofessorin weitaus öfter zum Weinen als zum Singen gebracht.

„Damit sie endlich merkt", drang es wieder an Brandners Ohr, „dass ich mein ganzes Geld mit harter Arbeit verdient habe. Ich verfüge daher, dass sie über den Pflichtteil hinaus nichts bekommen soll. Zur alleinigen Erbin bestimme ich ..." Schnöditz sah vom Akt auf.

„Schade."

„Was soll das heißen, Schnöditz?"

„Das heißt, dass kein rechtsgültiges Testament nach Sissi Voglhuber existiert", seufzte der Schnöditz. „Zumindest nicht hier. Sie hat's nicht mehr geschafft bis zu mir."

„Sie wollte zu dir kommen?"

„Na, heute, Brandner!", knurrte der Anwalt. „Punkt sechzehn Uhr. Was glaubst denn du, Brandner? Hab ich meine Zeit gestohlen? Statt dir hätte die Schlager-Sissi ihren Termin gehabt. Sie hätte den neuen Namen da eingesetzt, der Spies wäre rasch als Zeuge heraufgekommen und hätte unterschrieben."

„Also, was vererbt die denn überhaupt?"

Schnöditz warf Brandner einen prüfenden Blick zu. Er fuhr sich mit dem Stecktuch über die silbrig glänzende, haarlose Stirn und blätterte mit säuerlichem Gesicht wieder in der Akte.

„Da wären zunächst einmal das größte Asset, die Sechzig-Prozent-Anteile an der *Sissi Corporation*. Die

Aktiva von Frau Voglhuber belaufen sich auf eine Million achthundertfünfzigtausendvierhundertzwei Euro am Konto der Liechtensteinischen Landesbank. Dazu zwei Millionen einhundertvierzigtausend auf dem Konto der Wiener Fürsorgebank. Summa summarum also knapp vier Millionen. Weiters eine schöne Dachgeschoßwohnung im Ersten Wiener Bezirk lautend auf Frau Lisa Voglhuber. Laut Schätzgutachten ...", er blätterte, „für einskommasechs Millionen mit Inventar. Endlich eine Balkonwohnung, sehr schön ... auf Ibiza. Inventarisiert mit vierhundertfünfzigtausend. Macht zusammen ...", Schnöditz bemühte den Taschenrechner, „schlappe sechs Millionen. Nicht schlecht, wenn ich mir die Bemerkung erlauben darf."

Sechs Millionen, dachte der Brandner verträumt. Das waren drei Villen direkt am See und eine Segelyacht obendrein. Da waren die erpressten Hunderttausend ja Hühnermist!

Der Schnöditz blickte zufrieden auf seinen Stammtischfreund.

„Bei ihrer Schwester, der Voglhuber Vroni ...", wieder endloses Blättern, „kommt laut Bankauskunft heraus ... auf der Ischler Sparkasse: siebentausendvierhundert Euro. Also gar nix."

„Wer bekommt jetzt die sechs Mille?", wollte der Inspektor wissen.

„Die Erben", verkündete der Schnöditz unnötig, doch mit großer Geste.

„Als natürliche Erben gelten im Allgemeinen die eigenen Kinder, Eltern, Geschwister, Kinder von Geschwistern, alle weiteren Verwandten, sodann Adoptivkinder, adoptierte Geschwister ..."

Da blieb wohl niemand übrig, dachte der Brandner. Soweit der Birngruber herausgefunden hatte, waren die

Voglhuber-Schwestern schon früh zu Waisen geworden. Selbst ferne Verwandte hatte man in Ischl nicht ausfindig gemacht.

„Und wenn man keinen findet?", fragte er also den Schnöditz, obwohl er die Antwort ahnte.

„Dann ...", der Schnöditz beugte sich gemächlich nach vor, suchte wieder im Stapel, endlich fingerte er eine dicht bedruckte Seite aus dem Testament. „Muss ich erst nachprüfen", antwortete er vorsichtig. „Die Frau Voglhuber wollte nicht nur beim Testament etwas geändert haben, sondern auch beim Gesellschaftsvertrag. Doch jetzt kommt mir der auch nicht daher."

Schnöditz sah auf seine Uhr, erhob sich und ging ans Fenster. Von dort sah er auf die Kirchengasse hinab.

„Wer?"

„Na, der Schröder, ihr Manager halt! Bei dem Vertrag wird ein neuer Zusatz vermerkt." Sichtlich nervös setzte er sich wieder hin, nahm eine andere Akte zur Hand und blätterte wieder.

„Da bin ich aber gespannt", meinte der Inspektor.

„Nur dieser Zusatz", murmelte der Schnöditz. „Also, den hat er noch nicht zurückgebracht."

„Er hat sich die Akte persönlich ausgeliehen?!"

„Freilich. Fräulein Klein hat die Akte ihrer Chefin gebracht. Vorgestern hat sich der Herr Doktor Schröder die Akte dann mitgenommen. Zum Durchlesen."

„Bist du eine Bücherei, Schnöditz?"

„Sehr witzig, Brandner! Der Herr Doktor hat ja die Vollmacht, von der Voglhuber Lisa unterschrieben, die hat er natürlich vorgelegt. Schließlich war er ihr geschäftsführender Gesellschafter. Sie sechzig, er vierzig Prozent."

„Und dazu warst du befugt? Was waren denn das für Änderungen? Was hat die Voglhuberin vorgehabt?"

„Dazu", schnarrte der Anwalt zornig, „bin ich jetzt leider nicht mehr befugt. Nur mit Gerichtsbeschluss, Brandner!"

Schnöditz schien schlagartig das Interesse an ihrem Gespräch verloren zu haben. Er zog das Tuch aus seinem Maßanzug und wandte sich seiner kleinen Modellkanone zu, die er zu putzen anfing. Das Zeichen, dass Brandners Termin beendet sei. Der Inspektor nahm grußlos die Türklinke in die Hand.

Wütend schob er sein Rad die Kirchengasse hinab und sah auf die Uhr. Jetzt hatte er bereits die Pressekonferenz der Frau Oberst verpasst. Doch etwas war für ihre Recherchen jetzt wohl wichtiger: der rätselhafte Herr Schröder, und die Frage, wo versteckte er sich?

Brandner traf erst bei anbrechender Dunkelheit auf dem Posten ein. Natürlich saß niemand mehr im Parteienzimmer, die Milli hatte schon auf Rufumleitung zum Birngruber durchgestellt, der Wachtmeister selbst hatte dem Brandner einen Zettel hinterlassen.

Alpen-Elvis hat Alibi. War von Samstag circa 23 Uhr bis Sonntag circa 14 Uhr in Begleitung von: Putz Resi, Ebensee. Besitzerin von „Wasserfloh – Wassersport aller Art".

Der Inspektor legte Birngrubers Notiz nachdenklich zur Seite, da läutete das Telefon. Er verfluchte Millis Arbeitsmoral und nahm rasch den Hörer zur Hand.

„Salzkammergutpolizei, Brandner hier!"

„Ah, du! Ich hab was!"

Nervös nahm er auf Millis Tisch Platz. Er konnte förmlich riechen, wie sich die Frau Doktor Fuchs die Lippen leckte, darauf wartete, dass er nun nachfragte. Wie immer spielte sie ihr kleines Spiel, dachte der

Brandner, würde ihn also wieder auf die Folter spannen. Doch dieses Mal war die Füchsin selbst so aufgeregt, dass sie gleich zum Punkt ihrer Untersuchung kam.

„Ich hab sie mir vorgenommen, von Fuß bis Kopf. Hinter dem rechten Ohr hab ich es schließlich gefunden! Haare!"

„Herzliche Gratulation. Vroni Voglhuber hatte Haare hinter dem Ohr."

„Blondes Haar, du Dorfpolizist!", kam es verärgert über seine Begriffsstutzigkeit aus dem Apparat. „Bisher sind es zwei, haben sich da verhakt. Ein Riesenglück, dass das nicht weggeschwemmt worden ist! Haarlänge zwölf und vierzehn Zentimeter."

Brandner dachte an die Tote, da verstand er plötzlich ihre Aufregung. Vroni Voglhuber hatte herrliches Haar gehabt, beinahe schwarz.

„Du hörst von mir." Fuchs hatte aufgelegt. Auch Brandner legte den Hörer auf die Gabel des uralten Postentelefons. Dann wählte er sofort die nächste Nummer.

„Servus, Chef! Die Chefin war großartig", meldete sich der Birngruber. „Die Pressefritzen fressen ihr aus der Hand. Wir sind grad ... afterwork." Er konnte hören, wie der Wachtmeister mit vollem Mund schmatzte.

„Birngruber, ich pfeif auf die Konferenz! Und du musst nach Ischl fahren. Morgen früh."

„Worum geht's, Chef?"

„Ein Haar, Seppi. Es geht nur um ein Haar."

19.

Brandner saß noch am Frühstückstisch. Der gestrige Stammtisch hatte seine Spuren hinterlassen. Schuld daran war wieder einmal der süße Schnaps vom Spies. Mitten in einer Kopfschmerzattacke klingelte es. Die Frau Oberst!, war sein erster Gedanke, doch als er zum Handy griff, stellte sich heraus, dass es schlimmer war: Die Rosi war dran. Wahrscheinlich hatte er gestern noch den Klodeckel oben gelassen, Brandner seufzte und hob ab.

„Mariandjosef! ... Gustl!" Seiner Gouvernante ging hörbar die Luft aus. Der Inspektor war kein ängstlicher Mensch, doch plötzlich wurde ihm heiß. Oft genug hatte er so etwas befürchtet, die Rosi war ja nun schließlich nicht mehr die Jüngste.

„Was ist denn?", rief er. „Jetzt sag schon, wo bist du?"

„Klosterschule!", schrie die Rosi hysterisch. „Im Keller!"

„Ich komme!" Doch die Rosi hatte bereits aufgelegt. Noch nie hatte er sein Roserl so erlebt. Wer so brüllte, der schwebte in Lebensgefahr. Panisch griff er zum Autoschlüssel, vergaß sogar auf einen Anruf bei der Rettung.

Als er oben am Klosterplatz eintraf, mit rekordverdächtigem Tempo und quietschenden Reifen, wartete die Rosi schon vor dem Schulhaus auf ihn.

„Jessas, wieso fährst du wie narrisch? Mach aus, das Trara!"

Brandner drückte den Knopf für das Sirenenaus, er war verwirrt.

„Aber du ..."

„Geht schon wieder", sie wischte seinen Einwand beiseite, „und jetzt komm!"

Kopfschüttelnd zog ihn die Rosi vom Auto in ihre Schule hinein. Ohne weitere Worte schob und zerrte sie ihren Gustl durch den Eingang, den sie sorgsam wieder verschloss. Dann eilte sie mit ihm die Treppe hinab ins dunkle Kellergeschoß. Der Brandner folgte ihr nur widerstrebend.

„Schlussaus! Jetzt sag sofort, was passiert ist!“

„Also ... jetzt pass einmal auf ...“

Dann erzählte ihm die Rosi die ganze Geschichte, dass der Direktor die Schule neuerlich für den heutigen Tag geschlossen habe. Es gehe um die Vorbereitung der unmittelbar bevorstehenden Trauerfeierlichkeiten, Voglhubers Klassen seien noch traumatisiert, die Musikprofessorin sei bei ihren Schülern äußerst beliebt gewesen. Sie selbst habe die Zeit nutzen wollen, da er ja noch geschlafen habe, und das Buffet vorbereiten für den morgigen Schultag. „Und wie ich dann da reinschau, liegt das da.“ Sie zog die Kühlschranktür auf.

„Venusbrüstchen!“, stieß er hervor.

„Die berühmten Venusbrüstchen vom Grellinger. Na, schau halt hinein! Vorsichtig anfassen!“ Brandner streifte sich die Untersuchungshandschuhe über und hob den Deckel.

„Jessas!“ Er schloss die Konfektschachtel entsetzt. Mit der anderen Hand hielt er sich Mund und Nase zu.

„Das linke“, bekannte die Rosi, auch sie war vom Schock gezeichnet. „Und das lag dabei.“ Brandner nahm das Stück Papier mit aufgeklebten Zeitungsbuchstaben, er las die Botschaft zu dem blutigen Ohr:

200.000 EURO. MORGEN UM 24 UHR. WIEDER AM SEE. WIR MELDEN UNS. KEINE POLIZEI. SONST ... SISSIS KOPF.

***

Natürlich war es nicht erlaubt. Rein rechtlich gesehen. Aber der Chef hatte gesagt, sie bräuchten das halt! Josef

Birngruber schüttelte seinen mächtigen Kopf. Es war sein bisher seltsamster Auftrag. Ein Haar! Und es sei besser, hatte der Chef gesagt, wenn die Zielperson das Ausreißen gar nicht erst mitbekam. Da ihn die Grundbichlerin noch nie gesehen habe, gelinge der Auftrag wohl alleine ihm! Das hatte der Brandner gesagt. Sie waren also, auch wenn es der Inspektor nicht so ganz zugeben wollte, wieder einmal angewiesen auf ihn.

Er hätte ja schon gerne öfter in Zivil ermittelt. Doch der Chef hatte es nie genehmigt. Nimm gefälligst die Uniform, hatte es bisher geheißen. Obwohl der selbst nur in der Ledernen durch die Gmundner Gassen marschierte. Zumindest wenn die Frau Oberst einmal nicht da war. Bei dir ist das Inkognito wurscht, Seppi, da schauen die Leut ja sowieso. Bunter Hund!, hatte der Chef ihn immer wieder genannt. Wegen der zwei, drei Kilo Übergewicht! Verärgert verließ der Zivilist Birngruber den Regionalbus am Bahnhof. Nun gut. Er würde die Scharte auswetzen, vom letzten Dienstag, als die Schlager-Sissi abhanden gekommen war. Ein Josef Birngruber lieferte immer! Dem Brandner würde er's noch zeigen und der Frau Oberst erst recht! Birngruber verstärkte den Schritt ortseinwärts. Es würde nicht leicht werden. Wie sie herausgefunden hatten, jobbte die Grundbichlerin nun als Kur-Sissi. Fixe Arbeitszeiten habe die erst ab der Hochsaison, hatte es auf der Kurdirektion geheißen. Zurzeit trete die Sissi aber meistens um Mittag herum im Zauner auf, wo sie sich im weißen Sissikleid gegen Geld anstaunen ließ. Von Chinesen oder Japanern, so genau blicke er da auch nicht mehr durch, hatte der Schneider Schauer gemeint. Jedenfalls würd es nur so von Schaulustigen wimmeln, wenn die Kur-Sissi auftrat. Der Birngruber kämpfte sich durch die bunten Mengen der Pfarrgasse.

Schau, wie diese Ischler ihre Köpfe zusammenstecken, ärgerte sich der Wachtmeister. Vielleicht erinnerte sich ja der eine oder andere an seine Vertretungen, die er für den Wachtmeister Gamperl am Ischler Posten gemacht hatte, womöglich hatte er gar dem einen oder anderen ein Strafmandat ausgestellt. Wahrscheinlich sahen sie ihn so an, weil er halt aus der Großstadt war. Birngruber blickte an sich hinab: karierte rotbraune Kniehosen mit den grünen Strickstrümpfen, dazu oben das gute blaue Hemd, das er sonntags zum Kegelscheiben trug. Das Gamsfrackerl vom Reindlinger hatte er sich wegen der Frühlingssonne nur umgehängt. Doch besser wäre es gewesen, gestand der Birngruber sich ein, er hätte sich nicht so elegant adjustiert. Die Ischler mauschelten ja immer, wenn ein Fremder daherkam. Der Wachtmeister riss sich zusammen und durchdachte noch einmal seinen Plan. Einfach zum Zauner hineinmarschieren und mit der Grundbichlerin ins Gespräch kommen. Den Rest würde man sehen. So weit der Plan.

Er stieß die vergoldete Flügeltür auf. Wie üblich war der Zauner zum Bersten voll. Er betrachtete verstohlen das Foto in seiner Hand, da hatte er die Zielperson bereits entdeckt. Die Grundbichlerin stand vorne am Kuchenbuffet und schrieb Autogramme. Chinesen rundum fotografierten die Kur-Sissi wie verrückt. Auch er war fasziniert davon, wie echt die Grundbichler Bonita als Sissi aussah. Genauso wie im Film. Er hatte ihr weißes Kleid wohl zu lange angestarrt, denn sie drehte sich ganz herum und sah ihm direkt ins Gesicht.

„Why are you staring at me? Do you have your autograph card with you?“, kam es gelangweilt. Der Birngruber verstand natürlich kein Chinesisch. „Ihre Autogrammkarte?!“

Nun schüttelte er verlegen den Kopf. „Keine Karte, Eure Hoheit. Wo bekomme ich denn die her?“

„Vorne beim Verschönerungsverein. Ich habe Sie für einen Schotten gehalten!“ Sie sah an seinen karierten Hosen hinab, nun lächelte sie zum ersten Mal. „Aber da Sie Sinn für die Schönheit der Kaiserin haben, gebe ich Ihnen eine von mir!“

Er verbeugte sich und sah zu, wie die Kur-Sissi eine Karte für ihn unterschrieb. Auf einen halben Meter Entfernung fand er sie nicht mehr so umwerfend attraktiv. Angeblich gab es ja noch eine offizielle Sissi vom örtlichen Tourismusverein, und in jeder Saison schwebten zwei oder drei private Sissi-Doubles heran. Alle, so hatte der Brandner erzählt, sähen sich wohl als die einzige legitime Kur-Kaiserin.

„Besser du gehst wieder, Kieberer!“, zischte es hinter ihm. Der Birngruber drehte sich um und sah direkt dem Herrn Zauner ins Gesicht. Vor dessen Nase hatte er vor ein paar Wochen gleich zwei Halteverbots-Mandate an einem Tag an die Scheibe geklebt. „Was immer du mit der Grundbichlerin zu reden hast, machst du woanders aus. Raus aus meinem Lokal!“ Der Birngruber sah zur Bonita hin, die schien nichts gehört zu haben. Er deutete dem Zauner mit aufgestelltem Daumen, dass er gleich gehen werde, schlich sich aber noch näher an die Grundbichlerin heran und langte zu. Wie vom Blitz getroffen fuhr sie herum.

„Der Dickwanst da!“, schrie ihr Franz Joseph. „Der wollte sie ausgreifen!“

„Lass unsere Sissi in Ruh!“

„Er hat die Sissi gezwickt!“

Mit einem Mal schien es dem Birngruber, als mischte sich das halbe Lokal in die Sache. Die Kur-Sissi rieb sich das schmerzende Haupt, versicherte aber, dass alles in Ordnung sei. Der Birngruber steckte die Karte ein und machte sich rasch aus dem Staub. Mission erfüllt! Er hatte, worum man ihn geschickt hatte: ein Haar der Kaiserin.

***

Während der Birngruber in Ischl seinen Ermittlungserfolg einfuhr, recherchierte sein Chef noch im Keller der Gmundner Klosterschule.

„Wer hat hier Zugang?“, fragte der Brandner sanft.

„Na ich ...“, weinte die Rosi.

„Wer noch?“

„Das ist ein abgetrennter Bereich. Nur der Schulwart, zwei Putzfrauen. Vielleicht die Administratorin und ...“

„Der Herr Direktor natürlich“, schloss er für seine Rosi, der nun doch alles zu viel wurde, seit sie das Ohr entdeckt hatte.

„Er ist noch oben. Als ich gekommen bin, habe ich seinen Wagen im Innenhof stehen gesehen. Glaubst du wirklich, dass unser Direktor ...“

Nachdem er das Blitztaxi gerufen und die Rosi zum Heinerl in den Wagen gesetzt hatte, eilte der Inspektor in die Schule zurück. Der Direx stand am Fenster seines Büros und paffte hinaus in den Lichtschacht, als Brandner plötzlich in der Tür stand. Obermeier klappte den Mund zu und machte vor Schreck keine Anstalten, Brandner am Eintreten zu hindern.

„Der Herr Direktor übertritt sein eigenes Rauchverbot!“, begann er, entschlossen den bösen Bullen zu spielen. Er hatte das fromme Getue des Direx von Anfang an nicht ertragen. „Sie ... Sie!“, hustete der Direx.

„Das Rauchen ist Ihr geringstes Problem, Obermeier. Sie haben die Voglhuber Vroni näher gekannt, als Sie zugaben. Ein Verhältnis habt's gehabt! So geben S' es halt zu!" Brandner knallte mit der flachen Hand auf den Tisch. „Und nun tauchen auch noch Teile der entführten Schwester bei Ihnen im Keller auf!"

„Sie vergreifen sich ... im Ton. Vergreifen Sie sich nicht!" Die listigen Äuglein hinter den dicken Brillengläsern verengten sich zu zornigen Schlitzen.

„Nein, Herr Direktor ..."

„Schon vergessen? Ich habe ein Alibi. Ein Alibi!"

„Missbrauch von Amtsgewalt an einem armen Dirndl. Die Vroni stand in Ihrer Abhängigkeit", fuhr Brandner ungerührt fort. Diesmal gefror seine Stimme vor eisiger Kälte und er legte alle Verachtung in seinen Blick. Der Direktor senkte den Kopf, die Hände waren gefaltet. Nur Gott stand zwischen Brandner und dem Sündner, den er entlarvt hatte.

„Gemma, Direx! So etwas nennt man Gefahr im Verzug."

Als er den Direktor sicher am Rücksitz verwahrt hatte, rief er die Frau Oberst an.

„Also, Obermeier, besser für Sie, wenn Sie mit Ihren Sünden herausrücken. Glauben Sie mir, beichten befreit!"

„Verhaftet, ich will einen Anwalt! Verhaftet haben Sie mich!"

„Keine Verhaftung. Ich habe Sie vorübergehend festsetzen lassen. Zur Vernehmung!"

Sie schenkte sich etwas Kaffee ein. Der Direktor sah sie bockig an.

„Was sagen Sie dazu?" Die Frau Oberst hielt dem Direx den Beutel mit dem Ohrwaschel unter die Nase. „Kommt Ihnen bekannt vor, was?"

„Das ist ja widerlich. Widerlich das!" Er verbarg sein Gesicht in den Händen. „Ich habe ein Alibi!"

„Das überprüfen wir noch genauer. So ein Alibi ist nicht viel wert, wenn es von der eigenen Ehefrau stammt“, knurrte die Frau Oberst. Der Brandner und sein Verhör! Jetzt nahm sie sich den feinen Herrn Direktor einmal richtig vor. Schließlich gab es Gerüchte am Stammtisch im Schwan. Der Michi hatte ihr allerhand Dinge erzählt.

„Geben Sie es doch zu. Sie und die Vroni haben ein Verhältnis gehabt. Dann haben Sie sich auch noch über ihre Schwester gestritten. Schulden haben Sie, Obermeier, weil Sie zu groß gebaut haben, und dann noch in Schweizer Franken spekuliert. Was liegt da näher, als die Sissi zu entführen? Wieso haben Sie das Paket da im Keller der Schule versteckt?“

„Ach wo, Sie spinnen ja. Was für ein Paket? Hab nix versteckt, kein Paket. Alle seid's spinnert, ihr spinnt's alle da!“

„Und die Anrufe? Zwölf Anrufe in zwei Wochen! Da muss sie aber schon sehr gut gearbeitet haben, die Voglhuber Vroni, gell? Also, Herr Direktor ...“ Sie klang plötzlich schmeichlerisch. „Worum ging es dabei? Waren Sie ihr nicht mehr gut genug? Genau jetzt wollte die Sissi Ihnen die Vroni wegnehmen, um mit ihr auf Schlager-Tournee zu gehen.“

Der Brandner sah bewundernd zu. Pure Provokation! Die Information über des Direktors Schulden und sein angebliches Verhältnis hatte die Frau Oberst im Schwan aufgeschnappt. Nun hatte sie den Obermeier beinahe so weit.

„Wir wissen es ohnehin“, ließ sie nun fallen. „Sie hatten das Verhältnis mit der Vroni schon seit längerer Zeit. Jetzt tun S' halt nicht so!“

Mit einem Mal konnte Brandner in seinen Augen lesen. Überraschung stand darin. Und zugleich blanke Angst.

„Sie können gehen.“ Oberst Karl klappte den Vernehmungsblock zu. Brandner starrte sie an. Er sollte den Obermeier freisetzen? Wieso brachte die Chefin das Verhör nicht auf das Ohr im Paket?

„Wird euch leidtun. Leid …“, kam es zischend vom Stuhl. Nachdem Brandner noch seine Fingerabdrücke genommen hatte, packte der Herr Direktor wutschnaubend seine Habseligkeiten und trug sein Oberlehrergesicht vor sich her aus der Tür.

20.

Während Oberst Karl den Herrn Direktor in die Mangel nahm, hatte es der Brandner noch möglichst lange hinausgezögert, doch es ließ sich nicht länger aufschieben. Er musste auch das arme Fräulein mit der neuen Spur des Entführers konfrontieren. Zunächst sollte wohl das Ohr ins Labor, um zu klären, ob es überhaupt das Ohr der Schlager-Sissi war. Die Konfektschachtel mit der Botschaft des Entführers und Obermeiers Fingerabdruck nahm die Frau Oberst ja selbst mit nach Linz. Um vor dem Direktor bei seiner Frau zu sein, nahm der Brandner diesmal das Auto. Die Villa Obermeier auf dem begehrten Gmundner Sonnenhang musste tatsächlich Millionen verschlungen haben und hätte wohl eher zu einem Industriellen gepasst. Wie nicht anders zu erwarten war, machte die Ehefrau ihrem Mann die Mauer. Der gute Gottlieb habe die ganze Nacht neben ihr im Bett verbracht, der Frau Voglhuber hätten sie in einem gemeinsamen Telefonat zum Erfolg ihrer Schwester gratuliert. Schlecht gelaunt fuhr der Inspektor gleich weiter ins

Krankenhaus, wo er das Ohr für die abwesende Doktor Fuchs hinterließ. Danach rief er das Fräulein an und ersuchte um eine Unterredung, ohne ihr Genaueres mitzuteilen. Klein bat ihn direkt auf ihr Zimmer. Sie wolle wegen ihres nervösen Zustandes heute erneut früh zu Bett gehen.

Lucy Klein empfing ihn bereits in Nachthemd und Schlafrock. Sie hatte sich wohl auf das Schlimmste eingestellt, denn wie der Inspektor fand, sah Lucy noch stärker leidend aus.

„Oh mein Gott“, flüsterte sie, als sie die Fotografie in der Hand hielt. „Die ausgeschnittenen Zeitungsbuchstaben. Genau wie beim letzten Paket.“ Brandner nickte mitfühlend.

„Nur hat man Ihnen dieses hier noch nicht zugestellt. Wir haben eine Person im Visier“, versuchte er sie zu beruhigen. „Doch konnte diese Alibis vorweisen, sowohl für die Mordnacht als auch für den Zeitraum der Entführung. Es ist also nicht auszuschließen, dass man wieder mit Ihnen Kontakt aufnimmt. Umso mehr, als wir diese Botschaft abgefangen haben. Das ist nicht unbedingt von Vorteil für die Geisel“, erklärte der Brandner sanft.

Klein schüttelte verzweifelt den rehbraunen Kopf.

„Wer ist es, wen haben Sie in Verdacht?“

„Einen Lehrerkollegen“, bekannte der Brandner, obwohl er damit eigentlich seine Befugnisse überschritt.

„Der Direktor“, sagte Lucy Klein in einem Tonfall, als ob sie es erwartet hätte. „Ich weiß ja nicht, ob es wichtig ist“, hauchte sie, „aber auf der Pressekonferenz der Frau Oberst saß der Direktor in der ersten Reihe. Außerdem habe ich den Obermeier auch öfter mit der Vroni dort unten am Glücksplatzerl gesehen.“

Plötzlich wurde sie nachdenklich. „Er hat auch am Nebentisch gesessen, als ich das erste Paket mit dem Finger bekam."

Das war ja eine Bombe, dachte der Brandner, nur gut, dass sich die Frau Doktor den Obermeier so richtig vornahm.

„Aber noch etwas ist mir eingefallen."

„Ja?" Brandner legte möglichst viel Männlichkeit in seine Stimme.

„Nun ja, der Schröder, ich meine, der Till ..., sie hat ihn gefeuert. Zumindest hat Sissi es ihm angekündigt, also seine Kündigung."

„War sie denn nicht zufrieden mit ihm?"

„Ich glaube nicht. Sonst hätten sie nicht so laut gestritten. Die Vroni hat das Management übernommen. Das war de facto ein paar Tage vor der Show. Da hat sie es ihm dann gesagt. Mit sofortiger Wirkung. So hat die Sissi gesagt am Telefon ..."

Das Fräulein bat um Entschuldigung und sank völlig erschöpft wieder zu Bett.

„Herr Inspektor. Würden Sie vielleicht bei mir bleiben? Bis ich eingeschlafen bin?"

Brandner nickte und setzte sich an den Rand ihres Bettes. Nach einigen Minuten bemerkte er den Ausdruck von Erleichterung um ihren Mund. Das Fräulein schien befreit, sie war ihre Sorgen für einige Stunden los. Nur der Brandner legte die Stirn in Falten. Die Schlager-Sissi hatte also ihren Manager gefeuert und ihm den Geldhahn zudrehen wollen. Welcher Gesinnungswandel hatte sich hier in Bezug auf ihre Schwester ergeben? Klein hatte auch erzählt, dass Vroni in den Managementvertrag hätte eingesetzt werden sollen. Das konnte ja wohl nur bedeuten, dass der Testamentsentwurf bei Schnöditz schon ziemlich veraltet war. Die Schwestern hatten sich anscheinend ganz ausgesöhnt. Der Obermeier war wohl noch immer verdächtig, Alibi hin oder her. Doch am meisten hatte ihm nun der feine Herr Schröder zu erklären ...

***

Brandner freute sich über die unverhoffte Ruhe in seinem Revier. Die Milli war zur Abwechslung morgens einmal auf ihrem Platz gesessen, als er gekommen war. Nun verkehrte sie sogar mit einer Partei. Der Gassner hatte wieder auf Gemeindekosten in die Registrierkasse des Gemeindebads gelangt, hatte sich aber gleich selbst angezeigt und versprach, es nie wieder zu tun. Brandner hatte es der Milli überlassen, den notorischen Langfinger abzumahnen und für den entstandenen Schaden gleich abzukassieren. Der Gassner konnte eben nicht anders, sie würde das auf ihrem Behördengang drüben an Land ins Reine bringen. Der Birngruber war selbstständig, ohne weiteres Zutun, bereits nach Bad Ischl gefahren und Brandner saß endlich wieder an seinem Schreibtisch. Denn die Frau Oberst weilte in Linz.

„Der Seppi." Ohne anzuklopfen war die Milli ins Zimmer gekommen und drückte ihm den Hörer in die Hand.

„Chef, hab mich umgehört. Die Bonita und die Voglhuber-Schwestern sind sich spinnefeind! Seit der Kinderzeit. Ein richtiger Zickenkrieg!"

„Sehr gut."

„Aber es kommt noch besser, Chef ..."

„Na was?"

„Der Kaiserapotheker, ich hab ihn vorhin auf der Straße getroffen, der Hrovat, du kennst ihn ja!" Brandner verfluchte die Schneckenpost seines Wachtmeisters. Natürlich kannte er den freundlichen Besitzer der ehemaligen k.u.k. Hofapotheke, einer der ältesten im Salzkammergut.

„Man hätt ihn bestohlen, sagt der Hrovat, grad hätt er uns anrufen wollen. Jetzt frag einmal, was der vermisst! Na?"

„Rohypnol!", triumphierte der Seppi, als der Brandner nicht antwortete. „Vier ganze Ampullen. Reicht, um einen Ochsen einzuschläfern, sagt der Hrovat."

„Gut gemacht, Seppi."

„Das Ganze sei wohl schon vorige Woche passiert, meint er. Hat den Diebstahl erst jetzt bemerkt. Aber das Allerbeste kommt jetzt, Chef!"

„Ach ja?"

„Er hat einen Verdacht, Chef! Rate!"

Beinahe hätte der Brandner aufgelegt. Jetzt fing auch noch der Birngruber an mit solch einer Fragerei. Als ob ihm nicht die Füchsin schon genug Rätsel aufgab.

„Die Bonita Grundbichler! Er hat die vor Jahren schon einmal beim Klauen erwischt. Na?"

„Großartig, Seppi!" Den Birngruber musste man loben, um ihn zu motivieren, das wusste der Brandner längst. „Und nun verhaftest du mir die Grundbichlerin. Hast du gehört? Sofort verhaften!"

„Zu Befehl, Chef!" Er hörte, wie der Seppi sich die Hand an die Dienstkappe schlug. Seufzend legte er auf.

***

Keine Stunde später hatte er die Grundbichlerin in seinem Büro. Brandner wollte sich die Verdächtige in aller Ruhe vornehmen. Er knipste die Schreibtischleuchte an, richtete den grellen Strahl direkt in Bonitas Gesicht. Ihr üppiger Busen war ihm ja schon mehrmals des Nachts untergekommen. Wenn auch in seinen wildesten Träumen niemals in diesem abgrundtiefen Dekolletee. Ihre kurvigen Beine ragten unter den weißen Rüschen des ebenso engen wie kurzen Kleides hervor. Aber musste man sich heutzutage die Fingernägel lackieren, als ob man in einen Farbtopf gefallen war?

„Was glotzt ihr denn so?" Die Grundbichlerin rückte sich mit triumphierenden Mundwinkeln den Ausschnitt zurecht. Der Birngruber wurde rot. Auch dem Brandner war nicht bewusst gewesen, dass er so offen darauf gestarrt hatte.

„So, Grundbichlerin!", begann er unwirsch. „Hör mir einmal zu. Du machst jetzt schön brav deine Aussage."

„Das bereut ihr noch! Scheißbullen!"

„Na na!", schrie der Birngruber. Brandner hatte Angst, dass dem Seppi die Hand ausrutschte, und hielt ihn zurück. Sie tobte also gleich zu Beginn und er würde weiterhin versuchen, sie zu provozieren.

„Vorsicht", meinte der Inspektor bedrohlich ruhig. „Sonst wird ein Hundertfünfzehner draus."

„Paragraf hundertfünfzehn, Beamtenbeleidigung!", knurrte der Birngruber dazu. Brandner gab ihm ein Zeichen. Den bösen Bullen übernahm er besser selbst. Er würde der Grundbichlerin die Wadln schon viererichten!

„Du bist also nach Gmunden gefahren. Der Ort der Aftershowparty ist ja in jeder Zeitung gestanden, auch im Ischler Mittwoch. Dann bist du im Spies aufgekreuzt."

„Nein!", schrie die Bonita.

„Mehrere Zeugen haben dich dort gesehen. Als Sissi geschminkt, dann hast du sie da herausgelockt. Die Vroni war ja schon ziemlich bedient, die hat dich gar nicht erkannt. Tragisch, aber wahr, du sie auch nicht."

„Bullshit! Da will mir einer was anhängen!"

„Ins Taxi mit der, hast du dir gedacht, auf die Insel zurück zum Schlosshotel. Du hast sie dorthin gelockt, damit sie dir ja keinen Verdacht schöpft. Erst der Alkohol, dann das Rohypnol! Schon davon gehört?“

„Was?“

„Aus der Kaiserapotheke! Dort hast du immer wieder als Putzfrau gejobbt. Bis dich der Grinser zur Kur-Sissi gemacht hat. Ab und zu geputzt hast du, sagt der Apotheker. Den hast du bestohlen.“

„Der Hrovat kann mich nicht leiden.“

„Du brauchst ständig Geld, Grundbichlerin! Stimmt doch?“

Sie senkte den Kopf. Brandner beschloss zu taktieren. Was hätte die Frau Oberst wohl in dieser Situation getan?

„Kaffee?“, fragte er freundlich. Die Bonita sah ihn überrascht an, schließlich nickte sie. Brandner ging hinaus und holte einen Becher vom Automaten für den Parteienverkehr. Er wartete eine Minute, ehe er das Büro wieder betrat und ihr den Cappuccino reichte.

„Extra Schoko.“ Er lächelte. Sie grinste gezwungen und bedankte sich.

„Also noch einmal“, begann der Inspektor seufzend. „Wo warst du denn sonst Samstagnacht? Zwischen circa halb zwölf und fünf in der Früh?“

„Ich weiß es nicht mehr.“

„Müde?“

Sie griff sich an den Kopf und nickte.

„Hat der Kaffee nicht geschmeckt? So ist das halt mit dem Rohypnol.“ Er warf ihr die leere Packung über den Tisch.

„Erst wird man müde“, begann er und verdrehte die Augen. „Aber dann ... Es kann bis zu zwei Stunden dauern ... Sissis Gift.“

„Das dürft's net!", schrie sie verzweifelt. „Ich muss raus hier."

„Untersuchungshaft. Wie lange kann das wohl dauern, Seppi?"

„Vierundzwanzig Stunden", knurrte der Wachtmeister.

„Abführen!", donnerte Brandner und setzte die jahrelang trainierte Visage auf. Böser Bulle. Birngruber machte dieses bissige Beißergesicht und legte Bonita seine Hand auf die Schulter. Brandner musste sich abwenden, um sich das Lachen zu verkneifen. Der Seppi spielte wieder einmal perfekt.

„Na, hab ich halt dort gearbeitet!", schrie die Grundbichlerin in heller Not. Sie hatte den Blick erhoben, war sichtlich nervös.

„Du gibst es also zu, Grundbichlerin ..."

„Blond, ich heiße Bonita Blond", kam es ermattet. Brandner war zufrieden. Das Spiel funktionierte ja wie am Schnürchen. Die Milli kam herein und flüsterte ihm ins Ohr.

„Du warst also nicht in Gmunden?"

Bonita schüttelte verbissen den Kopf, blinzelte dabei aber unruhig.

„Wie erklärst du dir dann, dass wir Spuren an der Vroni gefunden haben? Spuren von dir!"

Brandner betonte das letzte Wort. Er hatte seinen größten Trumpf ausgespielt. Bonita blickte zu Boden, hinter ihrer Stirn arbeitete ihr Hirn auf Hochtouren.

„Also gut. Schau einmal her, was ich da hab!"

„Ich seh nix!", kam es nun wieder trotzig. Er schwenkte den durchsichtigen Plastikbeutel vor Bonitas Nase hin und her. Die Sängerin kniff die Augen zusammen, als müsste sie sich darauf konzentrieren.

„Die Gerichtsmedizinerin hat den DNA-Vergleich durchgeführt. Haare. Deine Haare, Grundbichlerin! Willst du wissen, woher das stammt?“

Die Milli hatte das Beweisstück soeben wieder abgeholt. Die Gerichtsmedizin hat es bestätigt. Brandner war klar, was nun kommen musste. Sie würde zusammenbrechen.

„Ich will aussagen ...“, seufzte sie leise.

„Das fällt dir jetzt ein? Jetzt?!“

„Sie hat mich bestohlen!“, rief sie aus. „Das weiße Kleid war mein Markenzeichen, *ich* war die singende Sissi! Immer schon. Da hab ich sie halt gstessn. A bissl nur!“

„Du gibst also zu, die Vroni Voglhuber körperlich angegriffen zu haben!“ Das Verhör kam nun richtig in Fahrt. Endlich rückte die Grundbichlerin mit der Wahrheit heraus.

„Freilich geb ich's zu. Ein Schubser war's nur! Der Schlampen, der schiache! Ich hab sie in Ischl getroffen beim Spazieren. Ein paar Tage vorm Singcontest.“

„Bitte?“

„Also gut. Auch Samstagnacht war ich nicht zu Hause, ich geb's ja zu.“

„Weil du in Gmunden warst, beim Singcontest!“

„Hab's doch gesagt, ich war nicht im Spies!“ Die Grundbichlerin fuhr sich vor Müdigkeit über das eingefallene Gesicht.

„Wieso weißt du, dass die Party dort war, ich habe den Spies nicht erwähnt!“

„Weil's in jeder Zeitung steht!“, schrie sie völlig entnervt. „Ich hatte doch selbst meinen Auftritt.“

„Du hast gesungen?“

„Gesungen?“ Sie lachte grell. „Ja, gesungen hab ich. In der Herzerlbar! Bin nicht die Einzige, die am Samstag dort hackelt!“

Die Herzerlbar. Der Brandner war überrascht. Klar, dass die sich hier genierte. Von der hoffnungsvollen Sängerin zur Einlage in der Ischler Nacktbar! Was würde wohl der Verschönerungsverein zum Nebenverdienst seiner Kur-Sissi sagen?

„Aber wann bist du heim in der Nacht?“

„Ich weiß es nicht mehr. Nichts weiß ich!“ Ihr Kopf fiel auf die Brust. Bonita schluchzte los. Die letzten Dämme waren gebrochen. „Nur, dass mich der Präsident Grinser dann mitgenommen hat. In das Hotel zum Wilden Hirschen. Der Präsident vom Verschönerungsverein, er war bei mir. Die ganze Nacht.“

„Du kannst gehen, hältst dich aber zu unserer Verfügung!“, beschloss Brandner das Verhör. Sie durften die Grundbichlerin ohne eindeutigen Beweis nicht länger festhalten. Sollten ihre Aussagen zutreffen, dann hatte sie für die Mordnacht ein Alibi. Karl Grinser amtierte also nun als Präsident des Ischler Verschönerungsvereins. Brandner erinnerte sich gut an den Kerl. Ein ehemaliger Kurdirektor. Es ging das Gerücht, er würde jungen Dichtern ihre Bücher abluchsen, aber selten bezahlen. Auch ansonsten hieß es, der Grinser jage schlicht alles, was einen Rock trug. Frauen flögen auf sein originelles, ja animalisches Lachen, wurde am Stammtisch erzählt. Nomen est omen. Nun war also auch noch die Grundbichlerin auf den hineingefallen.

„Depperte Dorfbullen! Ich such mir jetzt am See ein Hotel und schick euch die Rechnung!“

„Also, Seppi“, begann der Brandner amüsiert, als die Bonita wutschnaubend gegangen war. Er sah seinen Wachtmeister schon inmitten leicht beschürzter Damen ermitteln. „Du rufst gleich in der Herzerlbar an, dann beim Verschönerungsverein. Wir müssen herausfinden, ob ihr schlüpfriges Alibi stimmt. Merk's dir! Keine Untersuchungshaft ohne eindeutigen Beweis! Notfalls musst du also wieder nach Ischl fahren." Brandner griff sich an die Nase, sie juckte wie nie. Er würde der Frau Oberst allerhand Neuigkeiten beichten müssen.

21.

In atemberaubender Fahrt ging es quer über den Rathausplatz. Er konnte kaum einen klaren Gedanken fassen. Gottlob waren die letzten Aussteller des Samstagflohmarkts schon verschwunden, er hoffte, dass ihm auch sonst niemand zwischen die Speichen geriet.

„Weg!", schrie er den alten Eder an, der von seinem Ausflugsschiff an Land trat, um einen Infoständer abzubauen. Die Kapitänsmütze blieb alleine am Bootssteg zurück, Brandner bemerkte es in der Aufregung nicht. Gerade jetzt war auch noch sein Akku leer! Er bremste vor dem Hotel Schwan, erwischte ein Dirndl an der Rezeption und bat sie, eine Verbindung für ihn herzustellen. Die Frau Doktor, so viel war klar, würde nicht gerade erfreut sein. Samstagabend noch dazu.

„Brandner hier", seufzte er. „Schon wieder eine junge Frau. Diesmal im Brunnenhotel. Der Birngruber hat mich gerade angerufen, er hatte Bereitschaftsdienst."

„Zwanzig Minuten!" Deutlich vernahm er die unterdrückte Wut in ihrer Stimme. „Und nichts anfassen, Brandner, die gehört mir!"

Er beließ es dabei und nannte dem freundlichen Dirndl mit der offenherzigen Bluse die nächste Nummer. Das Kommando für Kapitalverbrechen am Landeskriminalamt in Linz.

***

„Ich bin ruiniert!“ Der Brunnenwirt rannte wie ein Wahnsinniger vor seiner Rezeption auf und ab. „Ausgerechnet im Thomas-Bernhard-Zimmer.“

Ein Dichter, ging es dem Brandner durch den Kopf, hätte gegen eine Dame am Zimmer wohl nichts einzuwenden gehabt, auch nicht der Bernhard. Schließlich war der nicht nur ein weltberühmter Schreiber gewesen, sondern bekannt für seinen eigenwilligen Humor. Noch heute ging die Geschichte um, dass er sich am liebsten mit Wittgenstein getroffen habe, dem Neffen des berühmten Philosophen. Dem verrückten Wittgenstein, wie die alte Frau Brandl jedem gerne erzählt hatte, der habe in ihrem Café einem Gläubiger einmal den halben Finger abgebissen, worauf der Bernhard seinem Freund noch sein Schinkenbrötchen angeboten habe.

Daran musste der Brandner nun denken, als er, dem Hotelier auf den Fersen, in den Halbstock hinauflief. Nur dass es diesmal nicht mehr nur um einen Finger ging. Oder um ein Ohr.

„Was ist denn so besonders an dem Zimmer?“, fragte er, als er dem Krapfenberger weiter durch den Gang nacheilte. Schließlich, so hatte der Brandner gedacht, führte der Brunnenwirt ja jetzt ein Liebeshotel für experimentierfreudige Singles und kein hochgeistiges Literaturdomizil.

„Die Originalausgabe vom gesamten Werk steht im Regal, so was mögen die Leut“, kam es gereizt vom

Brunnenwirt. „Besonderes Ambiente. Ein Künstlerzimmer halt, aber das vestehst du ja nicht!"

Brandner erwiderte nichts, er hatte den Krapfenberger nicht in seiner Brunnenwirtsehre kränken wollen. „Wer hat die Leiche gefunden?"

„Die Frau Steiner! Sie hatte Nachtdienst. Aber gefunden hat sie die Radmilla. Die hat sauber machen wollen und geklopft, und weil es ruhig war, hat sie halt reingeschaut." Der Krapfenberger schüttelte sich in dem Gedanken daran. „Ich selbst habe das Zimmer gestern vergeben."

„Das erzählst du mir dann genauer." Sie waren im ersten Stock bei Nummer zehn angelangt. *Thomas-Bernhard-Zimmer* stand künstlerisch gepinselt auf dem Keramikschild, es war das letzte am Ende des Gangs. Der Birngruber stand vor der Tür.

„Hast du etwas angefasst?", nahm Brandner sich den Wachtmeister vor. Der verneinte und zog natürlich gleich wieder sein beleidigtes Gesicht.

„Und die Frau Oberst?"

Brandner hatte es erwartet, der Birngruber schüttelte wieder den Kopf.

„Gut, Seppi. Die rufst du mir jetzt an wegen der Spurensicherung. Sag ihr, die Doktor Fuchs ist schon unterwegs."

Der Birngruber sah zwar noch immer vorwurfsvoll drein, sagte aber nichts weiter und tippte nun in seinem Handy herum. Brandner nahm kurz auf dem alten Lehnstuhl Platz, der neben anderen Antiquitäten zum Ausruhen für die Gäste am Gang aufgestellt war. Nachdem sich die Frau Oberst im Schlosshotel so aufgeregt hatte, trug nun auch der Brandner immer Einweglatschen bei sich. Er durfte keine Verunreinigungen hinterlassen, bis die Tatortgruppe beim Brunnenwirt aufkreuzte.

„Irrtum ausgeschlossen", hörte er den Birngruber zerknirscht in sein Handy sprechen.

Brandner streifte sich die Untersuchungshandschuhe über und schob vorsichtig die Türe zum Thomas-Bernhard-Zimmer auf. Was er zu sehen bekam, sollte ihm den Appetit ordentlich verderben, sehr bedauerlich. Schließlich war die Wildwoche im Spies ausgehängt und so einen Tod hatte sich niemand verdient. Nicht einmal die Grundbichlerin.

Das Messer steckte geradewegs in ihrem Kreuz. Sie trug ein Unterkleid. Sonst nichts.

„Grundgütiger! Lupenreiner Nierenstich."

Der Brandner erschauderte vor ihrer Bewunderung. Er sah zur Frau Doktor hinab, vermied jedoch einen genaueren Blick auf die dunkle Lache, die sich um das Doppelbett gebildet hatte. Das weiße Bettzeug war vollgesogen und auch den Teppichboden würde der Krapfenberger wohl auswechseln müssen. Andererseits sah Bonita Grundbichler selbst tot noch sehr appetitlich aus. Kein Gramm Fett zu viel, richtig trainiert, wie der Brandner fand. Die Füchsin schnüffelte wieder einmal an ihr herum.

„Nur drei Einstiche. Alles Volltreffer", wiederholte sie murmelnd und fuhr sich mit der Zunge über die Lippen. „Die war nicht gleich tot. Das Messer traf ihre Niere, aber offenbar auch noch ein stark durchblutetes Gefäß. Sie hat ziemlich schnell ziemlich viel Blut verloren und ist kollabiert. Herzstillstand."

„Wieder eine", stellte der Brandner fest.

„Kennst du sie denn?", fragte die Füchsin nun, während sie mit ihren Messinstrumenten in der Leiche herumfuhrwerkte.

Brandner nickte. „Die Leiche zum Haar, das du untersucht hast."

„Diese Blondine“, nickte Fuchs.

„Dem Einstich nach zu schließen war ausschließlich der Feitel die Tatwaffe. Das sind vierzehn bis fünfzehn Zentimeter. Sie hat sich scheinbar nicht gewehrt, zumindest gibt es keine Spuren.“

„Wieso nur?“, fragte er. Hätte sie geschrien und gekämpft, hätte die Grundbichlerin vielleicht Aussicht auf Hilfe gehabt. Das Zimmer befand sich im ersten Stock, das Hotel war neuerdings wieder sehr gut besucht, vor allem von Pärchen.

„Sie hat wohl ganz ahnungslos am Bett gesessen“, mutmaßte die Füchsin, „als der erste Stich von hinten kam.“ Feige von hinten, dachte der Brandner. Wie bei der ertränkten Voglhuberin.

„Dieselben Druckstellen an Hals und Nacken“, begann Fuchs nach einiger Zeit verärgert und stellte mit irgendwelchen Sonden den Winkel der Einstiche fest. „Schade, Brandner, dass wir uns immer nur sehen, wenn wer ins Gras beißt. Ich könnte jetzt beim Hasenragout sitzen. Hatte sogar schon bestellt.“

Wie konnte man bei dieser Arbeit nur ans Essen denken, dachte er. „Ich könnte dich ja ... ich meine ...“ Brandner verfluchte sein Stottern. Unter diesen Bedingungen wäre es ihm niemals eingefallen, einer Dame Avancen zu machen, andererseits war es der Grundbichlerin nun ja wohl auch schon wurscht. „Ich meine, ich könnte dich ja, als kleine Entschädigung ... ein Abendessen, wie wär's?“ Schon kamen ihm wieder die Zweifel. Schließlich hatte sie ihn bei seinem ersten Versuch glatt durchfallen lassen.

„Hm.“ Jetzt hing sie am Haken. Nur noch der richtige Köder, dachte er. Mochte sie Fisch? „Zum Trawöger! Auf einen Saibling?“

Sie lachte. „Warum nicht. Nächsten Freitag hab ich eh noch nichts vor. Ich bin dann fertig hier. Anfassen verboten."

Die Füchsin entschwand, und der Birngruber packte am Gang vor der Türe die Jause aus. Sogar der Brandner war trotz des blutigen Anblicks plötzlich bester Laune. Seit Wochen hatte er sich nicht mehr so gut gefühlt.

***

„Super! Super sag ich!"

Dass die schon wieder so laut daherschreien musste, dachte der Brandner und sehnte sich nach der Stille zurück, die geherrscht hatte, bevor diese Karl bei ihnen in Gmunden angetanzt war.

„Zuerst lassen Sie die Verdächtige einfach verhaften. Dann lassen Sie sie einfach so wieder gehen. Einen Tag später wird sie dann umgebracht. Einfach so!" Sie wedelte mit Brandners Einweglatschen herum. „Haben Sie dafür überhaupt eine Ausbildung?! Finger weg von meinen Leichen, Brandner!"

Während die Buben der Frau Oberst im Todeszimmer zugange waren, saßen sie zu dritt herunten im Stüberl. Wie Schulbuben hockten sie nun vor ihr und ließen die Strafpredigt über sich ergehen. Doch was hatte sie selbst denn in Linz bisher herausgebracht? Der Krapfenberger hatte wie immer unaufgefordert Wein gebracht, war jedoch angesichts von Karls Miene wieder verschwunden.

„Sie haben ja keine Ahnung, wo ich heute sein sollte!", knurrte die ihnen daher. Aha. Also das war der Grund, Brandner tippte auf ein Rendezvous. Was konnte er dafür, dass man die Grundbichlerin ausgerechnet am Samstagabend abgemurkst hatte?

„Jedenfalls, Frau Chef, schauen Sie super aus!“, meinte der Birngruber. Da hatte der Seppi in seiner Einfalt wieder ordentlich dick aufgetragen, fand der Brandner, doch es schien zu funktionieren. Ein Lächeln kam der Frau Oberst aus.

„Meine Herren, unsere Lage ist kein Kindergeburtstag. Zwei Leichen in zwei Wochen. Dazu eine Vermisste ohne Finger und Ohr! Lassen Sie mich hören, wie es steht.“

„Frau Doktor Fuchs meint, dass die Grundbichlerin gezielt ermordet wurde. Tödliche Stiche in Niere und Blutgefäße. Keinerlei Spuren von Gegenwehr. Genau wie bei der Vroni. Vielleicht ist ja auch sie betäubt worden.“

„Also ein Semmerl, dann Stiche in den Rücken?“, fragte Karl skeptisch.

„Kann sein“, entgegnete Brandner. „Doch warum ist die Bonita überhaupt nach Gmunden gekommen? Ich meine, so kurz, nachdem wir sie wieder freiließen. Die war doch völlig fertig!“

„Vielleicht wegen dem Singleabend?“, zeigte der Birngruber auf. „Den gibt’s doch nur am Freitag und Samstag, der Abend für einsame Herzen oder so, hat der Herr Inspektor erzählt.“

Brandner sah ihn vernichtend an.

„Gar nicht so übel, Wachtmeister. Was haben wir für Gemeinsamkeiten bei den Mordfällen?“ Interessiert tippte Karl dem Birngruber auf die runde Brust.

„Zum ersten Mal keine Schwester!“, platzte der Seppi stolz heraus. Das war zwar keine Übereinstimmung, dachte Brandner, aber vielleicht sogar gerade deshalb wesentlich.

„Weiter?“

„Beide Damen sind in ein Taxi gestiegen. Auch die Grundbichlerin ist in ein Gmundner Hotel gefahren“, half der Brandner weiter. „Doch wieso?“

„Könnte die Bonita nicht sogar ...“, der Birngruber zögerte, „gewerblich hier gewesen sein? Schließlich ging die ja auch gleich mit dem Grinser mit. Für eine Nacht im Wilden Hirschen. Er hat's gestern zugegeben.“

Karl nickte dem Wachtmeister anerkennend zu. „Wäre möglich. So als Nebenverdienst.“

„Wie auch immer.“ Brandner brachte sich wieder ein. „Der Brunnenwirt sagt, dass das Zimmer nicht auf ihren Namen gelautet hat. Er hat die Bonita auch nur kurz gesehen. Sie sei in einen langen Mantel gekleidet gewesen, sagt er, dazu stark geschminkt, einen Seidenschal halb um den Kopf. Dennoch hat der Krapfenberger ihre auffälligen Ohrringe bemerkt, glitzernde Sterne seien es gewesen. Sie sei mit dem Blitztaxi vorgefahren und habe sich nach dem vorreservierten Zimmer erkundigt. Das Zimmer war ja bereits per Handy-App bezahlt gewesen. Die Nachricht der Überweisung habe auf *Besten Dank, Schröder* gelautet, so der Brunnenwirt.“

„Auf Schröder?“ Karl sah die beiden Polizisten eindringlich an. Auch der Brandner wunderte sich, hatte Bonita nicht damit gedroht, ihre Nächtigung überhaupt der Polizei in Rechnung zu stellen?

„Das ist doch schon wieder der Manager! Wieso haben Sie den immer noch nicht dingfest gemacht?!“

„Wer könnte so dumm sein und ein Zimmer auf seinen eigenen Namen nehmen, um sein Opfer dort hinzurichten?“

„Stimmt schon“, gab die Frau Oberst zu. „Doch wenn sich die Bonita hier in das Hotel hereingeschlichen hat, dann war ihr wohl selbst daran gelegen haben, nicht erkannt zu werden.“

„Außerdem“, gab der Inspektor zu bedenken, „trug sie wie die Voglhuber Vroni nur noch das Unterkleid. Und in ihrem Ohr fehlte der Sissi-Stern. Wie bei der Vroni. Wenn das nichts zu bedeuten hat!“

„Genau“, assistierte der Birngruber. „Stimmt ganz genau.“

Die Frau Oberst löste ihre endlosen Beine voneinander und parkte sie wieder hinter dem Tisch. Wie auf Kommando sahen der Inspektor und sein Wachtmeister zur Frau Oberst hoch.

„Ich sehe“, schmunzelte sie, „wir verstehen uns. „Ich fahre jetzt nach Linz. Treffpunkt am Montag. Neun Uhr. In meinem Büro.“

Der Inspektor verabschiedete sich kurz darauf beim Brunnenwirt an der Rezeption.

„Eines noch, Gustl. Weil bei euch immer wieder der Name gefallen ist.“

„Ja?“

„Na, weil halt so einer da bei mir wohnt. Ein Herr Schröder.“

„Tiefe Stimme? Hochdeutsche Aussprache?“

„Genau!“, freute sich der Brunnenwirt. „Doktor Schröder aus Hamburg. Manager. Also wenn ich das gewusst hätte, dass du den suchst ...“

„Her mit dem!“

„Aber geh! Ich sagte ja, abgereist“, lachte der Krapfenberger und schüttelte drohend den Zeigefinger, ganz so als verböte er sich so einen Scherz. „Wohnt doch bei dir, der Schröder. Bei der Rosi halt. In eurer neuen Pension!“

22.

„Was machst denn du da?" Rosi Marek empfing ihren Hausherrn mit misstrauischem Blick.

„Wo ist er?!"

„Schrei halt nicht so!", schnauzte die Rosi zurück. „Wir haben doch einen Gast!"

„Eben. Der neue ... Gast", er brachte es immer noch schwer über die Lippen, was die Rosi so heimtückisch und hinter seinem Rücken in seinem Haus eingefädelt hatte. „Dieser Schröder halt!"

„Was willst denn von dem?"

„Komm!" Brandner schob den Birngruber am störrischen Hausdrachen vorbei die Treppe hinauf.

„Großer Gott!", stieß die Rosi überrumpelt aus, doch sie eilte dem Ermittlerduo energisch hinterdrein. Zu dritt standen sie vor dem Bügelzimmer. Es war Brandner zuwider, nun musste er also tatsächlich anklopfen. In seinem eigenen Haus!

„Polizei! Aufmachen!" Brandner wurde lauter, er hämmerte gegen die Türe, die Rosi rang schwer um Fassung. Der Schröder stellte sich scheinbar tot.

„Jaja", drang es endlich aus der Türe und das Gesicht des Deutschen erschien. „Ja?"

„Wir haben Fragen, Herr Doktor Schröder", begann der Brandner kurz angebunden und war, den Birngruber nachziehend, schon ins Bügelzimmer getreten. Ungefragt nahm der Inspektor Platz auf der Fenstersitzgruppe, schließlich hatte er die ja selbst bezahlt. Etwas unsicher folgte der Birngruber seinem Beispiel. Brandner sah sich den Piefke an, der hinter ihnen die Türe schloss. Till Schröder war ein hellhäutiger Riese mit blondem Lockenschopf.

„Wir kennen uns. Ich hatte das Vergnügen, Ihnen nachzutelefonieren."

„Ach ja, Sie waren das! Gleich fünf Nachrichten auf dem Rekorder", brummte Schröder. Tiefes Alemannendeutsch! Der hätte gut in jede Wagneroper gepasst. Ein heldenhafter Siegfried oder Lohengrin. Doch noch immer zeigte sein Lächeln eine Reihe perfekt weißer Zähne. Falls er überrascht war, Besuch von der Polizei zu erhalten, verbarg er es perfekt. Schröders blondbehaarte Pranken verdeckten beiläufig einen großen Koffer vor ihren Blicken. Brandner sah vielsagend zum Wachtmeister. Er beschloss, noch ein Weilchen die harte Tour weiterzufahren.

„Wieso haben Sie uns verschwiegen, dass Sie in Gmunden weilen?"

„Ich habe gar nichts. Und Sie haben ja gar nicht gefragt, wo ich bin."

„Zur Sache, Schröder. Wie war Ihr Verhältnis zu Vroni Voglhuber?"

„Alles bestens, wieso?"

„Aha", sagte der Inspektor nur, er tauschte einen Blick mit dem Birngruber. Die Miene des Deutschen verfinsterte sich zusehends.

„In der Nacht auf Sonntag, wo waren Sie zwischen Mitternacht und fünf Uhr früh?"

„Im Hotel. Beim Brunnenwirt, aber ..."

„Die ganze Nacht?"

„Gut möglich, dass ich auf der Terrasse eine rauchen war. Aber vielleicht sagen Sie mir nun endlich, warum Sie jetzt hier sind?"

Mochte seine alemannische Ruhe auch perfekt gespielt sein, Schröders Frage war berechtigt, das musste selbst der Brandner zugeben.

„Um die Vroni geht's, die Voglhuberin! Sie ist tot."

Schröder hatte noch immer mit keiner Wimper gezuckt.

„Aha."

„Aha? Das ist alles, was Sie dazu sagen?"

„Was hat das Ganze mit mir zu tun? Ich kannte die Vroni ja kaum."

„Spielen Sie ruhig weiter das Unschuldslamm, Schröder! Vroni wollte also nicht Ihren Job?"

„Keine Ahnung."

„Das Management ihrer Schwester selbst in die Hand nehmen?"

„Jetzt reicht es aber! Ihre Fragen gefallen mir nicht!"

„Geschenkt, Schröder", knurrte Brandner zurück. „Die Schlager-Sissi hatte Sie längst gekündigt. Sie haben doch hier nur mehr Feuerwehr gespielt. Die Voglhubers wollten richtig durchstarten, aber ohne Sie!"

„Blödsinn. Niemand hat mich gekündigt. Und mit der Vroni hatte ich jedenfalls kein Problem!"

Der Manager ließ sich also nicht aus der Reserve locken. Er war ruhig geblieben.

„Wir wissen, dass Sie kurz vor der Pleite stehen", fuhr Brandner sachlicher fort. Er pokerte hoch. Doch wie es aussah, hatte er nun erstmals gewonnen. Schröders Gesicht wechselte die Farbe. „Plötzlich weg vom Futtertrog, hm? Sie dachten, dass Ihnen noch etwas zusteht. Sagen wir ... Dreihunderttausend? Niemand durfte ohne Sissis Genehmigung an die Konten! Und da, Herr Schröder ... haben Sie es sich mit einer Art Notklausel selbst ausgezahlt, das Geld. Der neue Sissi-Song, die neuen Alben. Schließlich ... die fetten Jahre kommen ja erst. Da war Ihre Forderung doch das Mindeste, nicht?!"

„Ich ..." Schröder begann zu stottern. Er wirkte stehend k.o. „Ich war ja dabei, als das große Geld kam. Langsam, habe ich immer zu ihr gesagt, langsam wachsen."

„Noch einmal, Herr Schröder! Wo waren Sie in der Nacht auf Sonntag? Vielleicht ist Ihnen die Vroni ja hinter ein paar Betrügereien gekommen? Bei Ihren Mordsschulden! Es kam zum Streit ..."

„Frechheit! Ich habe gehört, dass die Vroni dort in ein Taxi gestiegen ist."

„Aber Sie waren doch längst selbst hier, Schröder! Oben im Brunnenhotel. Sind alleine und geheim nach Gmunden gekommen. Um sich zu rächen! Wieso haben Sie nicht im selben Hotel eingecheckt?“

Schröder schien zu überlegen. Dann setzte er sein Zahnpastalächeln auf.

„Etwas Privates. War als Überraschung gedacht.“

Brandner lachte ungläubig.

„Nun ja ...“ Sissis Ex-Manager wirkte mit einem Mal traurig. „Hier war ich. Das ist richtig. Doch nicht allein!“

„Jetzt geben Sie's halt zu!“, mischte sich der Birngruber ein.

„Ich hab die Vroni nicht umgebracht!“, schrie der Schröder und verlor endlich die Contenance. Seine mächtige Faust kreiste drohend über ihren Köpfen hin und her.

„Geheim, ja! Sie Volltrottel! Aber nur, weil ich mit der Sissi zusammen war. Die ganze Nacht!“

***

Wütend trat Gustl Brandner in die Pedale. Der Tag war nicht so gelaufen, wie ein guter Ermittlungstag laufen sollte. Keine Fingerabdrücke, keine anderen Spuren. Bonitas Hotelzimmer war supersauber gewesen. Es schien fast so, als hätte ein Geist die Grundbichlerin heimgesucht. Auch Schröders Angaben hatten sich als richtig erwiesen. Er hatte in der Singcontest-Nacht tatsächlich Damenbesuch empfangen. Frau Steiner hatte Dienst im Brunnenhotel gehabt und die Sissi anhand eines Fotos erkannt. Sie war laut ihrer Aussage in der Suite Nummer zehn verschwunden. Zwei Mal habe das Liebespaar in der Nacht Champagner geordert. Die Geräusche am Gang vor der Türe seien eindeutig und nicht zu überhören gewesen. Nicht dass sie da etwa gelauscht hätte. Brandner musste sich langsam, aber sicher eingestehen, dass all seine Recherchen wohl nicht das Geringste ergaben und auch die Sissi weiter verschwunden blieb. Mehr noch, er befürchtete in Kürze das Einlangen einer neuen Forderung.

Der Inspektor holte heraus, was sein altes Waffenrad hergab. Wieder kam es ihm vor, als würde er wie auf Butter fahren. Der Hausdiener vom Schlosshotel hatte ihm wohl den falschen Reifen gepickt. Dennoch war etwas anderes an Brandners übler Laune schuld. *In ihrem Büro*, hatte die Frau Oberst doch glatt geprahlt. Die konnte noch was erleben, schwor er sich. Doch heute gab es nur noch eines: ein eiskaltes Bier. Ah ja, und einen Hirschfänger.

„Ein Eggenberg krieg ich", brummte er gleich beim Eintreten. Es roch nach der Spezialität des Hauses: Schweinsbraten mit Mehlnocken und heißem Krautsalat.

„Na dann. Zeig her, dein Spielzeug!", lachte der Spies einige Minuten darauf, so als hätte der einen besonders gelungenen Witz gemacht.

Brandner nickte. Er hatte ja lang genug hin und her überlegt. Nun hatte er sich doch dazu entschlossen. Schließlich saßen am Stammtisch ja fast nur Jäger herum. Er holte das Beweisstück im durchsichtigen Beutel hervor.

„Da schaut's her! Wir kommen nicht weiter. Auch die Linzer haben das Ding schon untersucht." Genau genommen hatten die Buben der Frau Oberst den Hirschfänger aus Bonitas Rücken auf Herz und Nieren geprüft, bevor er wieder nach Gmunden geschickt worden war.

Der Wirt, der Jagdälteste, ließ den Feitel im Beutel um den Tisch wandern. Die Finger eines Schlächters, dachte der Brandner. Wie viele Krickerl hatte der Spies schon gebrochen? Wie viele Gnadenstiche gegeben? Wie viele Rehschnitzerl geklopft ...

„Das ist kein normaler Hirschfänger", dozierte der Spies feierlich. „Ganz besonderes Handwerk ist das, Brandner. Was Altes, sehr alt! Nur nicht von hier."

„Nicht von hier, nein", schloss sich der Hütti an. „Ein Meisterschnitzer, jaja." Er nickte wie üblich. Brandner nahm ihm den Feitel weg und reichte ihn weiter. Alle sahen wie auf Kommando zum Vorsitz am Stammtisch. Graf Moosberg setzte sich gemessen seine goldene Brille auf.

„Das da hat also die Bonita ..." Er räusperte sich. „Das hat sie in die ewigen Jagdgründe versetzt?"

Brandner nickte. Er war zum Platzen gespannt. Wenn einer sich mit historischen Waffen auskannte, dann der Antikhändler. Zärtlich wie ein Liebhaber strich der Moosberg über den Plastikbeutel und den darunter sichtbaren fein geschnittenen Hirschhorngriff.

„Kein dasiger Schnitzer", bestätigte er. „Mitte neunzehntes Jahrhundert. Kommt aus Tirol." Der Brandner war beeindruckt. „Hinteres Gschnitztal. Und ich weiß auch ... wem der gehört." Zufrieden griff der Herr Graf zum Glas.

„Du weißt es?"

„Freilich, Brandner." Wieder nahm der Moosberg einen Schluck. Das Leuchten des Jägers, der gerade sein Wild erlegt hat, stand ihm in den Augen. „Ich hab's ihm ja selbst verkauft. Da schaust! Gell?"

Damit hielt er ihm den Griff unter die Nase. „Jetzt schau einmal genau hin, Sheriff!"

Widerstrebend nahm Brandner den Feitel wieder an sich. Seit Tagen hatte er ihn wie eine Bibel betrachtet. Die Bibel zur Weisheit, der passende Schlüssel zur Klärung des Mordes an der armen Grundbichlerin. Endlich sah er es. Mikroskopisch klein am unteren Ende des Griffes war es kunstfertig eingeritzt. Zwei Buchstaben ins Hirschhorn geschnitten, umrahmt von dem kleinen Krönchen.

„H.F.?"

„Hufnagl Ferdinand! Der Konsumkaufmann aus Altmünster", nickte der Moosberg, mit seinem Gedächtnis sichtlich zufrieden. Brandner schüttelte ungläubig den Kopf. Das konnte nicht sein! Er kannte den braven Kaufmann seit seiner Kindheit. Der Hufnagl galt zwar als eher scheuer, ja geradezu verschlossener Mann, doch er genoss einen untadeligen Ruf. Wie auch immer. Brandner war klar, sie mussten dringend nach Altmünster hinaus.

„Also Sheriff! Spur aufnehmen!“ Der Graf schnüffelte wie ein Hund.

„Harter Hund, unser Brandner“, lachte der Hütti.

„Zahlen?“, fragte der Spies.

„Anschreiben!“

Damit stürmte der Inspektor zur Türe hinaus. Er hörte nicht mehr die Lacher am Stammtisch. Brandners Ausreden, die kannte man schon.

23.

Am nächsten Morgen war die Rosi bereits in die Schule gefahren. Zwar fand er keine Nachricht, aber die Thermoskanne mit Kaffee stand auf dem Tisch. Daneben wieder nur eine kleine Schüssel mit weißer Joghurtschicht obenauf. Die Rosi hatte ihn also wieder für dumm verkauft. Doch dieses Mal ließ er ihren Tofu stehen. Besser die Milli um ein paar Hinterwirth-Semmeln zu schicken, als sich je an dieses Pflanzenzeug zu gewöhnen. Hungrig und nicht eben bester Laune schwang sich der Inspektor aufs Rad. Ein sonniger Tag schien es zu werden. Der Parkplatz des Yachtclubs war, wie vor jedem Wochenende, bereits zur Hälfte mit Linzer und Wiener Autos gefüllt. Während er am See entlangfuhr, verließen die ersten Boote unter geblähten Segeln den Steg. Nur er nicht, dachte der Brandner düster. Seine *Stella* würde erst wieder auslaufen, wenn die Schlager-Sissi aufgetaucht war.

Sendewagen fremder Fernsehstationen reihten sich in der Schlossallee aneinander. Kurz vor der Brücke musste er um seinen Weg kämpfen. Dieses Mal war es nicht der Fritzl allein. Ein Dutzend Reporter hielt die Brücke zum Schloss versperrt. Sogar deutsche Fernsehsender waren dabei. Brandner wunderte sich, dass es diesmal so lange gedauert hatte, bis die Meute Wind gekriegt hatte.

„Haben Sie ein drittes Opfer entdeckt? Was, wenn der Schlächter wieder auftaucht!? Werden Sie anklagen? Was sagt die Polizei? ..."

Brandner schob sein Waffenrad wie ein Schlachtross mitten durch das Blitzlichtgewitter. Als er die Sicherheitstüre endlich hinter sich zugeworfen hatte, er hielt dabei die Meute mit seinem Hinterrad in Schach, stand der Birngruber da.

„Morgen, Chef!"

„Was macht die Fahndung?", knurrte der Inspektor anstatt einer Begrüßung.

„Nichts. Urlaub in den Bergen, sagt die Frau vom Konsum. Der ist wohl wirklich da oben."

„Aus, Schluss! Bring mir endlich den Hufnagl!", schrie er seinen Wachtmeister an.

„Ist ja nicht meine Schuld, wenn der hinauf auf den Dachstein geht!", kam es beleidigt zurück.

„Entschuldige, Seppi." Brandner schämte sich, er hatte die Nerven verloren. Wenn einer reif für die Berge war, dann war es wohl er selbst.

„Wo ist die Milli geblieben?"

„Date", schnappte der Birngruber. In der Dienstzeit? Das war neu. Brandner realisierte, dass die Frechheiten, die sich die Milli leistete, nun endgültig eine neue Stufe erreicht hatten.

„Ich fahre noch einmal zum Hufnagl-Markt hinüber."

„Tu doch, was du nicht lassen kannst." Der Seppi trollte sich. Hinter ihm knallte die Tür.

Diese Diva! Verärgert schnappte der Brandner die Schwimmweste und verließ den Posten nach hinten hinaus. In kaum fünf Minuten brachte ihn das Polizeiboot nach Altmünster hinüber. Doch weder der kühle Fahrtwind noch die lachende Frühlingssonne über dem Traunstein vermochten ihn aufzuheitern. Ein Postenkommandant, der aus seinem eigenen Revier wie ein Fahnenflüchtiger floh. Vor wem? Vor dem Foto-Fritzl und seiner Meute von Bluthunden.

Gustl Brandner wandelte auf der Strandpromenade in Altmünster wie auf dem Weg zurück in seine Kindheit. Wie oft war er mit den Großeltern hier in Altmünster eingekehrt. Schon damals hatte die tüchtige Kaufmannsfamilie Hufnagl den besten Leberkäse weit und breit verkauft. Auf eine Leberkässemmel zum Hufnagl, hatte es nach langen Schultagen oft für den kleinen Gustl geheißen. Später hatten die Hufnagls ihren neuen Großmarkt an der Straße gebaut, seither tummelte sich dort viel Personal. Der Brandner hatte Pech, niemand aus der Familie war heute anzutreffen, wie er an der Kassa erfuhr. Die Frau Berta an der Fleischtheke wisse wohl mehr über den Urlaub vom Chef.

„Jo mei, das gibt's doch gar nicht!"

Strahlend kam sie hinter dem Fleisch hervor. Eine Augenweide wie damals, wie der Brandner fand. Die Jahre waren scheinbar spurlos an ihr vorübergezogen. Direkt unverändert sah die Köpplinger Berta in ihrer Fleischerschürze aus.

„Guten Morgen, liebe Frau Berta!"

„Der Gustl. Jo mei!“ Sie tätschelte ihm tatsächlich die Wange, wie damals. Er ließ es lächelnd geschehen und befreite sich ohne Eile. Schon als Bub hatte ihm die hübscheste Konsumverkäuferin mehr als gefallen. Wenn er es recht bedachte, war sie seine erste große Liebe gewesen. Freilich eine nie erfüllte, eher eine einseitige Angelegenheit, wie er sich nach einigen Monaten täglicher Besuche eingestanden hatte.

„Sie wissen, warum ich hier bin?“, bemühte er sich um einen amtlichen Ton.

„Na, es werden doch nicht gar die Süßigkeiten sein?“ Die Berta schmunzelte verführerisch. „Ich weiß schon“, lachte sie gleich noch viel mehr, da sie auch ihn zum Lachen gebracht hatte. „Dein Kollege war ja gestern schon da. Der Inspektor Weingruber hat gesagt, ich darf mit niemandem darüber reden.“

„Wachtmeister Birngruber“, korrigierte Brandner freundlich und fügte vorsichtshalber noch eine Erklärung hinzu, da er nie wusste, welchen Eindruck der hinterließ. „Der Seppi ist nicht vom See, der kommt aus Vorchdorf.“

„Das erklärt alles.“

„Also ... wo ist er denn nun, der Herr Ferdinand?“

„In die Berg! Auch dem Beinhuber habe ich das schon gesagt!“

„Zwei Wochen lang? Der Herr Birngruber und ich machen uns große Sorgen ...“

„Ach wo!“ Sie wischte unbekümmert mit dem Wursthandschuh durch die Luft. „Der Chef ist auch oft drei Wochen weg.“ Frau Köpplinger winkte einem der Mädchen, das eilig seine Handschuhe überstreifte und eine Kundschaft, einen bekannten Wiener Kabarettisten, übernahm. Berta lachte den Brandner an. „Zach ist er, der Chef kummt uns schon net um!“

„Aber wovon ernährt er sich dann dort oben im Wald?"

„Na, er nimmt sich halt immer einen Zwanzigerkarton mit."

Brandner stand die Frage wohl ins Gesicht geschrieben.

„Von der Gulaschsuppe red ich!", beruhigte sie den Inspektor. „Zwanzig Dosen hat er in seinen Kombi getan."

„Zwei Wochen Gulasch?"

„Ach wo. Er kommt ja auch wieder herunter von da oben. Zum Schwammerl suchen. Und den Jagdschein, den hat er auch. Der Chef braucht das." Dem Inspektor kam in den Sinn, was Entführer außer Schwammerln und Gulasch wohl noch so brauchten und hier im Markt fanden, also scharfe Messer, Kabelbinder, Klebeband. Doch das behielt er hier besser für sich. Die gute Frau war ja ahnungslos über das mutmaßliche Treiben ihres Brötchengebers.

„Zum Leberkäs", wechselte er das Thema. „Behalten Sie es bitte für sich, aber wir haben Rückstände eines Betäubungsmittels darin gefunden. Es sieht ganz so aus, als hätte man schon das erste Opfer mit Rohypnol betäubt. Und auch die Grundbichler Bonita hat Rohypnol-Leberkäse im Magen gehabt. Sag, liefert ihr nicht auch an den Spies?"

„Und jetzt glaubst du, wir verkaufen Giftleberkäs?" Die Köpplinger Berta lachte heraus.

„Ich meine ja nur", begann der Inspektor plötzlich kleinlaut, es war ihm peinlich, dass er seinen Verdacht geäußert hatte. „Vielleicht hat ja jemand einen ganzen Laib bei euch gekauft, den dann behandelt und ..." Er wusste nicht recht weiter in seiner Verlegenheit.

„Komm her, Gustl." Sie zog ihn zur Warmhaltebox hinter der Fleischtheke, entfernte den Anschnitt von einem frischen, rotbraun gebackenen Leberkäslaib und schnitt davon eine dicke Scheibe ab. Die legte sie auf einen Teller und teilte sie in der Mitte. Eine Hälfte steckte sie Brandner mit nackten Fingern in seinen Mund, mit der anderen Hand bediente sich die Berta selbst.

„Schmeckt's dir?"

Er konnte nur nicken mit vollem Mund. „Euer original Hufnagl-Hausleberkäs ..."

„... kommt aus Linz!", lachte sie. „Vom Leberkäs-Pepi. Natürlich macht der Ferdi noch seinen Hausleberkäs, doch bei den Mengen, die wir verkaufen, reicht das einfach hinten und vorne nicht. Aber das behältst jetzt du ganz für dich, gell?" Die Köpplinger Berta zwinkerte auf ihre unwiderstehliche Art. Ganz wie damals, dachte der Inspektor.

„Na dann." Er lächelte betreten und schielte zum Ausgang. Sie schickte sich an, ihn zu begleiten.

„Da hast du, Gustl!" Mit diesen Worten griff sie an der Kassa in die süße Box. Sie hatte es nicht vergessen. Wie einst steckte ihm die unwiderstehliche Frau Berta noch etwas in den Mund. Es war der unnachahmliche ...

„Der Meister Pop?" Brandner lutschte gerührt.

„Kirsche. Wie immer." Sie nickte, wie die Berta schon immer genickt hatte. Gütig, im Scherz mit drohendem Finger, den legte sie noch auf ihren Mund. „Aber psst! Sonst heißt's bald, beim Hufnagl gibt's alles geschenkt."

Bester Laune und mit einem Lächeln um seinen Kirschmund fuhr der Inspektor zurück über den sonnigen See. Erst da fiel es ihm ein. Er hatte sich ganz schön einkochen lassen, von der Berta und ihrem Lutscher. Nicht einmal die Lagerräume der Familie Hufnagl hatte er inspiziert.

***

Punkt zwölf Uhr mittags legte der Brandner wieder auf der Insel an. Auf dem Posten fehlte noch jede Spur von Oberst Karl. Wahrscheinlich, dachte er verstimmt, erholte sich die Frau Oberst noch immer von ihrem Verhör. Oder von ihrer Liebesnacht. Oder von beidem. Brandner tippte auf eine Luxus-Suite im Dachgeschoß und Schampus aufs Haus. Sie war ihm nicht gleichgültig, auch wenn er sich genau das einzureden versuchte. Immerhin, die Milli saß wieder an ihrem Platz, und obwohl er den verwischten Lippenstift sofort bemerkt hatte, beschloss der Brandner, sie nicht gleich zur Rede zu stellen. Es gab Wichtigeres.

„Ich brauche eine Verbindung. Die Frau Doktor Fuchs!" Innerhalb von Sekunden, es mochte wohl Millis schlechtes Gewissen sein, hatte sie die Leitung hergestellt. Er ließ es zwölfmal läuten, die Füchsin war wieder einmal außer Haus. Brandner hätte es wohl noch viel öfter läuten lassen, war er doch mit allerhand Gedanken beschäftigt, der regelmäßige Rufton half ihm, sie zu ordnen, etwa seine Gedanken über die rätselhafte Bergtour des Feinschmeckerkaufmanns. Da kam ein Anruf. Brandner war sofort klar, dass es um eine Dringlichkeit ging, als er die Nummer erkannte.

„Brandner?", meldete er sich förmlich.

„Jaja. Wirst kommen müssen, Brandner", drang es aus dem Apparat des gewichtigsten Gmundner Anwalts. „Wird dringend sein!"

„Gut", begrüßte ihn der Advokat. Wie immer im Sitzen. „Gut, dass ich ein Zeitfenster hab. Werde mich dennoch kurz fassen. Kurz!"

Brandner schüttelte seine Hand und setzte sich. Er hielt es nicht für nötig, sich für sein Hiersein oder für

die Zeit des Schnöditz zu bedanken. Schon gar nicht, wo sein Gegenüber gleich zu Beginn durchblicken ließ, ja betonte, wie ungern er sich dieselbe nahm.

„Gedauert hat's lang, aber ..." Der Schnöditz rieb sich die Hände. Er jubilierte geradezu. „Werden nun durchblicken können, Brandner. Durchblicken!"

Das konnte spannend werden. Der Anwalt legte einen dicken grauen Aktenordner direkt vor dem Inspektor auf den Tisch. Schnöditz hatte wohl erwartet, dass er zugreifen werde, denn er machte eine längere Pause. Endlich räusperte er sich. Hörbar verärgert.

„Werden uns da also einiges ansehen müssen, Brandner. Einiges durchlesen. Lies!"

So freundlich gebeten nahm der Inspektor nun also doch den Ordner zur Hand und tat so, als würde er ihn studieren.

„Ärgerlich, das Ganze", fuhr der Anwalt fort und seufzte belastet. „Alles ärgerlich. Ganz, ganz ...", Schnöditz kraulte sich bedächtig am Hinterkopf, „ärgerlich."

Er schien noch etwas zu zögern. Dann legte er los. Was Brandner zu hören bekam, sollte ihn für alles Vorherige entschädigen. Ganz entschädigen. Ganz.

„Pass auf. Ich habe lange überlegt, ob ich es dir sagen soll, aber die *Sissi Corporation* ... eine Holding ist das." Er sah zum Inspektor hinüber, ob der ihm noch folgen könne. „Holding-Konstruktion. Da gibt es Eigentümer. Im konkreten Fall zwei. Wenn nun einer ... du verstehst?" Schnöditz schien das Schreckliche nicht aussprechen zu wollen.

„Stirbt", ergänzte der Inspektor. Der Anwalt nickte gnädig.

„Wenn nun dieser Holdingvertrag schlagend würde, im erwähnten Fall, dann gehen Sissis Anteile an den anderen ..."

„Dann erbt der Schröder!", stieß der Inspektor verblüfft hervor.

„C'est ça", schnarrte der Schnöditz. „Aber vielleicht lebt die ja noch. Guten Tag!"

24.

Es war so weit. Den ganzen Tag über war ihm die Rosi schon in den Ohren gelegen. Sein Kindermädchen nahm sich wieder einmal ihres Lieblingsthemas an. Cool müsse er bleiben. Einfach nur cool müssten die Männer von heute sein, damit ihnen eine Frau an die Angel ging. Genau deshalb, so die Rosi, solle er sich heute Abend nur ja nicht aufregen. Nicht aufregen? Niemand benahm sich nervöser als die Rosi selbst. Sie war es ja auch gewesen, die gemeint hatte, dass es nun endlich wieder an der Zeit sei. Schließlich liege das nun über ein Jahr zurück, das mit der Perserin. So eine Prinzessin!, hatte die Rosi gemeint und den Mund verzogen. Er brauche nun endlich ein Date!

Einmal dazu entschlossen, die Füchsin auszuführen, war ihm schnell klargeworden, dass es mit ein paar Fischen beim Trawöger oder mit einem Schweinsbraten wohl nicht getan war. Rosen und Schampus, das war die Frau Doktor. Rosen und Schampus, Romantikdinner also. Gott sei Dank hatte er gleich drüben beim Grünbergwirt reserviert. Dem hatte er auch noch persönlich eingeschärft, dass es diesmal um einen besonderen Anlass ging. Brandner erinnerte sich noch gut, wie das erste und zugleich letzte gemeinsame Abendessen mit der Frau Doktor verlaufen war. Sie hatte ihn zu sich nach Hause eingeladen. Er hatte seinen besten Rock ausgeführt, hatte den besten Sekt seines Kellers in die Hand genommen und den elegantesten Seidenschal um den Hals. Mann mit Schal, hatte die Füchsin schon zum Einlass gemeint, Mann und Schal, beides sei vielfältig zu gebrauchen. Damit hatte sie ihn zur Türe hereingezogen und verdorben gegrinst. Dass es damals nicht geklappt hatte, gestand Brandner sich ein, also dass er damals vor ihrem Bett geflohen war, war alleine an ihm gelegen. Und an Stella. Seine letzte große Liebe, eigentlich seine einzige. Er hatte die Geschichte einfach noch nicht verarbeitet gehabt.

Ernüchtert ließ er sein Liebesleben an den ersten zwei Fingern seiner Linken vorüberziehen. Heute standen die Dinge anders. Seit einem Jahr war er geläuterter Single, noch dazu im besten Alter, sein Körper vibrierte vor Erregung. Brandner erwartete sich viel vom heutigen Abend.

Der Pernkopf Franz hatte sich Mühe gegeben. Sogar eine Rose hatte der Grünbergwirt eigens für sie auf den Tisch gestellt. Nervös war er dennoch, der Brandner. Nervös wie damals, in der siebten Klasse, er hatte die Dagmar gedatet. So hieß das ja heute wohl.

„Tu's, Brandner!" Die Dagmar beugte sich über ihn. Die Lippen offen wie reife Marillen. Sie leckten an ihm. „Tu es endlich, Brandner!"

„Brandner?"

Er schreckte hoch. Die Hände klebten. Die Füchsin stand vor ihm am Tisch. Wie ein Fotomodell, einsachtzig mindestens, rechnete er sich rasch aus, mit den hohen Hacken an ihren endlosen Beinen. Vom weißen Arztmantel hatte sie auf Sommerkleid umgestellt. Flieder und hellgrün, kurvig und ... kurz. Der Schweißausbruch weichte sein Hemd auf, als hätte er ein Seebad genommen.

„Griaß di. Also ... sehr ... schön siehst du aus."

„Servus!", strahlte die Füchsin und lachte zu seinem Begrüßungsgestammel. Er hätte sich am liebsten selber eine übergezogen, verzweifelte der Brandner, als er ihr den Sessel unter den deutlich sich abzeichnenden Hintern schob. Wie immer fragte er sich, wie ein dünnes Stück Stoff den Kurven der Füchsin standhielt. Doch was sollte das Riesentrum da um ihren Hals?

„Meine Lieblingskette." Die Frau Doktor hatte den Blick bemerkt. „Silberkoralle. Ist sie nicht schön?" Etwas unpraktisch, dachte der Brandner. Unter Umständen sollte man sich ja näher kommen. So weit sein Plan.

„Fabelhaft", sagte er laut und nahm Platz.

„Ja, schön, dass es endlich geklappt hat. Aber ehrlich ... ich hätte das Ganze da ja nicht gebraucht." Sie deutete auf den festlich gedeckten Tisch, die Rose, die silbernen Kerzenleuchter. „Ich meine ... für eine Besprechung zu Bonitas Mageninhalt."

Aha. Sie versuchte also, den dienstlichen Anschein zu wahren. Brandner sah auf ihren schlanken rotlackierten Finger, der über die Gmundner Bucht zeigte. Vom Grasberg bis zum Feuerkogel glimmten die Hügel im Abendlicht. Er sah ihren Erdbeermund, der sich im kindlichen Staunen über das Aussichtswunder geöffnet hatte. Zum Kuss geformt, dachte der Brandner und sank in ihre Augen. Sie strahlten. Fabelhaft, wäre das Wort gewesen. Doch das hatte er wohl eben gesagt.

„Also dann", ihre Stimme riss ihn aus seinem siebten Himmel. „Wollen wir nicht anfangen?"

Er nahm sich zusammen. Bis jetzt hatte er alles richtig gemacht. Endlich sah er klar. Heute oder nie. Die Frau Doktor und er. Brandner lächelte ihr zu und prostete mit seinem Aperitifschnapserl. Jetzt oder nie. Seine Hand wanderte über den Tisch.

„Jenny ..." Da läutete sein Telefon. „Jetzt nicht, Seppi!"

„Aber Chef, wichtig wär's."

„Na was?" Was konnte so wichtig sein wie die Frau Doktor hier?

„Wegen der Leich ... Also ich glaub, Chef, die ham wir jetzt."

Das Paket stand auf dem Dinnertisch. Rosarot mit purpurroter Schleife darum. Das Fräulein saß wie versteinert davor. Sogar die Dinnerserviette lag noch immer auf ihrem Schoß. Der Brandner stand dahinter und hatte die Hand auf ihre Schulter gelegt. Schockbehandlung erforderte Körperkontakt. Zumindest laut polizeilichem Fortbildungskurs.

„Das hat sie nicht verdient", stammelte Klein, sie hielt den Kopf in ihre Hände gestützt, sichtlich gebeugt vor Gram. Brandner hatte gedacht, was wohl alle dachten. Der beschränkte Birngruber sprach es aus.

„Das passt genau. Armes Goscherl!"

Brandner maß das Paket nochmals mit seinen Blicken, er musste dem Seppi Recht geben. Größer als ein Kopf. Die zierliche Voglhuberin passt allemal bequem da hinein. Eine grausame Bescherung war das, natürlich wollte sie keiner auspacken. Es hatte ja so kommen müssen. Sie hatten die nächste Forderung abgefangen, bevor sie dem Fräulein zugestellt worden war und somit die Pläne des Entführers durchkreuzt. Doch wie abartig musste einer sein, um … Die helle Wut packte den Inspektor, er konnte unmöglich seinen Blick von dem Paket lösen. „Also gut, ich mach's", bekannte die Frau Oberst mürrisch. Sie hatte ihren Abend mit dem Schwan Michi platzen lassen müssen. Behutsam streifte sie die Untersuchungshandschuhe über. Dann zog sie langsam die rote Schleife auf und hob den runden Deckel ab. Brandner wandte sich voller Ekel ab und ging im Geiste die Ermittlungsergebnisse durch. Der Alpen-Elvis konnte praktischerweise sein Ebenseer Gspusi als Entlastungszeugin vorweisen. Nach Aussage der sehr sehenswerten Putz Resi, so der Birngruber, hätte ihr intensives Beisammensein mit dem Elvis in Ebensee gar bis Sonntagnachmittag angedauert. Auch der Direktor Obermeier war wohl aus dem Schneider. Die eigene Frau gab dem Treulosen nach wie vor ein eisernes Alibi. Ehekrach nicht ausgeschlossen, dachte Brandner wenigstens mit gewisser Genugtuung. Im Grunde blieben da nur noch zwei übrig. Es fiel schwer, Doktor Schröders Behauptung zu glauben, er habe die Nacht von Vronis Tod gemeinsam mit der Schlager-Sissi im Brunnenhotel verbracht. Der Doktor hatte bei der Rosi wieder ausgecheckt, was Brandner ihm nach dem scharfen Verhör zu Hause im Bügelzimmer allerdings nicht wirklich verübeln konnte, und war seither verschollen. Auch der Hufnagl Ferdinand hatte für die Mordnacht kein Alibi, er urlaubte offenbar immer noch in den Bergen. Angeblich allein.

„Die Jumbopackung!" Birngrubers Stimme riss Brandner aus seiner Versenkung. „Die gibt's grad beim Hufnagl im Angebot." Auch dem Brandner waren die Mozartkugeln an der Kassa aufgefallen. Die Frau Oberst stellte den Sack vor ihnen auf den Tisch. Kein Zweifel: hundert Stück original Salzburger Mozartkugeln. Brandner betrachtete das Etikett, am unteren Ende klebte noch das Preispickerl. Konsum Hufnagl. Konnte einer tatsächlich so dämlich sein? Seine eigenen Pralinen zu verteilen. Der war geliefert, der Hufnagl, wenn er denn endlich wieder auftauchte.

„Uhhh", kam es von der Frau Oberst. Mit verkniffener Miene und einem Arm vor dem Mund deutete sie in die Box. Ein süßlicher Geruch strömte hervor. Brandner lief es kalt über den Rücken. Auch der Birngruber war bleich wie Wachs. Brandner legte seinen Arm um das Fräulein.

„Wir zahlen", stöhnte sie. „Was immer es kosten mag."

***

„Ein Fuß?“, kreischte die Milli, als Inspektor Brandner das Packerl vorsichtig auf seinen Schreibtisch stellte. Er nickte stumm vor Schreck, öffnete angewidert die Schachtel und blickte wieder auf den Zettel mit der Botschaft hinab.

1.000.000 EURO, NUR GROSSE SCHEINE. MORGEN UM MITTERNACHT WIEDER AM SEE. WEITERE ANWEISUNGEN FOLGEN! WIRD DIESE FORDERUNG NICHT ERFÜLLT ODER SCHNÜFFELT DIE POLIZEI, KLEBT HIER BALD SISSIS KOPF!

Groß und deutlich stand es da. Wieder hatte man die Buchstaben aus einer Zeitung geschnitten. Das blutbefleckte Papier lag auf dem Schreibtisch.

„Eine Million!“ Die Frau Oberst donnerte im Generalsschritt auf und ab.

„Höchstens ein Tag“, erklärte Brandner, auch er war nervös. „Dann hat Frau Klein die Summe hier auf der örtlichen Bank, hat sie gemeint.“

Nach dem neuerlichen Schock, so ein halber Fuß war ja keine Alltäglichkeit, hatte er sie wieder zurück auf ihr Zimmer und zu Bett gebracht.

„Wer immer dem Fräulein einen Tag Zeit gibt, weiß also über die Bankmodalitäten der *Sissi Corporation* Bescheid“, folgerte Oberst Karl. Dann seufzte sie. „Wir können sie nicht daran hindern zu zahlen. Aber wir halten uns natürlich wieder im Hintergrund. Bringen S’ den Fuß zur Frau Doktor und dann ab ins Bett! Das gibt wieder einmal eine lange Nacht morgen.“ Die Frau Oberst winkte ihn hinaus, Brandner erhob sich. Dieses Mal würden sie Heizungsbatterien mitnehmen, und Thermoskannen. Er sah seinem Wachtmeister durch die Tür nach, der sich im Parteienverkehr an das Auswickeln seiner Abendjause machte. Es blieb nur zu hoffen, dass sich das Frieren dieses Mal auszahlen würde.

„Da gibt es noch etwas ...“, druckste der Inspektor herum und wurde rot. Die Frau Oberst nahm ihn mit zugekniffenem Auge ins Visier.

„Der Feitel.“ Er sah wieder durch die Türe zum Birngruber, doch der widmete sich hingebungsvoll der Milli und seinem Leberwurstbrot. Von einem hungrigen Birngruber war eben keine Hilfe zu erwarten.

„Der Jagdfeitel ... im Rücken der Grundbichlerin, der trug ein Monogramm eingeritzt. H. und F. Das heißt dann wohl Hufnagl Ferdinand.“

„Unser Sherlock Holmes ... seit wann weiß er davon?“ Karls Ton klang falsch freundlich.

„Ich kenne den Hufnagl! Der würde nie jemandem etwas tun.“

„Seit wann, Brandner?!“

„Der Spies hat's entdeckt, ich hatte ja selbst keine Ahnung.“

„Der Spies. Am Montagsstammtisch? Heute Abend kommen Sie mir damit daher?!“

Nach einem weiteren Schreianfall sah der Inspektor wieder klarer. Es gab nur eine knallharte Frau Oberst, keine Privatfrau Monika Karl. Sein Handy läutete unten im Hof in dem Moment, als er sich auf seinen Sattel schwang. Rosi stand auf dem Display.

„Gustl? Sehr gut. Ich brauche Eier. Alle Greißler haben schon zu. Aber der Krapfenberger vom Brunnenhotel hat noch diese Bauerneier, ich hab gerade mit ihm telefoniert. Zwei Schachteln, gell? Du weißt ja, dein Kaiserschmarrn ...“

„Jaja!“, schrie er. „Deine verdammten Eier hol ich dir! Und jetzt lass anständige Leut arbeiten!“ Sollte die doch zusehen, dass sie endlich wieder einmal ihren Haushalt in den Griff bekam. Doch die Rosi hatte schon aufgelegt. Weiberwirtschaft! Und die nächste Prinzessin wartete wohl schon wieder auf ihn ...

***

„Brandner?“, kam es genervt aus der Gegensprechanlage.

„Ich bin’s“, er hüstelte. Sie hatte es wieder geschafft, schon der Gegensprecher der Füchsin verunsicherte ihn bereits.

„Komm herein. Hab dich schon erwartet.“

„Freitagabend“, seufzte Frau Doktor Fuchs in resigniertem Ton, als er mit gemischten Gefühlen vor ihrem Schreibtisch saß. Sie hatte sich nach dem geplatzten Dinner wieder umgezogen. „Ich hatte mich eigentlich auf unser entspanntes Abendessen gefreut! Also, was gibt’s?“

„Das da!“ Er zog die Handschuhe über und das Säckchen aus der Dose wie ein Zauberer das Kaninchen aus seinem Hut.

„Mozartkugeln? Als Wiedergutmachung?“, lächelte die Frau Doktor matt. Doch dann sah sie genauer hinein. Schon leuchteten ihre Augen, er hatte die Leidenschaft der Füchsin zum Leben erweckt.

„Wie lange“, fragte Brandner, als er sich selbst wieder besser fühlte, „überlebt man so was?“ Langsam rückte er den Drehstuhl für medizinisches Personal an ihren Seziertisch heran. Die Füchsin hatte das Mitbringsel in ein großes, rundes, von unten beleuchtetes Reagenzglas gestellt. Seit einer Viertelstunde betrachtete sie es nun schon.

„Mit halbem Fuß? Ohne Krankenhaus?“

Er nickte.

„Vielleicht ein paar Tage, vielleicht auch Wochen, zumindest bis der Wundbrand kommt. Den überlebst du aber nur mit den richtigen Medikamenten, und wenn man fachgerecht amputiert hat.“

„Fachgerecht amputiert“, wiederholte der Inspektor, der nicht gerne zugab, wenn er etwas nicht wusste, schon gar nicht gegenüber der Frau Doktor Neunmalklug. Sie lächelte selbstzufrieden.

„Du brauchst eine sterile Umgebung, so ähnlich wie hier. Dann ein scharfes Messer. Oder ein kleines Beil ...“ Sie verfiel wieder in stilles Betrachten und widmete sich ihrem Glas. Er sah ihre leuchtenden Augen. Ob die Füchsin wohl auch privat amputierte? Vielleicht hatte die ja einen stillen Keller zu Hause ... Entsetzen packte ihn. Nein, da ging nun wieder einmal die Fantasie mit ihm durch. Sicherheitshalber rückte er den Stuhl doch wieder zur Seite. Noch immer maß sie ausführlich von allen Seiten das Forschungsobjekt.

„Nicht schlecht. Direkt gut erhalten.“

„Könntest du bitte etwas präziser sein?“

„Ein Damenfuß“, kam es ungerührt, „kann durchaus von der Vermissten stammen. In drei Tagen wissen wir's.“ Sie knipste das Licht unter dem Reagenzglas aus. Drei Tage? Die Füchsin hatte ihm DNA-Vergleiche doch auch schon innerhalb von ein paar Stunden geliefert.

„Weil's Freitagabend ist“, schien sie seine Gedanken zu lesen. „Ob du's glaubst oder nicht. Ich habe neben dir auch noch ein Privatleben. Schließlich hattest du heute deine Chance!“

„Und wir haben eine Geisel! Die vielleicht noch einen Tag lebt. Hörst du? Vorausgesetzt, das Fräulein vom Schlosshotel zahlt morgen um Mitternacht eine

Million!“ Himmelarsch. Er musste wohl nicht weiter ausführen, dass es diesmal dringend war.

„Eines macht mich stutzig …“ Sie stellte das Licht wieder an, drehte den Fuß mit der Pinzette im gleißenden Licht. Gott sei Dank, sie hatte wieder Blut geleckt. „Der ist zu gut.“

„Wie?!“

„Der Erhaltungszustand.“

„Du meinst, er müsste mehr …“, er versuchte das Wort zu vermeiden, „verwest sein? Nimmt man ihn direkt von der Leiche ab, dann ja.“

Sie nickte.

„Das würde also bedeuten, dass die Sissi heute noch am Leben war?“

„Wenn es sich um ihren eigenen Vorfuß handelt. Außer …“ Schon wieder schüttelte sie den Kopf. Als wollte sie einen Gedanken verwerfen.

„Außer?“

„Entweder wurde die Dame, nehmen wir an, die Schlager-Sissi, bis zur Amputation medizinisch versorgt. Oder …“

Oder was? Der Brandner befürchtete, wieder die Geduld zu verlieren. Auch sein Tag war nicht eben reines Honiglecken gewesen. Und dann warteten beim Brunnenwirt ja noch Rosis Eier auf ihn.

„Nun ja … ich hatte schon beim ersten Mal daran gedacht. Wegen des hohen H_2O-Anteils in dem Finger.“ Sie lächelte ihn spöttisch an.

„Was?!“, knurrte er.

„Also gut. Irgendjemand hat deine Sissi wohl ein bisserl eingekühlt.“

25.

„Willkommen! Schön, dass du da bist!“ Der Brunnenwirt trug ein buntes Hawaiihemd und enge Bermudas, die ihm leidlich gut standen. Doch als der Brandner die Lage erkannt hatte, war es bereits zu spät.

„Herzerlabend! Dein Glückstag, Brandner! Du kommst so rein.“ Wie eine Handschelle klickte das pinkfarbene Plastikband an Brandners Gelenk, und der Krapfenberger drückte ihm rasch ein Glas in die Hand.

„Eier? Nein, die Rosi hat nur gesagt, dass du vorbeikommst. Zum Dirndl schauen!“ Brandner spürte den Ellbogen des Brunnenwirts zwischen den Rippen. „Aber Eier hab ich genug, hol sie dir nachher. Jetzt amüsier dich! Lust und Liebe fragen nicht nach dem Alter!“ Der Krapfenberger gab ihm noch einen heftigen Klaps mit auf die Schulter.

Das war ja wieder typisch! Die Rosi hatte ihn einfach hergelockt. Brandner sah sich um. Vom einstigen Speisesaal her dröhnte Schlagermusik aus einer Stereoanlage im Halbdunkel voller Diskokugeln. Brandner traute kaum seinen Augen. Halb Gmunden war da. Da lachte der Reindlinger Arm in Arm mit dem Bürgermeister und hatte soeben Schampus bestellt. Jessas, der Graf Moosberg und die Frau vom Obermeier! Hoffentlich wurde da nichts draus, der Inspektor fühlte sich zusehends unwohl, da hatte ihn der Brunnenwirt schon um die Hüfte gepackt. Er tanzte mit ihm nach hinten in das wilde Treiben hinein. Brandner suchte im Dickicht der eng umschlungenen Paare nur eines, die Bar.

„Haremsblumen“, seufzte eine Frauenstimme sanft hinter ihm. „Seltsames Motto, finden Sie nicht?“ Vergeblich versuchte er inmitten des Diskolichts, in Rauchschwaden von Erdbeerduft die Dame zur Stimme auszumachen. Natürlich hatte auch er das neue Partnerkonzept im Hotel als etwas exotisch empfunden. Doch vielleicht, dachte der Inspektor, war das ja das einzig Richtige für den heutigen Abend. Sein Tag war schließlich ein reiner Alptraum gewesen. Das geplatzte Romantikdinner. Die Füchsin hatte ihn mit ihren Andeutungen so richtig heiß und dann so richtig fertiggemacht. Nun drang ihm die schmalzige Country-Tanzmusik einschmeichelnd ins Ohr und er begann sich zu entspannen, ja, er fühlte sich richtig wohl dabei. Langsam gewöhnten sich seine Augen an das schummrige Licht, da dämmerte es ihm. Alle Damen trugen Bikini, zumindest bauchfrei. Er war mitten in einem jener freizügigen Abende gelandet, von denen man in seiner Welt bisher nur hinter vorgehaltener Hand erzählt hatte.

„Bummvoll, mein Laden." Der Brunnenwirt legte glücklich und leicht bedient den Arm um ihn. „Tanzen gehen?"

„Danke dir", lehnte der Brandner vehement ab.

„Ich meinte ja, ob du vielleicht die Suleika dort drüben auffordern gehst. Na ja, ich suche noch einen Eintänzer. Dein Schaden soll's auch nicht sein." Der Brunnenwirt wedelte ihm mit einem Packen Hunderter vor der Nase herum.

Der Inspektor schob die Banknoten weg, da fiel ihm ein, dass er den Krapfenberger als Einzigen noch nicht danach gefragt hatte.

„Der Hufnagl?" Der Hotelier schüttelte nur den Kopf. „Der ist doch mit dem Fischer da unten in Altmünster so dick. Mit dem Trawöger. Aber jetzt lass endlich das Recherchieren. Rein ins Vergnügen!"

„Haben Sie den Fall nun schon aufgeklärt?" Wieder die sanfte Frauenstimme. Diesmal lag eine Hand auf seiner Schulter. Brandner drehte sich um.

„Das Rehlein!“ Er war baff.

„Ich meine ... Fräulein Klein!“ Was war nur mit ihr geschehen? Endlich verbarg kein weiter Sack mehr diese zarte Figur. Sie trug ein verdammt kurzes Abendkleid. Tief dekolletiert, es war ...

„Wundervoll! Äh, toll ... dass Sie hier sind. Ich meine. Also, ich hab halt geglaubt, dass da heut nur ein paar Krapfen da sind.“

„Na, hoffentlich hab ich Ihr Frauenbild nicht zerstört?“ Sie lachte herzlich und drehte sich höchst elegant. Kein Hinken mehr! Kein linkisches Krächzen in ihrer Stimme. War sie wirklich erfreut, ihn zu sehen? Allerdings erschien die schöne Lucy ihm nun auch in einem anderen Licht. Beinahe kühn, am Vorabend der Geldübergabe in so ein Etablissement zu gehen ...

„Was nehmen Sie, Herr Sonderermittler?" Ohne abzuwarten legte das Rehlein dem Brunnenwirt einen Schein auf die Bar.

„Ein Bier ... – einen Whiskey!", korrigierte sich der Brandner. Zu überrumpelt, um sich nicht von ihr einladen zu lassen. Der Brunnenwirt schenkte grinsend ein und stellte ihm gleich noch die Flasche hin. Das Rehlein zog ein Päckchen aus seinem Täschchen. Es rauchte! Als Mann, also da müsste er doch ... Er griff in sein Sakko. Zwecklos, er war schließlich schon ewig kein Raucher mehr, im letzten Moment griff er zum Kerzenhalter und hielt ihr die Flamme abenteuerlich hin. Lächelnd ließ sich das Rehlein in Brand setzen.

„Willst du?"

Nach ein paar Zügen hatte er sich eingepafft wie ein ganzer Mann.

„Der Finger!", hustete er. „Also, die Sissi. Ich meine, die Frau Doktor meint, dass ihr Finger am Leben ist, also eigentlich sie." Das Fräulein hatte sich auf seinen Unsinn wohl den richtigen Reim gemacht, sie sah mit einem Mal ernst und erleichtert drein.

„Wundervoll. Ich danke ... dir."

Dir! Tatsächlich. Ihre Augen strahlten, sprühten braune Funken. Der Brandner strahlte zurück. Endlich! Ein bisschen Glück. Auch für ihn. Der Inspektor hob den Whiskey, direkt feierlich. Das Rehlein prostete ihm zu, dann schmiegte es sich an seinen schweißgebadeten Sakkoarm. Jetzt wurde ihm richtig heiß.

„Es wäre schön, Gustl, wenn du morgen an meiner Seite wärst. Also am Ufer, wenn ich ..."

„Wenn du das Geld übergibst.“

„Das letzte Mal, Gustl, haben sie euer Boot bestimmt bemerkt. Die sagten doch, keine Polizei! Du, ich könnte mir nie verzeihen, wenn ...“

Das Rehlein senkte den Kopf, ihr zartes Herz brachte das Unaussprechbare nicht über die Lippen. Großer Gott! Diese Lippen. Das Fräulein brachte ihn noch um den Verstand.

„Es wird ihr schon nichts passieren“, beruhigte er sie und fühlte sich souverän wie nie. „Keine Angst. Ich werde am Ufer stehen. Überhaupt ...“ Er dämpfte unter schrecklichem Husten die Zigarette aus. „Also, ich weiß jetzt, das heißt, ich glaube, dass ein Einheimischer dahintersteckt.“

„Oh Gustl! Einer von hier? Am Ende läuft mir der über den Weg!“

„Ach wo! Jetzt bin ich ja da! Scheinbar lockt er die Opfer ins Taxi, betäubt sie mit Leberkäs, und dann ...“

„Großer Gott! Was für ein Mensch!“

„Keine Angst. Ich bin ihm auf der Spur. Also dem Leberkäs. Er kommt von einem Greißler im Nachbarort.“

Die roten Lippen des Fräuleins standen weit offen. Diese Rehaugen! Sie hingen erschrocken an seinem Mund. Da war es nur gut, dass er ein bisschen übertrieb, was den Fortschritt ihrer Ermittlungen betraf. Und noch eins draufsetzte.

„Den kauf ich mir heut!“ Das klang ja wohl heldenhaft genug.

„Schnapp ihn dir, Sheriff!“, stöhnte sie vor Erregung. „Ach Gustl, mein Held!“

Sie griff sich schon an die feucht glänzende Stirn. Es war sein Abend. Seine Stunde! Brandner kippte den nächsten Whiskey auf ex und schnappte endlich das Fräulein. Sie schnappte ihn. Da läutete sein Telefon. Er verfluchte sich, dass er selbst die Füchsin zu äußerster Eile getrieben hatte. Sie hatte schließlich versprochen, sich noch am selben Abend zu melden. Es war fünf vor elf.

„Entschuldige bitte, das ist dienstlich."

„Brandner?", drang es aus dem Apparat. „Ich hab Überstunden gemacht. Der Fuß gehört eindeutig der Voglhuber Sissi. Aber ob's da noch was zum Annähen gibt ... da bin ich skeptisch."

„Danke. Du, ich hab gerade ..."

„Hör zu! Auch die Laborergebnisse vom Finger sind eben gemailt worden. Ich hatte Recht mit meiner Vermutung. Jemand hat die Sissi, na ja ... haltbar gemacht. Schockgefroren. Sissi auf Eis, wenn du so willst. Und Stück für Stück aufgetaut."

Selbst die abgebrühte Füchsin klang nun hörbar entsetzt über ein solches Verbrechen. Vor Schreck vergaß er, danke zu sagen, und legte auf. Sein Blick fiel wieder auf das schmachtende Fräulein. Jessas! Keinesfalls durfte er ihr die Wahrheit sagen, die kippte ihm ja aus den Schuhen. Einmal Glück bei den Frauen, und jetzt das.

„Es tut mir jetzt schrecklich leid. Ich ..."

Lucy schwieg mit ernster Miene, hatte sie das Schreckliche etwa mitangehört? Ihre zarten Finger wanderten über seinen Nacken. „Du brauchst einfach etwas Entspannung", lächelte sie keck. „Und ich hab da unten mein Boot ..."

Brandner war selig. Über ein Jahr war es her, dass er die Nacht mit einer Frau geteilt hatte. Doch was sollte sie von ihm denken? Wenn er einfach so mitging. Zu billig, dachte er, irgendwie lief die Verführung falsch. Nein! Er war nun wieder im Einsatz. Irgendwo am See lag die kalte Sissi, und todsicher hatte der Hufnagl Ferdinand etwas damit zu tun. Alles drehte sich plötzlich.

Es war ihm, als flöge die lachende Lucy über der Bar davon. Brandner hielt sich am Hocker fest. Verdammter Whiskey.

„Komm schon, Gustl“, flüsterte sie ihm ins Ohr. Ein kleiner Biss.

„Fahren wir!“ Brandner kippte den Drink und nahm seine Eier. Er wusste nun, was er zu tun hatte. Denn wer Leberkäs kochte, der hatte todsicher auch einen Kühlraum dazu.

***

„Der Hufnagl?“ Der alte Fischer schüttelte das blonde, von zahllosen Sommern am See vergilbte Haar. „Na, der war schon lang nimmer da.“

Brandner sah über die mondbeschienene Hütte mit dem verwitterten Firmenschild *Fischer Trawöger* zurück zum Bootssteg. Er winkte noch rasch seinem Fräulein, ohne dass es der Alte merkte, das Elektroboot glitt lautlos zurück in die Nacht. Sie hatte partout nicht mitkommen wollen. Deine Ermittlung. Doch wir sehen uns bald, hatte die halbnackte Lucy ihm hingehaucht und einen Kuss auf die Lippen gedrückt, wenn du willst. Er wollte. Schon im Boot waren sie zur Sache gekommen. Da hatten sie den alten Fischer am Ufer erspäht. Vollmondangeln, hatte Lucy geflüstert und hinter Trawögers Hütte festgemacht. Er blickte zur hellen Scheibe hoch und sah, dass sie Recht hatte.

„Da beißen’s am besten!“, grölte der Fischer viel zu laut und holte Brandner damit von seinen Sternen zurück.

„Der Hufnagl Ferdinand angelt doch auch hier, gell?“

„Der und angeln?“ Der Trawöger lachte herzhaft. „Sonntagsfischer. Aber in die Berg ist der gern!“ Also doch auf der Alm, dachte der Brandner und fragte sich, warum sich der gute Latsch hier gar nicht zu wundern schien, dass er so spät abends noch ausgefragt wurde.

„Wo genau?“

„Ist am Dachstein, der Ferdi. Das hat er mir noch gesagt, grad zwei Wochen ist’s her. Da war der das letzte Mal hier am See. Jetzt geh ich erst amal in die Berg, den Gletscher queren, hat er gesagt. Jetzt, wo der depperte Singcontest ist.“

Der Singcontest. Für ein paar Tage abhauen. Brandner nickte. Das hätte auch er am liebsten getan. Einfach weg. Mallorca. Der Flieger ging in ein paar Tagen, natürlich ohne ihn.

„Da geh her, Inspektor.“ Plötzlich hatte der Trawöger einen Teller in seiner Rechten, ein Riesenstück Fisch steckte in Brandners Mund. Also das ging ihm jetzt fast ein wenig zu weit mit dem Trawöger und seiner Gastfreundlichkeit.

„Räuchersaibling“, nickte der Alte zufrieden. Höflich schluckte Brandner hinunter. Dann griff er doch noch einmal nach den salzigen Stücken. Hoffentlich half es gegen den Schwindel und das Dröhnen in seinem Kopf. Schließlich hatte er seit der Früh nichts mehr in den Magen bekommen.

„Seltsam, das Ganze“, meinte der Fischer. „War nie länger als ein paar Tage auf Urlaub, der Ferdi, und jetzt zwei Wochen ... Sag Brandner! Nimmst du auch Diebstahl?“

Der Inspektor machte ob der plötzlichen Frage wohl nicht eben das gescheiteste Gesicht.

„Na, weil die mir mein Schinakl noch nicht zurückgebracht hat! Die Schlagertussi!“

„Schlager-Sissi“, korrigierte er den Trawöger. Dass Tote halt selten Boote zurückbrachten, erwähnte er vorläufig besser nicht.

„Sag ich doch. Hat's gemietet, die Schlagermissi, also ihr Management. Mein bestes Boot mit dem GPS und dem Echolot!", redete sich der Trawöger nun erst richtig in Rage und kratzte sich ungehalten am weißblonden Schopf. „Zwei Wochen schon. Ausgemacht waren drei Tage. Sag Sheriff, was tun wir denn da?"

Brandner hob nur die Schultern, er hatte jetzt andere Sorgen.

„Hör zu Trawöger, der schwärmt doch dauernd von seinem Hausleberkäs. Du weißt doch sicher, wo der Hufnagl sein Kühlhaus hat?"

Der Alte nickte und fixierte die Angel. Den Brandner nachziehend schlurfte er ein paar Schritte in Richtung Bootshaus. „Gleich da drüben. Manchmal geht's Licht an." Er deutete zum Nachbargrundstück. Die hölzerne Dachspitze einer langgezogenen Hütte ragte hinter einer mannshohen Mauer bis hinaus auf den See. Brandner fühlte, wie ihm das Adrenalin in die Adern schoss.

„Ein Fliegenfischer!" Der alte Trawöger schüttelte verächtlich den Kopf und schlurfte zum Haus zurück. „Klasser Bursch, der Hufnagl, nur kein gscheiter Fischer halt."

26.

Brandner wurde wach. Ein metallisches Geräusch hatte ihn aufgeweckt. Verdammte Cocktails! So einen Kater fasste er höchstens einmal im Jahr am Stammtisch aus, zum Geburtstag. Doch das hier würde wohl eher das Gegenteil. Man hatte ihm die Hände nach hinten gebunden. An Bauch und Oberkörper fühlte er die Fesseln, dann noch zwei, drei Schnüre um Hals und Gesicht. Er hätte sich gerne auf den schmerzenden Kopf gegriffen, doch sobald er es versuchte, schnitt es ihn übel ins Fleisch. Er fühlte, dass er stark unterkühlt war. Kein Wunder, er saß mit ausgestreckten gespreizten Beinen auf eiskaltem Boden. Trotz der Dunkelheit fühlte er das grobe Tuch am ganzen Körper, man hatte ihn wohl mitsamt einer Decke festgeschnürt. Wo war er? Wie war er hergekommen? Brandner konnte es nicht erkennen. Seine Augen gewöhnten sich nur allmählich an das fast völlige Dunkel. Da wurde ihm klar, dass es Hufnagls Hütte war. Durch einen entfernten Spalt drang spärliches Licht. Von der Decke hingen irgendwelche Fetzen. Fisch, hoffte der Brandner, doch es roch anders. Kalte Schauer krochen ihm über den Rücken. Keine Frage, er hatte es mit dem Mädchenmörder zu tun. Sollte er sich weiter bewusstlos stellen? Jemand atmete direkt hinter ihm.

„Hufnagl!“, schrie er. „Komm, lass uns reden! Ich weiß, dass du da bist.“ Er machte sich Vorwürfe. Konnte man sich dümmer anstellen? Jeder hätte sich ausrechnen müssen, dass die Polizei als Nächstes das Kühlhaus am See unter die Lupe nahm. Völlig idiotisch war es freilich, auf eigene Faust mitten in der Nacht da hereinzugehen. Das Fräulein, fiel es ihm ein. Die süße Lucy hatte ihn in ihrem Boot hergeführt. Er fuhr zusammen und schluckte. Unverkennbar. Fischmesser wetzten hin und her. Brandner versuchte noch einmal sich hochzurappeln, wieder schnitten ihm die Schnüre ins Fleisch. Er presste die Lider zu. Auf zu, auf zu, da erkannte er, was zwischen den Fischleichen vor seiner Nase am Haken hing: Dutzende Laiber original Hufnagl-Schweinsleberkäs. Hoffentlich Schwein, dachte der Brandner. Im schwachen Schein der Türe blitzte

Chromstahl von Geräten und Trichtern im Selchdunst hervor. Er musste Zeit gewinnen. Beziehung zum Täter aufbauen, hieß es im Videofernkurs *Täterdialog II*, Kapitel *Brenzlige Lagen*. Brenzlig, fand der Brandner, war hier jedenfalls angebracht. Er musste den Täter dazu bringen, ihn nicht als Leberkäse zu sehen. Menschen schnitt man nun einmal nicht auf.

„Komm schon, du Sauhund!" Brandner spuckte zwischen den Schnüren hervor. Dieser Feigling! Ein brennender Schmerz durchzuckte ihn. Der andere hatte ihm von hinten ins Gesicht gehauen.

„Komm schon, Ferdl", versuchte es der Inspektor noch einmal. „Lass uns die Sach ausreden. Ich bin doch kein Leberkäs." Wieder das Messerwetzen.

Brandner versuchte sich an den gestrigen Tag zu erinnern. Der Singleabend! Einsame Herzen. Dann war das Rehlein aufgetaucht, ihre Cocktails, sie hatte gezahlt. Er schmunzelte, ein flüchtiges Busserl, ihre Einladung in das Boot am Traunufer. Dann aber diese Müdigkeit ...

„Rohypnol", kam es krächzend von hinten. „Ich hab dir noch eine Dosis gegeben. Die Wirkung lässt langsam nach." Er kannte die Stimme. Das war nicht der ...

„Griaß di, Inspektor!" Das Fräulein! Es hinkte um ihn herum, schien sich großartig zu amüsieren. „War gar nicht so leicht, dich da herzubringen. Aber du warst so geil auf mich. Auf mich, ha!"

„Der Krapfenberger", wandte er ein. „Der hat mich gesehen. Uns beide, der Brunnenwirt!"

„Niemand hat unsere kleine Seefahrt gesehen ... Leider die letzte. Um den Krapfenberger kümmere ich mich schon noch. Hat geholfen, der Depp. Geschaut wie ein trauriger Hund. Weil er gehofft hat, dass ich mit ihm ins Bett steig. Wie alle Männer. Deppen halt."

„Wo ist der Hufnagl?"

„Idealer Kandidat, der Hufnagl. Der war schon richtig verliebt in mich." Sie lachte boshaft.

„Du Teufelsweib!" Brandner empfand Mitleid mit dem freundlichen Mann vom Konsum, dann Mitleid mit sich selbst. Die Kabelbinder schnitten ihm scharf in den Körper. Bestimmt blutete er scheußlich. Seine Wange fühlte sich klebrig an. Brandner verfluchte seine eigene Lust nach dem Fräulein. Das hatte er jetzt davon. Jetzt hing er am Haken. So wie der Leberkäs.

„So siehst du mich? Schade, Gustl. Dachte, das wär etwas mit uns. Du bist auch wie alle anderen.“

„Ich bin nicht wie die anderen!“, rief er zunehmend verzweifelt. Er musste Zeit gewinnen. „Ich bin kein Leberkäs!“

„Die anderen, die waren böse“, krächzte sie fort. „Um dich tut es mir wirklich leid. Nichts Persönliches. Aber halt notwendig.“ Wieder wetzten die Fischmesser.

Nichts Persönliches? Er hatte den Abend ziemlich schön gefunden. Brandner fühlte sich wirklich gekränkt. Und bei der Grundbichlerin, bei der Sissi, der Vroni? War es auch da nicht persönlich gewesen, notwendig gewesen, alle umzubringen? Er war fassungslos.

„Sie hatte alles“, las Lucy Klein in seinen Gedanken.

„Du hattest nichts“, ergänzte er. Wohl oder übel, er musste mitspielen.

„Sie haben mich weggeschoben, schon als ich auf die Welt kam. Nie hab ich dazugehört.“ Das traurige Rehlein vom ersten Tag. „Nie hab ich etwas dürfen. Du stehst mir im Licht, hat sie gleich immer gesagt! Du verstehst nicht, Brandner! Kein sexy Kleid, kein Medienauftritt“, brach es aus dem Dunkel hervor. Hasserfüllt. „Anfangs war ich sogar noch stolz auf sie. Die Castings. Ihre ersten LPs. Doch die Sissi, die war kein Arbeitstier. Geld verändert eben.“

„Du musstest es tun. Ich verstehe dich!“ Die Messer hörten zu klingen auf, es schien zu funktionieren.

„Dann kamen die Männer. Sie hat sie alle abgeschleppt, einen nach dem anderen. Immer nur sie!“

„Warum die Vroni?“ Er spielte auf Zeit, schließlich wusste er es längst.

„Blöde Verwechslung“, stieß sie hervor. „Das haben die doch immer gemacht. Rollen getauscht. Schon damals mit den Puppen, und den Kleiderln. Nie hat's einer gemerkt. Scheißluada, die!"

„Nur du", sagte der Brandner, „du hast nie Puppenkleider gehabt."

„Als ich ihr draufkam, war es zu spät! Der Schlampen", lachte das Fräulein kalt. Am falschen Ort, dachte der Brandner, so wie er. Hinter seinem Rücken fingen wieder die Messer zu wetzen an.

„Natürlich, die musste weg", fuhr das Fräulein fort. „Weg, weg. Schnell weg mit der Sissi. Dann erst recht."

„Das warst du im Spies, nicht? Die andere Sissi ..."

„Die musste endlich weg, die Sissi! Hab sie nur vorher noch ein bisschen erschrecken wollen. Sie ärgern, mit ihrem eigenen Reservekleid. Doch die war schon so blau, hat mich natürlich für die Bonita gehalten. Ich sie für die Sissi. Lustig, nicht?" Das Fräulein brach in irres Gelächter aus. „Dann hat sie es gecheckt. Bitte, pass auf mich auf, Lucy, hat sie gesagt. Das hab ich dann auch getan!" Sie lachte hässlich. „Hab ihr zum Abschluss nen Wodka spendiert! Bald hat sie Hunger gekriegt. Ich wusste, dass sie den Leberkäs liebt. Die Sissi genau wie die Vroni, da hab ich's beim Spies bestellt. Das Zeug zum Betäuben hatte ich schon vor dem Singcontest geklaut, wollte es ihr vor dem Auftritt geben, damit sie das Lied verhaut. Hab es ihr aber erst dann im Spies reingeschmiert. Gibt doch jedes Jahr ein paar Alkoleichen im See, dacht ich mir. War ganz leicht."

„Dann kam das Taxi ...", fuhr der Brandner fort.

„Den Heinerl hab natürlich ich bestellt. So sahen alle, dass die Sissi ins Taxi stieg."

„Aber es fuhr doch alleine die Vroni zurück ins Hotel ... Das Boot!", gab sich der Inspektor gleich selbst die Antwort.

„Das Elektroboot“, bestätigte sie. „Vom alten Trawöger. In drei Minuten war ich wieder beim Schloss. Ich hatte ihr noch vorher gesagt, dass wir uns hinter dem Schloss treffen sollten. Am Glücksplatzerl. Das sähe nicht gut aus, so eine Berühmtheit besoffen in ihrem Hotel.“ Das Fräulein lachte boshaft. „Sie hätt's fast nicht mehr über die Brücke geschafft, so bedient war die!“

„Und die Drohbriefe?“

„Keine Briefe. Auch die Packerl hab ich mir selber hingestellt. Du hast alles so brav geglaubt!“

Ihre Stimme klang weich. Da war wieder das Rehlein. Nur mit dem Herzen sah man gut, dachte er bitter. Er gab das Stichwort.

„Dann kam der Schröder dran.“

„Genial“, kicherte sie. „ Den habe ich für euch zum Verdächtigen aufgebaut. Stück für Stück.“ Das Fräulein klang zufrieden.

„Keine Kündigung, wie ich annehmen darf.“

„Ach wo, geschäftlich war der ein Ass. Ich wusste ja schon, dass der in Gmunden war. Der Schröder kam immer inkognito, wegen ...“

„Wegen der Medien!“, ergänzte der Brandner. „Ein Männertraum wie Sissi verliebt sich nicht.“

„Ah wo! Ein Stecher, mehr war der nicht für die. Aber euch hab ich angeschmiert. Ich! Die Hunderttausend könnt's euch in die Haar schmiern!“

„Oder im See suchen“, antwortete er seelenruhig. „Mit einem langen Ankerseil ein paar Meter unter dem Wasserspiegel versenkt. Ich hab lange überlegt, warum du Trawögers teuerstes Boot ausgeliehen hast. Keine Sorge, mit deinem GPS-Peilsender finden wir das Geldsackerl schon.“

„Gar nichts! Du findest gar nichts mehr!“

Er schrie vor Schmerz, es tropfte warm von seiner Wange.

„Indianer weinen nicht."

„Warum hast du nach dem Finger nicht einfach aufgehört?" Brandner biss die Zähne zusammen. „Die Bank hat doch mitgespielt. Jede Forderung gleich erfüllt." Weil du zu gierig geworden bist, war die richtige Antwort.

„Wer weiß, ob das funktioniert hätte, mit dem Erbe und der Lebensversicherung", gab sie zu. „Selbst wenn man den Hufnagl finden wird. Erhängt, mit dem Abschiedsbrief. Ich brauche das Geld jetzt. So eine Flucht kann teuer sein." Sie war hörbar erstaunt, dass er nicht selbst daran gedacht hatte.

Lebte der Hufnagl? Wenn sie ihn aufhängen wollte, hatte sie ihn vielleicht nur betäubt und weggesperrt.

„Gratuliere. Der Hufnagl war dein Meisterstück."

„Ich denke, es war der Direx!" Lucy lachte hässlich, siegestrunken. Das traurige Mädchen war wieder zum Henker geworden. „Gar nicht so schwer, die Venusbrüstchen ins Kloster zu schmuggeln."

„Und wie hast du die Sissi unbemerkt aus dem Hotel gebracht?" Natürlich war es ihm klar. Er hatte die Verbindungstür zwischen den Zimmern erst gar nicht beachtet, nun dachte er an den zweiten Pappbecher aus Sissis Suite. Kein Lippenstift. Schon damals hätte es ihm auffallen müssen. Das Fräulein trug zwar immer Handschuhe, doch niemals die Lippen geschminkt. Keine Rohypnol-Rückstände im Kaffee, das konnte nur eines bedeuten: Sissi war erst später betäubt worden.

„Wie dumm sie war! Eine weitere Liebesnacht, hab ich ihr vorgeschwärmt, der Schröder warte in Altmünster auf sie. Wir müssten halt über den hinteren Ausgang, um den Journalisten zu entgehen. Sie stieg einfach mit mir zum Fenster hinaus und ins Boot. Das hatte ich natürlich vorher am Glücksplatzerl hinter dem Schloss festgemacht. Als wir zum Bootshaus kamen, war sie schon fast hinüber." Lucy stieß ihr teuflisches Lachen aus. „Ein Glaserl Sekt am Boot, eine Ladung Rohypnol. Der Rest war ein Kinderspiel."

„Sissis Gift!"

„Sissis Gift."

Das Fräulein klang zufrieden. Himmelarsch! Jetzt musste der Birngruber doch endlich nervös werden. Bestimmt war es längst in der Früh. Um halb acht hatte er die Tagesbesprechung angesetzt.

„Man hat dich schlecht behandelt." Alles Mitgefühl, zu dem er noch fähig war, lag in seiner Stimme.

„Hurenkind", kam es traurig aus dem Dunkel. „Ein Hurenkind, keiner liebt's."

„Und die Bonita?"

„Diese Schlampe!", fauchte Klein. „Ich weiß, was du getan hast, hat sie mir ins Ohr geflüstert. Auf der Esplanade. Das kostet dich was, hat sie gegrinst. Die musste weg."

„Dabei hattest du so gut die falsche Fährte gelegt."

„Nicht wahr? Ihr seid alle drauf reingefallen." Lucy klang ehrlich erfreut.

„Oh ja! Sehr geschickt." Er spielte weiter. „Bonitas Haar auf der Leiche zu platzieren. Du musstest ja die Vroni identifizieren, da hast du ihr schnell ein paar blonde Haare an den Kopf gesteckt. Toll gemacht!"

„Da kam mir der verliebte Hufnagl grad recht", lachte sie. „Der hat doch immer nur mit seiner Jagdleidenschaft geprahlt. So kam ich erst auf die Idee. Ein Mord mit seinem Hirschfänger. Der hat den Feitel doch überall herumgezeigt."

„Du hast ihn gestohlen und die Bonita damit um die Ecke gebracht!“

Das Messerwetzen hörte auf, offenbar hatte er sie besänftigt.

„Du willst das nicht“, flüsterte der Brandner und schämte sich fast für sein falsches Schmeicheln. „Liebste Lucy ...“

„Fresse halten!“, drang es giftig heiß an sein Ohr, der Rabe krächzte auf ihrer Schulter dazu. „Kommt mir der doch glatt mit seinem Psychokram.“

„Eines noch! Bitte ... wo ist sie jetzt, die Schlager-Sissi?“

„Sieh dich um!“ Klein deutete lachend auf die Fleischfetzen zwischen den Fischleichen. Tzz tzzzzz. Wieder die wetzenden Messer. „Was willst du werden, Brandner? Blunzn? Leberkäs? Da gehen sich sechzig, siebzig Gefriersackerl aus.“ Ein schneidender Schmerz! Es rann ihm warm von der anderen Wange. Tzz tzzzzz.

„Wieso die Fladerei?“, schrie er verzweifelt. „Wieso das Sissi-Kleid? Auch der Bonita hast du die Sternderl vom Kopf gezogen. Wieso?!“

„Das war's mit der Fragerei, Brandner!“

Über ihm flammte eine nackte Glühbirne auf. Sie kam um ihn herumgehinkt. Das Sissi-Kleid! Doch was war mit ihrem Gesicht geschehen? Lippen scharlachrot, Haare zerrauft. Das Reh war zur Hexe geworden. Der Rabenvogel erhob sich von ihrer Schulter und flatterte um seinen Kopf.

Erst im Hellen sah er ihre Inszenierung, den krönenden Abschluss. Lucy hatte alles eigens für ihn aufgebaut. Sogar den glitzernden Weihnachtsbaum.

„Du hinkende Hex!“, stöhnte er unbeherrscht. Das mit der Hex, das hätte er jetzt wohl besser nicht gesagt.

„Hex sagst du zu mir? Du Versager, Wurschtl, du ... Dorfpolizist!“

Nun tanzte die auch noch. Die verrückte Lucy Klein tanzte und hinkte mit wetzenden Messern um ihn herum.

„Ihre Puppen. Ihre Prinzessinnenkleider!“, schrie sie voller Hass. Er hätte sich gerne die Ohren zugehalten. „Alle Weihnachten, immer nur sie!“ Da sah er die ganze Wahrheit. Das Ausmaß ihrer Geistesverwirrtheit. Sah das alte Puppenhaus unter dem von Sissi-Sternen funkelnden Baum. Armselig eingerichtet, das Dach war eingefallen. Der Traum der kleinen Hausfrau von damals. *Küche* und *Ankleide*, ein *Kaminzimmer*, alles von zittriger Mädchenhand mühsam geschrieben. Ganz unten ihr Name: *L. Voglhuber.* Und plötzlich begann er zu verstehen.

„Gnadenhalber!“, schrie sie, „haben's mich adoptiert! Meine Eltern sind ertrunken in Hallstätter Lahn. Das Geld von der Fürsorge haben's schön brav kassiert, doch gut genug war ich nie. Bist ja keine echte Voglhuberin, hat mir der Alte immer eingebläut. Mit der Faust. Irgendwann hab ich's selbst geglaubt. Als ich volljährig war, hab ich mich dann wieder umbenannt.“

Lucy Klein war Lucia Voglhuber. Die adoptierte Voglhuber-Schwester. Niemals hätten sie Lucy verdächtigt, nie hatten sie ihre Herkunft genauer überprüft. Von der Zartheit des Fräuleins hatte er sich blenden lassen. Sogar die Frau Oberst! Dabei hatten sie die Lösung die ganze Zeit vor Augen gehabt. Der Rabe landete wieder auf ihrer Schulter. Das Teufelstier und seine Hexenmutter. Da geschah es. Gustl Brandner begann zu lachen. Er lachte, wie er noch nie in seinem Leben gelacht hatte. Gustl Brandner lachte so sehr, dass er gar nicht mehr aufhören konnte. Je mehr er lachte, desto wütender tanzte und hinkte und wetzte die Verrückte um ihn herum. Nun stand sie still.

„Schlussaus, Brandner! Jetzt gibt's Bescherung!" Das war's also. Er wollte schreien. Ganz laut schreien!

„Hände hoch!"

Es knallte.

Dann wurde es schwarz in Brandners Kopf.

27.

„So, ruhe denn!", knurrte der schwarze Mann ins Mikrophon. Er würde es kurz machen. Übervoll war der Ischler Friedhof und es war eindeutig zu laut. Pfarrer Köhler schüttelte missfällig den letzten Tropfen Weihwasser ab. Brandners Blick wanderte vom Friedhofstor über die ausgelassene Menschenmenge wieder nach vorne zu Vroni Voglhubers Grab. Nebenan prangte ein riesiger Erdhügel. Der Ischler Bürgermeister wollte also tatsächlich der Schlager-Sissi ein Mausoleum bauen. Daneben kam ihm Vronis schmales Kreuzlein erbärmlich vor. Ein Diener putzte noch etwas Erde ins Loch und gab die Schaufel weiter, der Pfarrer legte ein Häufchen nach.

„In Frieden und Reichtum ...", blödelte der Birngruber voller Übermut, sichtlich stolz, wie die Sache in Hufnagls Hütte gelaufen war. Doch wie üblich war Brandner nicht ganz der Meinung seines Wachtmeisters. Besonders jetzt, da die Gelenke wieder schmerzten. Er rieb sich mit triefender Nase den Hintern. Zwölf Stunden lang hatte ihn die Mörderin sitzen lassen. Am Boden des Kühlraums. Alles andere als gut war das Ganze gelaufen!

„Danke Trottel! Dass ihr so lange gewartet habt! Der Krankenhausaufenthalt bei der Füchsin ist das reinste Vergnügen!"

„Aber Chef! Doch nur, weil du immer sagst, nie ohne den letzten Beweis ..."

„Klappe halten!" Doch dann fing er selbst wieder an. „Also noch einmal. Der Brunnenwirt kam also in der Früh als Erster auf das Revier?"

„Erst kam der Schnöditz." Der Wachtmeister schüttelte gekränkt den Kopf und deutete auf den rundlichen Nadelstreifträger, der in der vordersten Reihe so heilig zu beten schien. „Der Anwalt steht also bei mir und wachelt mit seinem Akt vom Ischler Gemeindeamt. Seit 1994 gemeldet, schreit der Schnöditz also ganz aufgeregt, die Lucia Voglhuber hat nur ihren Namen geändert, auf Lucy Klein. Fein, sag ich zum Schnöditz, das kannst du gleich dem Herrn Inspektor erzählen. Weil der war gestern Nacht unterwegs mit dem Fräulein. Das hab ich von der Rosi, sag ich, und die hat's direkt vom Brunnenwirt."

Auf den war halt Verlass, gut, dass der Krapfenberger wieder getratscht hatte, dachte der Brandner. Er bekreuzigte sich und rieb sich den fit gespritzten Ischias wieder warm. Die Frau Doktor hatte sich seinem Hintern ausführlich gewidmet, um nicht zu sagen, mit ganzer Leidenschaft.

„Klasse gemacht, vom Schnöditz, das mit dem Meldeschein."

„Hätt ruhig schneller gehen können", entgegnete der Brandner. Er hatte eben keinen guten Tag und zeigte nun zum Friedhofseingang.

„Der Trawöger!"

„Der ist gestern auch noch auf den Posten gekommen, ich hatte schon auf dich gewartet. Unsere Besprechung, du weißt schon, Chef. Die Schlager-Sissi hätt ihm schon seit Wochen sein Schinakl nicht mehr zurückgebracht, einen richtigen Aufstand hat der Alte gemacht." Der Wachtmeister wirkte empört.

„Der alte Trawöger war also nötig, damit du endlich einschreiten konntest", knurrte der Brandner böse. „Toll kombiniert."

„Der Trawöger hat alles erzählt", nickte der Birngruber zufrieden. „Der letzte Beweis war das Fischmesser, ich hab's doch dem Fräulein aus der Hand geschossen!" Der Seppi klang nun doch etwas beleidigt. Brandner blickte wieder zurück zum Grab und deutete zum zweiten, jedoch winzigen Hügel, den man ausgehoben hatte.

„Was wird denn nun aus der Grundbichlerin?"

„Kriegt ein Armengrab."

Oberst Karl kam auf sie zu. Obenrum aus- und unten zu kurz geschnitten, sie trug ein schneidiges Kostüm im passenden Dunkelgrau.

„Habe Sie unterschätzt, Brandner. Geniestreich! Eine kurze Fahrt und wir hatten das Geld. Woher wussten Sie das mit den Hunderttausend im See?"

Er lächelte, dieses kleine Geheimnis behielt er besser für sich. Schon bei Trawögers Erzählung hatte er sich gewundert, dass das Fräulein Klein das beste Boot gemietet hatte. Mit Echolot und GPS, hatte der Fischer betont. Damals hatte er sich noch keinen Reim darauf gemacht. Und doch war es die einzige Möglichkeit für Lucy gewesen, das Geld verschwinden zu lassen. Es an der Leine im See zu versenken. Genau auf die Grundtiefe abgestimmt. Das perfekte Versteck.

„Du, Chef", unterbrach der Birngruber flüsternd seine Gedanken, als die Frau Oberst wieder zum Schwan Michi gegangen war. „Ob das noch ein Problem gibt? Halt wegen dem ... Unfall." Er hatte eine Weile nach dem passenden Wort gesucht. Brandner sah ihn streng an.

„Du hättest sie ja nicht gleich halbtot schießen müssen", wandte er ein. „Immerhin Notwehr. Besser deine Kugel als ihr Messer zwischen meinen Rippen, die hätt mich doch glatt zu Leberkäse gemacht."

„Apropos Leberkäse", murmelte da der Seppi. „Wenigstens hat's auch der Hufnagl geschafft." Sie musterten den Kaufmann. Er stand gestützt auf seine Frau etwas abseits von den Feiergästen. „Ein bisserl schlank ist der noch ..."

„Wen wundert's, das Fräulein hat ihn ja nur mit Rohypnol ernährt."

„Original Hufnagl-Leberkäs. Der futtert das schon wieder hinauf", winkte der Seppi ab. Die Fresslust leuchtete jetzt deutlich in seinen Augen. Plötzlich stand der Schnöditz vor ihnen. Piekfein, doch verlegen, zupfte der kaisertreue Advokat an seiner Krawatte und schüttelte beschämt den Kopf. „Dass die mir ihre Voglhuber-Verwandtschaft verschweigt. Mir war diese Klein von Anfang an nicht recht koscher ..."

„Dafür hast du das Fräulein aber ganz schön hofiert", brummte der Brandner unversöhnlich.

„Gib Ruh, Gustl", raunte der Brunnenwirt, der es gehört hatte. „Schließlich hat sich die Lucy ja auch an dich rangemacht. Und dich schamlos ausgehorcht."

Und so ganz nebenbei noch sein Herz gebrochen, dachte der Brandner, er musste ihm Recht geben. Eines verstand er jedoch noch immer nicht. Rundherum spielte die lustigste Leichenfeier, die er je erlebt hatte. Allen leuchtete tiefes Wohlgefallen aus dem Gesicht. Großer Gott! Gar der Herr Pfarrer plauschte mit beiden Bürgermeistern im Scherz.

„Schnöditz? Wieso lacht da ein jeder?"

„Tja, da schaust, Brandner!" Der Anwalt schlug ihm auf die schmerzende Schulter und winkte beherzt ans andere Ende vom Grab.

„Der Schwan! Dem haben wir's zu verdanken. Der Testamentszusatz ist aufgetaucht. Gültiger letzter Wille, vom Schwan als Zeugen unterschrieben. Der Michi hat die Sissi von uns allen am besten gekannt."

Als Star der Veranstaltung sonnte der sich nun in der ersten Reihe, die Frau Oberst drückte sich ziemlich an ihn. Selbst der Brandner musste es zugeben, der Michi sah im engen Cut atemberaubend aus.

„Und die da?" Er deutete auf die strahlenden Trauergäste. Der Krapfenberger Toni fiel seinem Ischler Kollegen vorne am Grab um den Hals. „Alles Erben!", lachte der Schnöditz. „Gmunden und Ischl zu je gleichen Teilen. Sechs Millionen, Gustl! Drei für jeden." Langsam dämmerte es ihm. Das neue Fußballstadion in der Ischler Au, die Gmundner Therme, natürlich die neue Straßenbahn, alles nunmehr kein Problem, und das Schlosshotel bekam eine satte Förderung. Das hatten sich die ja wieder fein ausgedacht.

„Unser Brandner!", lachte Bürgermeister Blitzer und warf ohne hinzuschauen der Vroni das letzte Erdschauferl nach. „Und jetzt ... darf ich Ihnen, ach wo, dir!, Brandner, darf ich die Goldene Kulturnadel anstecken. Weil wir alle wissen ..." Ein Wink, die Ischler Gemeinde applaudierte, bis auch der Krapfenberger seine Rechte hob, nun klatschten die versammelten Gmundner mit ein.

„Also, wir wissen, was du so leistest, Brandner. Also Gustl. Ach wo ... herzlichen Glückwunsch!" Der Blitzer Johann stelzte heran und pflanzte dem verdutzten Inspektor die Goldene Ischler Gams an die Uniform, der Krapfenberger Junior umarmte ihn, küsste gar seine Wangen.

„Polizei-Sonderermittler!" Die Frau Oberst steckte ihm irgendeinen Stern aufs Revers. „Höchste Belobigung! Kommt direkt vom Präsidium!" Vor lauter Schreck leistete Brandner keinerlei Gegenwehr. Waren die alle deppert geworden?

„Und jetzt", der Blitzer Johann erhob wieder die Stimme und nahm den Gmundner Kollegen bei der Hand, „darf ich euch alle ... oder besser wir! Also, unsere liebe Voglhuberin", er riskierte einen Seitenblick auf die ungleichen Gräber. „Die Sissi lädt uns jetzt alle zum k.u.k. Hofwirtn ein! Jetzt aber, auf Burschen!“ Der letzte Wink galt der Bürgerkapelle, der Herr Pfarrer und der stramme Männergesangsverein stimmten fröhlich mit ein. „Time to say goodbye! ...“

„Tut mir leid.“ Brandner ließ alle am Friedhofseck stehen.

„Jessas, Gustl! Das kannst du nicht tun, als Held der Gemeinde!“

Doch der Held hörte den Schnöditz nicht mehr. Er schritt unter den Klängen des Festtagskonzerts an der schier unüberschaubaren Menge fröhlicher Bürger auf dem knirschenden Kies zum Tor hinaus. Kopfschütteln folgte ihm. Sollten sie doch starren, diese Deppen! Todsicher, eine tolle Trauerfeier! Doch nicht für ihn, dachte der Brandner und gab Gas.

Kurz vor Ebensee begann sich auch der Inspektor doch noch ein wenig zu amüsieren. Schließlich war nun wieder so einiges aufzuklären. Zunächst einmal die Frage, wo der Spies sein Hasenragout herhatte, das groß auf der Kirchengasse ausgeschrieben stand. Zur Wildschonzeit! Froh, endlich Seeluft zu schnuppern, steckte der Inspektor seine Mordsnase zum Fenster hinaus. Morgen ging die Maschine. Doch noch geschafft. Zwei Wochen Mallorca. Himmelarsch! Davor wartete endlich noch einmal Rosis herrlicher Kaiserschmarrn! Schließlich gab es noch immer Gesetze. Seine Gesetze. Da im Salzkammergut ...

Glossar

amal
einmal
Badewaschel
Bademeister
Batz
Brei
Batzen (z.B. ein Batzen Erfolg)
viel
Blunzn
Blutwurst
Bruckn
Brücke
Cut (oder Cutaway)
festlicher Tagesanzug für Herren; bestehend aus lang geschnittenem schwarzem (bei Beerdigungen) oder grauem Gehrock, schwarzgrau gestreifter Hose und heller oder dunkler Weste
daschiaßn
erschießen
Dasige
Hiesige, Ansässige
Dickwanst
dickleibiger Mensch
Feitel
Messer
Flitschn
Flittchen, leichtsinnige Frau
Funsn
dumme Frau
Gamsfrackerl
langgestellter Trachtenrock aus Loden, verziert mit Gamsstickerei
kampeln
kämmen
Glöcklertag
der Glöcklerlauf findet in der letzten Rauhnacht, am 5. Januar, der Nacht vor Dreikönig, statt; Glöckler verkleiden sich als Schönperchten, gute Lichtgeister, welche die bösen Rauhnachtsgeister endgültig vertreiben sollen
Glücksplatzerl
Glücksplätze, so benannt vom Tourismusverband Salzkammergut
Goiserer
bekannte Bergschuhe aus der Goiserer Handfertigung
Goscherl
armes, bedauernswertes, hilfloses Geschöpf
Goschn
Mund
Grispindl
kleiner, dünner Mann
Gschaftlhuberin
Wichtigmacherin
gschamst
gehorsamst
gschamster Diener
gehorsamster Diener, österreichische Begrüßungs- und Verabschiedungsformel
gscheid
neben gescheit auch ziemlich
gschma
schön, lustig, gut
gschmalzen
sehr stark, zu stark
Gspusi
Liebschaft

gstessn
gestoßen
Gwirkst
Ärger, Misere
hackeln
arbeiten
(wie ein) Haftlmacher
sehr genau; der (heute verschwundene) Haftlmacher stellte früher in mühseliger Kleinarbeit Häkchen her, die man anstelle von Knöpfen an der Kleidung verwendete. Um diese Haftl herzustellen, war es notwendig, sehr genau zu arbeiten, denn sie mussten exakt aufeinandergesetzt werden.
ham
haben
Haxn
Bein
Hundling
schlauer Spitzbub, gewiefter Kerl
jauchzen
jubeln
Krapfen
unansehnliche Frau (Schimpfwort)
kraxeln
klettern
Kraxn
etwas Altes, das nicht mehr so tut, wie man es will
Kuchl
Küche
kumm
komm
Latsch
gutmütiger Mensch
Lavoir
Waschschüssel
Lederne
Lederhose
Leit
Leute
ma
wir
Madl
Mädchen
Mariandjosef
Maria und Josef
mauscheln
im Geheimen über jemanden reden
narrisch
verrückt
net
nicht
Packerl
Paket
Packl
Gruppe
sich auf ein Packl hauen
sich verbünden
Poller
Pfosten
Quetschn
Ziehharmonika
Reibach
Gewinn
Rein
flacher großer Kochtopf
Reindl
kleinerer runder Topf, Kasserolle
Riesentrum
großes Exemplar
san
sind
Scheißluada
Scheiß Luder (Schimpfwort)
schiach
hässlich
Schinakl
Schiff, Boot

Schlampen
Schlampe
Schlamperdatsch
schlampige Person
schleicht's eich
geht weg
Spatzl
kleiner Spatz (Kosename)
Spompanadeln
Schwierigkeiten, widersetzliche Verhaltensweisen
Sportlerwein
Hauswein der Gmundner Gastwirtschaft Spiesberger
stad
still
Taschlziaga
Taschendieb
Taxler
Taxifahrer
Tschick
Zigarette
Urschl
einfältige Frau
wacheln
herumwedeln
Wadeln viererichten
Waden nach vor richten, jemanden maßregeln
Werkl
Werk
Wurschtl
lächerlicher Mensch
zach
zäh, mühsam
Zuagroaste/r
Zugereiste/r
zupfen
wegnehmen
zusammenpfeifen
ausschimpfen

Bernhard Barta
Sissis Tod
Ein Salzkammergut-Krimi
HAYMONtaschenbuch 154
240 Seiten, € 9.95
ISBN 978-3-85218-954-3

Mordalarm in der kaiserlichen Sommerfrische: Eine Leiche liegt unter dem Gipfel des Bad Ischler Siriuskogls. Eine Tragödie, denn es ist Hochsaison und die Tote ein berühmter Hollywoodstar. Eben noch drehte sie am neuen „Sissi"-Film über die österreichische Kaiserin.

Der Fall seines Lebens für Inspektor Gustl Brandner. Unterstützt vom tollpatschigen Wachtmeister Birngruber ermittelt der Spross aus altehrwürdiger Dynastie am Filmset, am Stammtisch und in den hiesigen Nobelhotels – und scharrt tiefer und tiefer im Sumpf adeliger Kreise.

„Der Brandner ist jetzt schon Kult."
OÖ Nachrichten, Edmund Brandner

Bernhard Barta
Sissis Gold
Ein Salzkammergut-Krimi
HAYMONtaschenbuch 168
216 Seiten, € 9.95
ISBN 978-3-85218-968-0

Ein toter Jäger im beschaulichen Kaiserdorf Bad Ischl – eindeutig ein Fall für Inspektor Gustl Brandner.

Ermittelt wird dort, wo der Ermordete Heinrich Grün einst herumgepirscht ist: im Wald, auf der Alm und im Ehebett manch braver Bürgersfrau. Als am Jägerball auch noch Baron Buck leblos aus seiner Loge kippt, wird der Kreis der Verdächtigen enger und enger ...

Der beliebte Gmundner Inspektor ist wieder in seinem Element – liebenswürdig schrullige Figuren, unvorhergesehene Wendungen und vergnügliche G'schichtln, die nur an einem Ort passieren können: im urigen Salzkammergut!

„Einfach köstlich! Mein Sommerkrimi!“
Johann Habsburg-Lothringen, Urenkel des Kaisers Franz Joseph